U0143460

阿麦从军

全新修订版

鲜橙 著

中

作家出版社

目录

目录

第三卷

醉浮华乱花迷人眼

第一章

亲征 姓氏 操练

北漠天幸八年，北漠小皇帝不顾朝臣反对，亲率二十万京军御驾亲征。大军从京都一路向南，至靖阳关口时却被守关老将萧慎拦下了。

萧慎是比周志忍更早一辈的成名老将，陈起从靖阳南下豫州后命其留守靖阳边关。如今听闻皇帝要率大军入关亲征南蛮，年逾古稀的老将军一身重甲跪于关前，宁死也不肯奉诏开关放行。

不管小皇帝派人来传什么旨意，他只用一样的话应对："天子亲征，事关社稷，或是万不得已，或是有必胜把握，如今关内形势未明，胜负难料，天子怎可以身犯险？如果皇上非要入关，还请三军踏着老臣的尸体过去，否则，臣将无颜见先帝于地下！"

小皇帝万万料不到自己京都都出来了，到了这靖阳关却被拦下了，气得直骂萧慎老匹夫。萧慎可杀，却又杀不得，毕竟小皇帝自小立志要做尧舜明君，这等杀害忠臣良将的事情当然做不得。但不杀，这口气实在难以下咽，再说这老头一直在这儿跪着，这靖阳关到底还要不要过？正为难间，旁边有人给小皇帝提了个醒：能不能出这靖阳关，关键还在征南大元帅陈起身上！

豫州城内，陈起接到心腹密报，得知萧慎竟然跪关阻驾，失声说道："萧慎害我！"

房内并无他人，只有陈起的心腹副将姜成翼侍立在一旁，闻言忍不住问道："萧慎拦关与元帅何干？"

片刻之后，陈起情绪已经平静下来，他先把手中的密报凑到烛火处点燃，淡淡说道："萧慎是得我军令留守靖阳，现如今他把圣驾拦在关外，世人皆道是我授意，当如何看我？他又口口声声称将在外只听军令不受圣命，皇上心中又会如何想我？"

听陈起此言，姜成翼也不禁面色微变，迟疑了一下又劝解道："皇上那里应不会有事吧，想当初皇上力排众议把半国之兵交与元帅之手，可见对元帅是极信任的。"

陈起面上泛起丝丝苦笑，"信是信我的，只是却不能全信我一个。靖阳早破，南夏国门打开，江北之地任我铁骑驰骋。泰兴城已是囊中之物，攻下只是早晚。如若说要渡江南下，此刻又时机未到，皇上此时亲征，所为何事？"

姜成翼对陈起的一番话似懂非懂，张了张口想问，却又不知从何问起。

陈起见他脸上仍带不解之色，问道："你只想一想，若没有太后首肯，皇上可能出了上京？"

北漠小皇帝幼年继位，朝政全由太后把持，直到前年小皇帝成人，太后这才还政于他，退居后宫。这两人虽是亲母子，可涉及皇权，母子关系也并非多么融洽，小皇帝虽然亲政，实际大权却仍有多半掌握在太后手中。

姜成翼道："末将也是糊涂，当初皇上命元帅领兵南下，太后便多有阻挠，此次又怎会同意皇上亲征？"

"既然同意，可见是在某些问题上达成一致，相互妥协罢了。"陈起低叹一声，又道，"皇上要朝政稳固，只靠你我这些人远远不够，必须还要争得朝中勋贵支持，给他们足够的好处；而太后那里，自然也不愿看着我等寒门崛起，功高盖主。如此一来，皇上亲征便是最好的解决办法，不信你等着看，此次随驾前来的必会有不少军中的老旧名门。别人先不说，就是常家怕是也会重新派人过来。"

姜成翼更是不解，"已有常钰青在此，常家何须再派他人？"

陈起嗤笑一声，说道："皇上此行已表明他不愿意看到有人功高震主，再说常钰青已成'杀将'之名，恐怕也是皇上所不喜的。皇上的心思咱们猜得到，常家的那些老狐狸们会猜不到？常钰青此次乌兰新败，倒是塞翁失马，正好给了那些老狐狸们一个借口，趁机把他往后撤，换了没有军功的新人顶过来，再立军功，那也是常家的，可又不用担心常钰青锋芒过盛而引皇上猜忌。等过段时间，常钰青的风头不这么劲了，想要再复出，常家只需背后推一把就可以了。这也正是他们这种百年将门可以给予自己子弟的保护。"

"那我们呢？"姜成翼忍不住问道。

陈起笑了笑，轻声说道："我们不行，我们的根基太浅，容不得我们退下去。"他沉默了片刻，再抬眼时，眼中又已满是坚毅之色，朗声说道，"准备两千骑兵，随我前去靖阳迎圣驾入关！"

山间四月，桃花始盛。

这一日徐静寻得少见的清闲，在军营里转悠了半圈之后便又背着手慢悠悠地向营外晃去。待到一处山坡前，见缓坡上几株山桃开得正艳，徐静一时来了诗兴，信步来到树下，抬头入神地看着那一枝枝的桃花。

身后一直跟着的小侍卫还只道他是想剪几枝开得好的回去插在房里，连忙上前殷勤地问道："先生，您瞧上哪枝了，我这就给您砍了下来。"

徐静闻言一愣，刚刚酝酿出来的那么一点诗意灵感就被小侍卫的一个"砍"字砍了个精光，不由得拈着胡子白了小侍卫一眼，没好气地骂了句："俗气！"

小侍卫被徐静骂得丈二和尚摸不到头脑，正想再问，却见徐静面色突变。

"坏了！打秋风的又来了！"徐静低声嘀咕，一边说着一边便向桃树后藏去，可那棵山桃只碗口粗细，又只是开了桃花，如何能遮掩了这么个大活人？徐静围着桃树绕了半圈，才发现这地方藏不住人，只得又猫着腰向山坡上藏去，刚走了没有几步，就听见阿麦的声音从后面远远地传了过来，"先生！"

徐静只装作没有听见，脚下反而迈得更快了些，可他的脚力如何能比过阿麦，只片刻工夫，阿麦的声音已在身后，"先生，先生！"

徐静无奈只得停了下来，转回身扶着身边的一棵桃树气喘吁吁地看向阿麦。

阿麦的面色比上次见时略红润了些，因为跑得急，额头上渗了些细密的汗珠，正含笑地看着徐静，笑问道："先生兴致真好，在赏桃花？"

徐静强自扯着面皮笑了笑，说道："还行。"说着又看了看紧跟在阿麦身后跑得脸红气喘的张二蛋，问道："张士强，你又跟着你们大人来了？"

已改名叫张士强的张二蛋有些腼腆地笑了下，点头说道："是，军师大人。"

徐静点头，捋着山羊胡子问张士强道："大伙说你的新名字可好？"

"嗯。"张士强摸了摸脑袋，冲着徐静猛然深鞠躬，谢道，"多谢军师赐名。"

"不谢，不谢。"徐静嘿嘿笑道。

阿麦见徐静故意晾着自己，明白他这是想转移话题，连忙往旁边跨了半步挡在张士强身前，冲徐静笑道："先生，几日不见，让阿麦好生想念。"

徐静一怔，吓得连忙摆手，说道："别，你还是别想念老夫的好，你要是不想，老夫的东西还能少得慢点。上次你想老夫，老夫就少了二百新兵，这才过了几天啊，你还好意思想念老夫？"

阿麦嘿嘿而笑，徐静翻了个白眼，问道："今日怎么这么早？专程来堵老夫的？"

阿麦笑道："先生这是哪里的话，我是带着一些新兵晨跑，跑着跑着就跑到大营来了，正好也想念先生，便过来看看。"

徐静听阿麦如此说，撇了撇嘴，嘲道："你阿麦倒是真能跑，几十里的山路你这么一个不小心就跑过来了，老夫佩服。"

阿麦仿佛没有听出徐静话里的嘲意，仍一本正经地说道："好容易营地派得离大营近，不过几十里路，哪能不经常过来看望先生呢！"

徐静没想到阿麦还能跟着他说这些场面话，不得不佩服阿麦装傻的本事，不禁咂一下舌，瞅着阿麦问道："我说阿麦，你自己拍着胸脯想想，老夫对你营里是不是最照顾？招募的那些新兵，是不是给你营里补得最多？"

"可是……"

"是！"徐静截住阿麦的话，"上次一战，你营里损失的也最多，可老夫也没少给你补人吧？这前前后后都快把编制给你补齐了吧？咱们是老相识，老夫够偏你了吧？咱们江北军上上下下二十几个营，你让老夫怎么和其他人交代嘛！"

"可是——"阿麦见徐静盯着自己，声音缓缓低了下来，面露委屈，说道："补的人是不少，可兵器装备却没几套，这么些个新兵，总不能让我给他们一人削根木棍耍吧？又不是少林寺的和尚。"

她的声音越来越小，到最后的时候已经没了声音，徐静没听清她最后的一句话，下意识地问："你说什么？"

阿麦抬头看了徐静一眼，又低下头小声嘀咕道："我的兵又不是少林寺的和尚。"

徐静被阿麦噎得一愣，瞅着她半天没能说出话来，好半天才无奈地说道："阿麦啊阿麦，我是没招了，装备你去管元帅要去吧。"

阿麦见徐静把话说到如此地步，知道今天要想从他这里再抠些东西出来怕是不能，心中虽对去见商易之有些发怵，可却明白要想给营里把装备配齐，也只能去找商易之了。想到这些，她笑笑，又对徐静道："先生一直对我照顾有加，我心里都明白，可营里新兵大部分都没配兵器，我回去也实在没法和弟兄们交代。既然先生这样说，那我就去找元帅，不过还是需要先生帮衬着说两句好话。"

徐静点了点头，答道："你去吧，老夫这里好说，只要元帅发话了，老夫在别人面前也好说话。"

阿麦和徐静告辞，领着张士强往大营里走，走过徐静的小侍卫身边时，小侍卫连忙又恭敬地叫了一声"麦将军"，阿麦心不在焉地笑了一笑，心里只琢磨一会儿见了商易之该如何说才能不空手而归。

徐静在山坡上站了站，看着阿麦的背影渐渐变小，这才背着手往下溜达，到小侍卫身边时，却见他仍看着阿麦离去的方向发呆。他不由得冷哼了一声，小侍卫这才似猛地惊醒，忙在他屁股后面跟了上去。

"麦将军是不是长得好看？"徐静无意似的随口问道。

"嗯，好看。"小侍卫无心地回答，却见徐静在前面突然停下来转回身看他，脸一下子涨得通红，吭哧着说不出话来。

徐静突然笑了，笑道："这怕什么？麦将军长得好看是全军都知道的事情，又不是你一个人这样说。"

小侍卫心思简单，见徐静如此说，胆子渐渐大了起来，有些兴奋地说道："先生，麦将军长得真好看，刚才从我旁边过去的时候冲我笑了下，脸上红红的，跟旁边的桃花一样，不，比桃花还要好看！"

徐静愣了下，笑着缓缓地摇了摇头，像是有片刻的失神，可脸色随即便又冷了下来，盯着小侍卫正色说道："这样的浑话对着老夫说说也就罢了，要是让别人听了去，你怕是活不久了，你可知道麦将军的外号叫作什么？"

小侍卫见徐静突然变了脸色，吓了一跳，愣愣地看着徐静。

徐静缓缓地说道："玉面阎罗，野狼沟之战，麦将军一把大刀砍死了二十三个鞑子，杀得北漠鞑子闻风丧胆。她这人脾气虽好，可最恨别人说她长得好看，以后这话要是让她听见了，你这脑袋老夫可保不住，这样的话可不许再说。"

小侍卫被徐静阴森森的话吓得脸色煞白，忙结结巴巴地应道："是，再——再也不敢说了。"

徐静没再说话，默默转回身又往山坡下走去，心中不知想到了些什么，嘴角慢慢扬了起来。

再说阿麦带着张士强往军营而来，因为跑大营的次数多了些，和守门的小校都混了个脸熟。见到她过来，早就有相熟的小校过来打招呼。阿麦平日里待人极随和，都一一应承了，这才带着张士强往商易之的中军大营走。

待来到商易之帐外，见有侍卫在外面守着，阿麦略微停顿了下，上前恭声询问元帅是否在帐内。那侍卫连忙向阿麦行了军礼，回答说商易之并不在大帐之中，至于去了哪里，他也不清楚。

听到侍卫如此回答，阿麦竟有松了口气的感觉，不知为何，她似乎总有些怕见商易之。现在听到商易之不在帐中，心里反而觉得轻松，走开了几步便吩咐张士强赶紧去把放在营外的东西拿来，回来直接去张生处找她便可。

张士强一溜儿小跑地往营外跑，阿麦直到看着他的身影不见了，这才轻笑着摇了摇头，不急不忙地往张生的营帐处走。来到张生帐外，没想到却看到商易之的贴身侍卫守在门口，阿麦不由得一愣，反应过来后就想避开，可那侍卫却已经看到了她，出声叫道："麦将军。"

阿麦无奈，连忙冲着那侍卫比了一个嘘声的手势，咧着嘴干笑了下，压低声音问道："元帅可在里面？"

那侍卫虽不明白麦将军为何要这样小心说话，不过还是不由自主地随着她的样子，小心地点了点头，小声问道："您过来寻元帅？小人进去给您通报？"

阿麦连忙摇头，"不用，我还是去元帅帐外等着吧。"说完正想转身走开，谁知帐帘却一下子被人撩开，一个修长挺拔的身影出现在门口，正是江北军统帅商易之。阿麦心中叫苦，脸上却挂上了恭敬的微笑，双手抱拳道："末将参见元帅。"

商易之点了下头，随意问道："过来看张生？"

阿麦怎么敢说是过来看张生，来到大营哪里有未见主帅却先私下来探望旧友的道理，于是毫不思索地回道："末将在大帐处未见元帅，听人说元帅来了这边，便寻过来了。"

商易之这样的人又怎么会看不透阿麦那点小心思，听她这样说也不点破，只挑了挑嘴角，一边往外走着，一边随意地问道："这次来大营又有何事？"

阿麦连忙跟了上去，颇有些难为情地答道："还是为营中新兵装备的事情，先不说盔甲，营里新添的三百多士兵手里连称手的兵器都没有，只能先给他们每人一根木棍拿着用，可末将营里精通棍棒的教官都没有。再说，就算棍法练熟了，怕是上阵杀敌的时候……"

阿麦嘴里小声说着，商易之却突然停下了脚步，转过头默默地看着她。阿麦嘴里的声音渐渐小了下去，到最后尾音也都消失了，只低着头不敢再说下去。

商易之叹了口气，说道："阿麦，在我这里不用玩这些小心思。"

阿麦心中一惊，连忙说道："末将不敢！"

商易之笑了笑，转身又往前走去，一边说道："我只能再给你二百把长刀，盔甲五十具，别的，就是我有，也不能都给了你第七营。"

听商易之能给这些，阿麦心中已是十分知足，像是生怕商易之反悔似的，赶紧冲他行了个军礼，高声说道："末将多谢元帅。"

见她如此模样，商易之几乎失笑，缓缓摇了摇头。阿麦只装作不见，忙跟在他身后半步的位置，老老实实走着。走了一段，她心里正合计怎么赶紧把这些东西都要出来带回营里，以免夜长梦多，忽听商易之的柔声问道："在营里可……辛苦？"

话一出口，商易之已察觉自己语气不当，一时颇觉尴尬。阿麦微征，正考虑要不要回答这句话的时候，抬眼却见张士强拎了两只野兔气喘吁吁地从前面跑了过来，她心中暗暗叫苦，一时也忘了商易之刚才的问话。

张士强也看到了商易之和阿麦并肩而来，也许是和阿麦待久了，言行中受她的影响，下意识地竟想转身就跑。心中刚有此念，又反应过来此举不妥，于是又继续往这边小跑了两步，来到商易之面前行了个军礼，"小人参见元帅。"

商易之看了看他，又瞥了他手中拎的东西一眼。阿麦生怕张士强太过实在回错了话，不等商易之开口就先说道："这是来的路上逮的野味，末将就想给元帅送过来尝尝。"

商易之了然地笑了笑，先叫张士强从地上起来，这才对阿麦说道："我这里不缺这些，还是给张生送过去吧。"

阿麦貌似有些为难，"这——"

商易之故意玩笑道："心意我领了，拿给张生吧。再说你送我两只兔子，我给你二百把长刀，传了出去人家还以为我这里可以用兔子换兵器，都拎了兔子来我这里换装备怎么办？兔子好逮，可我这儿兵器却没这么多。"

话说到这个份儿上，阿麦也不再坚持，反正这兔子原本也是带给张生的，既然商易之心里揣着明白装糊涂，那她也就跟着一同装糊涂便是。

张士强刚刚听到阿麦突然说这兔子要送给商易之，本来心里正矛盾呢，现听商易之这样吩咐，便向他告了个罪，赶紧拎着兔子往张生的营帐跑去。

商易之看着还在张士强手里挣扎的野兔，脑子里突然就想到了以前听说过的营里关于阿麦追兔子跑得比细狗还快的笑谈，一时忍不住突然失笑出声。旁边的阿麦被笑了个糊涂，有些不解地看向商易之。商易之掩饰性地轻咳两声，严肃起来，转移话题说道："前两日接到朝中旨意，要军中上报有功将领的名单，文书来问你的名字怎么报。"

阿麦一愣，听商易之问道："阿麦，你到底姓什么？麦阿麦这个名字，真要是报到了朝中，那可就是一辈子的事情了。"

阿麦抬头，见商易之的脸上丝毫不见刚才的笑意，眼中难掩凌厉之色，似想看到自己内心中去。她低头思虑了片刻，抬头直视着商易之的视线，沉声说道："不瞒元帅，阿麦只是乳名，末将大名叫麦穗！"

"麦穗？"商易之微微皱眉。

"不错，麦穗。"阿麦神色镇定，不慌不忙地说道，"末将生在五月，当时正是麦熟，家父见田里麦穗饱满实诚，便顺口起了这样一个名字。"

商易之盯着她，又问："你父亲是什么人？姓甚名谁？"

"我父亲？"阿麦扬眉而笑，答道，"家父自然也是姓麦，不过是个会酿酒的平民百姓，因开了家酿酒铺子，街坊四邻都称他一声'麦掌柜'。"

商易之定定地看了阿麦片刻，见她视线毫不躲闪，终于说道："那好，就报'麦穗'这个名字了。"

阿麦点头，又听商易之淡淡说道："你可还有别的事情？如若没有就不用跟着我了，刚才张生还谈起你，你去看看他吧。"

"那兵器和盔甲——"

商易之微微笑了笑，"过两日我让人给你送去。"

阿麦连忙说道："不用，不用，我还有一伙子新兵等在营外呢，一会儿我们自己捎回去就行。"

见她如此急切，商易之有些哭笑不得，只得说道："那好，你先去看张生吧，一会儿来大帐取了我的手书，去军需官那里要了便是。"说完不等阿麦回应，他便径直向前走去。

阿麦等商易之走了，这才转回身去了张生的营帐，张士强还在里面和他说着话。张生见阿麦过来，笑道："我没什么事了，你不用总来看我，再说你现在已是偏将，怎可总来探望我？"

"张大哥又说见外的话。"阿麦说道，上前欲查看张生的伤腿，张生连忙避让开，不肯叫她碰触，"没大碍了，军医说再有些日子就能走了。"

阿麦沉默了一下，还是忍不住问道："会不会留下……"

张生笑着截住了她的话，玩笑道："没事，顶多是跛一点，站着的时候都看不出来，刚才元帅还教给我呢，说以后去相亲的时候要骑在马上，任是谁家姑娘都看不出来。"

阿麦强自笑了笑，心里明白要是腿跛了，别说是商易之的亲卫队长，怕是想要在军营里再待下去都难。现如今见他笑得这样轻松，她心中更觉难受，只说了几句便找了个借口出去了。

阿麦本想去商易之大帐那里要调拨军备的手书，谁知还没走到帐前就迎面碰到了刚才跟在商易之身边的那个侍卫，竟然是送手书给她，并传话说元帅有交代，说是让麦将军领了东西直接回营即可，不必再去大帐辞行了。阿麦虽不明白自己怎么又招了商易之不待见，只觉这样省事反而更称她的心意，便冲着那侍卫表达了对元帅的感激之情，顺便又赞了那侍卫几句好话，直接让张士强出大营去叫人，领着人奔了军需处而去。

军需官对阿麦三番五次地过来要东西已经见怪不怪，验过了商易之的手书，利落地点出了二百把长刀和五十具铁质盔甲交给阿麦。

事情都办妥了的时候，日头都还没过头顶。张士强偷偷地捅了捅阿麦，示意这都到晌午了，饭食怎么办？阿麦抬头看了看天上的日头，又扫了眼军需官，见人家也没有要留自己吃饭的打算，也不好厚着脸皮在这里耗着，干脆就吩咐大伙直接把东西扛上肩，列了队往营外走。

出了大营，阿麦重新安排了一下，体格壮的背盔甲，体格弱的扛长刀，她自己也背了套盔甲在身上，然后招呼二百来号人集合。这伙人天不亮的时候就被她拉出来跑了几十里的山路，直到现在都还没吃上饭，肚子里早就饿得咕咕叫了，阿麦听了也有些哭笑不得。想了想，干脆站在了队伍面前，紧了紧背上的盔甲，大声问道："大伙饿不饿？"

这话一问出去众人都愣了一下，齐声喊不饿。

阿麦却笑了，笑道："瞎话！肚子都叫得比鼓响了，还说不饿？饿又怎么了？不丢人，本将我也饿了！肚子叫得不比你们声音小。"

众人哄笑，阿麦又喊道："不过，饿也没事，咱们有法子，大家看我的！"

这些兵大多都是新入伍的，听她这样说都觉奇怪，心道难不成将军还会仙术，能让大伙肚子不饿了？大伙都眼瞅着阿麦，只见她双手持了腰带，一边解开一边说道："先把腰带都解开，然后——抓住了——使劲！"说着，双手用力把腰带往紧处一勒，"喏，勒紧点就觉不出饿来了。"

众人先是一愣，然后齐声大笑，就连一边的张士强都憋红了脸，使劲地瞪着眼，绷着嘴角，才没笑出声来。唯独阿麦一脸严肃，脸上不带丝毫笑意。众人渐渐察觉，笑声也渐渐缓了下来。

"好笑吗？"阿麦平静地问道。

众人不敢出声，听阿麦又缓缓说道："这不是笑话，你们落了几顿饭？算上今天晌午的不过两顿，这就饿得走不动了？可我第七营的将士从西泽山引北漠大军入乌兰山的时候，曾经几天都吃不上一顿饭，饿不饿？开头还觉得饿，后面连饿都不觉得了，怎么办？除了勒紧自己的裤腰带没别的法子！"她的声音越来越高，队伍里一片寂静，人们脸上的笑容都没了，换上了肃穆之色。

张士强不知想到了些什么，眼里竟然蕴起了水汽。

阿麦顿了顿，把身体绷得更直，高声叫道："全体都有！把腰带都给我勒紧！还饿不饿？"

"不饿！"众人齐声喊道，声音震天。

阿麦点了点头，"咱们耽误了晌午饭，不能把晚饭也落下了，全体都有，给我跑步回营！"

山路本就崎岖，众人身上又负了重物，行走起来更加不便，说是要跑步回营，可哪里跑得起来！

俗话说得好："远道无轻重。"那一套铁甲背在身上，开始时尚不觉得如何沉重，越往后走却越觉得发沉。阿麦耐力虽有，脚力更是比一般的男子都出色，可论到体力上去，再怎么说也是个女儿身，和那些五大三粗的汉子相比就差得多了。山路只走了一半多，她的体力已渐渐不支，脸色由红转白，牙关也不由自主地紧扣了起来。

张士强一直跟在阿麦身后，见她步伐渐渐滞重，察觉出她已感到吃力。和阿麦相处这些时日以来，他已深知阿麦的脾气，知道要是直接劝她停下休息或是减轻她的负重，她必定不肯同意，于是便故意落下几步，来到后面的带队队正身旁，给他使了个眼色，又看了前面的阿麦一眼。

那队正也是个机灵人，忙往前赶了几步跑到阿麦身边，喘着粗气说道："大人，兄弟们都有些累了，怕是得歇一会儿。"

阿麦闻言，回头扫了一眼队伍，停了下来点了点头。队正大喜，忙命令队伍停下来原地休息。此令一下，众人便都把身上的负重解下来就地休息，还有不少人连负重也懒得解，干脆就一屁股坐倒在了地上。

阿麦已是累得说不出话来，强撑着样子往远处走了走，找了一高处背着人群坐下，这才塌下腰来大口地喘起气来，可没等气喘匀就听到身后传来声响，忙又暗自直了直脊背这才转头望去，却见是张士强跟在后面爬了上来。她不由得松了口气，冲着张士强伸出手去拉他上来，又拍了拍身旁的地面，示意他坐下来。

张士强咧着嘴憨厚地笑了笑，在阿麦身旁坐下，见她复又低下头去并不理会自己，便也不多嘴，只从身上的背囊里摸了个杂面馍出来，悄无声息地递了过去。

阿麦微怔，她和所有的士兵一样，也是接连两顿饭都没吃，肚子里早已空荡荡的了，现如今看到这圆生生的杂面馍，脑中还来不及反应，嘴里却已是自然而然地分泌起唾液来。

张士强见她半晌没有反应，还道是她要责怪自己私藏干粮，面上便有些讷讷的，伸在半空中的手不自然地动了下，略带尴尬地解释说："不是多拿的，是……昨天晚上俺省下来的，所以，所以不算私藏，大人，你——"

阿麦笑了，伸手从他手中接过杂面馍掰成两半，递回半个去给张士强，把自己手里的半个咬了一口，这才低声笑道："就是私藏也没事。"她回头看了一眼，见并无人跟来，便又嘿嘿笑道，"做人嘛，不要那么死板，该活络时就活络点。"

张士强被阿麦夸得有点脸红，咬着杂面馍也跟着嘿嘿傻笑。

阿麦几口吃完，又仔细地把落在衣襟上的碎屑都一一捡起吃了，这才随口问张士强："我怎么发现你总是能剩下干粮？营里每人的定额也没那么多啊。"

张士强的面色有片刻的黯淡，沉默了下才低声回答道："小的时候家里闹过饥荒，饿死了不少人，就记住了俺娘说的话，有吃的时候能省就省下点，省得下一顿挨饿，就算吃不饱也比饿死了强。"

阿麦听完，半晌不知该说什么好，只觉得刚才吃下去的半拉馍馍堵得胃里有些难受。她从地上站了起来，伸手用力拍了拍张士强的肩膀，张了半天嘴才说出一句："挺有道理，我记下了。"

| 第二章 |

下水 荣耀 战马

阿麦带领众人回到营中时天色已经擦黑，营中的军需官李少朝正站在营门口外慢悠悠地绕着圈子，见阿麦等人从远处过来，这才停了下来，脚下连迈了几步迎了上去。等看清楚大伙身后背的东西，李少朝高兴地嘴一咧差点没笑出声来，可这嘴角才咧到一半，就又看到了自家大人那张满脸泥汗再也俊俏不起来的脸，那嘴角又将将地收了回去，只是原本就不大的眼睛眯得更细了。

"营中可还留着饭食？"阿麦问道。

李少朝一边去接阿麦身后的盔甲，一边连声说道："有，有，有，给大伙备着饭呢，都是干食，还有荤菜呢！"

众人一听，忍不住都欢呼起来，齐齐地瞅向阿麦，只等着她下令去吃饭。阿麦见状也笑了，吩咐李少朝把这次带来的兵器盔甲都点清楚，看是否损坏丢失，自己则赶紧领着大伙去吃饭了。

等阿麦这里吃过晚饭，李少朝那里也已经清点完毕，过来给阿麦回话。阿麦随意地问了几句营里现有的情况，李少朝都详细地答了，说着说着便又把话说到了军队操练上，道："大人向元帅再要个好的教头来就好了。"

阿麦闻言抬头看着李少朝不语，李少朝被她看得有些不好意思，只好咧着嘴干笑。

她这才转开了视线，淡淡说道："要去你去，就这些东西还是我把脸皮在石壁上磨了又磨才从元帅那里讨回来的，你家大人这张脸是已经用完了，没得剩了。"

李少朝被阿麦几句话噎得只能嘿嘿干笑，说道："那咱们就先等等再说，要不就先在咱自己营里找，总能挑出几个枪棒刀箭好的人来。"

阿麦也点头，她其实也很清楚营里现在确实少一个好教头，可只西泽山一役，营里的老人就死了个七七八八，现在大多是新招募来的兵蛋子，要想找出几个武艺精通的谈何容易，心道这事也只能暂且押后再说。

可事情偏也凑巧，就在李少朝提了这事没多久，老天爷还真给他们送过来一个没得挑的教头来——就是那在西泽山一战中失散的原第七营的校尉营副黑面！

大伙都没想到这黑面还活着，再次相见着实激动，团团地把他给围住，七嘴八舌地说得热闹。黑面比原来瘦了不少，面皮更黑了，原来那日他在后阻拦鞑子，身上不知被砍了几刀中了几箭，后来体力不支昏死过去，等再醒过来时战场上早已无人。当地一个猎户把他从死人堆里背了回去，足足养了月余才能爬起身来，一能爬起来他就往乌兰山深处找寻江北军，后来辗转寻到了江北军大营处，商易之留了他几日，便让他回第七营了。

众人听了皆是唏嘘不已，不由得想起了惨烈战死的陆刚和杨墨等人。阿麦心中更是复杂，眼前只不停地浮现杨墨最后给她的那个灿烂笑容，一时间竟然连话都忘了说。直到李少朝出来打圆场，阿麦这才惊醒过来。

黑面过来和阿麦见礼，阿麦对他好言抚慰了几句，心中对于黑面的回归却是有喜有忧。喜的是黑面是一员难得的猛将，这下子营中的教头也总算有了着落；忧的却是这黑面本就看不起她，现如今又成了他的顶头上司，难免他会不服。

谁知，阿麦这次的担心纯属多余，也不知道黑面来之前商易之交代了什么，总之黑面对于阿麦的安排非但没有抵触，更是少见的配合，这让阿麦大大松了口气。

这样一来，营中人员装备差不多已补齐。这一阵没有什么战事，日子便过得格外快些，眼见着天气一天天变热，江北军在乌兰山中的第一个夏天姗姗而来。

天气越来越热，士兵操练的时候穿得越来越少。到了后来，黑面带头，满校场上都是打了赤膊的汉子，除了一个人——那就是第七营的主将阿麦。阿麦非但每日里军装穿得整齐，就连外面套的软甲都不曾脱下过。最初亲近的几名部下还暗地里夸自家大人那是儒将，和自己这伙子粗汉子不同，可等大家热得都光了脊梁，自家大人的背后也印出碱印子的时候，众人眼中难免有些怪异了。

人们私下里难免会议论几句，有次正好被第四队的队正王七听到，王七嘿嘿地笑了两声，瞅了瞅四周，见主将阿麦并不在附近，这才嘿嘿笑道："那是因为咱家大人肉皮子太嫩，又白，太不男人了，哪好意思往外露啊！"

众人哄笑，有人笑道："那越捂不是越白了？还不如跟咱们一样，脱光了晒上两天，自然就黑得跟炭人一样了。"

王七道："胡咧咧，咱家大人跟咱们不一样，你看人家那脸色，整年这么晒着也没见黑了多少，还是跟小白脸一样。这人比人得死，货比货得扔！"

有人故意激王七道："王七，你就瞎说吧，说得跟你见过大人身上什么色一样，你也就是跟咱们吹吧。"

王七听他如此说，面上便有些挂不住，瞪大了眼说瞎话道："怎么没见过？不瞒你们说，想当初咱和麦大人可是一个铺头睡过的兄弟，不信你去问大人，正经是咱们第四队第八什出来的！能不知道什么样吗？咱还和麦大人打过一架呢。"

众人都知道这样的事情哪里又能真去和自家大人核实，有人又笑着问王七："那你和大人打架，谁赢了？"

王七老脸一红，嘿嘿笑道："咱家大人下手可真狠，真狠。"

众人又哄笑起来，有那老成持重的便劝道："咱们别私下里议论大人了，省得传到大人耳朵里招惹是非。"

有几个应声说是，其中一个低声道："咱家大人看着脾气虽好，可军纪管得却严，就前几日那个什长，还是从西泽山跟过来的，大人一句斩就给斩了。我现在还记得当时大人那脸，冷得跟寒冰似的，只问那小子可记得军法第九条，那小子答了句记得，大人就一句废话也没多说，直接就让人拖出去斩了。"

大伙听了忙都停了嬉笑，有人低声念道："军法其九：所到之地，凌虐其民，如有逼淫妇女，此谓奸军，犯者斩之。有功又能怎样？那小子自己作的，可怨不得别人。"

众人听了都不住点头。

进了七月，天气更加炎热，有士兵耐不住酷暑，便趁黑偷摸到营前的那条浅河中洗澡，阿麦得知后倒也没有训斥，只睁一只眼闭一只眼。后来在李少朝的建议下干脆定下了法令，每日操练完了，可由各队的长官带着下河去清凉上半个时辰，不过得注意安全，万不可发生溺水事件。

此令一出，全营欢呼，当天散了操便齐齐冲到河里去了。阿麦只远远扫了一眼，就赶紧转身回了营帐，第二日那法令后便又加了一条：注意军容，别脱光了下去，省得被附近的百姓看到不雅。

其实要说热，阿麦更热，可再热她也不敢跟着这群人下河。有次热得实在受不住了，便卷了裤腿和衣袖到水边站着洗脸，可即便这样还得防备着那些不遵法令脱光了下河的。阿麦觉得实在辛苦，干脆连在水边站也不站了，部下问的时候，只推说小时候溺过水，吓怕了，不敢下河。

别人不知怎么回事，张士强心中却明白阿麦的苦衷，可却也没别的办法，唯一能做的就是夜里多打上几桶水送到阿麦帐中，好歹也能让她擦洗一下。开始的时候阿麦还用这水，后来干脆连水也不让他打了，只每天半夜便独自一人前去巡营，天亮回来的时候总是一副神清气爽的模样。张士强心中奇怪，便留了心，等这日阿麦去巡营的时候悄悄地在后面跟了去，见她出了营在四周巡视了一番后又向后山而去。

虽是深夜，空中有月光照下，倒也能看清山路，张士强远远地跟着阿麦，不多时便爬到了半山处。前方有哗哗的水声传来，张士强白天时倒是曾到过这里，知道前面绕过山壁处便有因瀑布落下积成的水潭。

前面阿麦的身影已经转过山壁，张士强没多想就跟了过去，人刚一转过石壁，便觉得面前一股寒气逼来，吓得他身体顿时僵住，再低头时见自己颈前已经架了把刀。

"你？"阿麦奇道，收回了刀，问他，"你跟着我做什么？"

张士强这才回过神来，答道："我怕大人一个人有危险。"

阿麦笑了笑，收刀入鞘，说道："没事，你这样跟着我，要是误伤了你怎么办？"

张士强便有些不好意思，解释道："我，我没别的意思，只是，只是——"

阿麦见状，便笑道："行了，既然跟过来了，就到这边等着我吧。"说着她便转身又往前走去，到水潭边的一块大青石处停下来，转回身对张士强说道，"我下去冲个凉，你在这儿守着，帮我望个风。"

张士强没想到阿麦深夜来此竟是为了洗浴，听她如此说已是窘得脸色通红，忙结结巴巴地说道："我，我，我去山壁那边看着人。"说完不等阿麦说话便转身飞快地往石壁那边跑去。阿麦笑了笑，径自把软甲和军装脱下，只剩下里面的裹胸和短裤，扑通一声跳入了潭水中。

张士强这里还没有跑到石壁处，就听见身后的落水声，脚下一停，脸上不由得更红了，他急忙又往前走了几步，这才停了下来，背对着水潭笔直地站着。等了一会儿，他忽然记起白日里见这水潭深不见底的模样，心里不免一惊，生怕阿麦再出了意外，忙背着身子叫了一句："大人！"

半天听不到回音，唯有远处瀑布哗哗的水流声，张士强又大声喊了几句，还是听不到阿麦的回音，不禁有些心急起来，顾不上避讳，转身又往那青石处跑，到了那儿只见到了阿麦脱在青石上的衣物，旁边的潭水早已是一片平静。张士强这下慌了，趴在青石边上只冲着潭中大喊"大人"，到后面又喊起"什长"来，声音里已隐隐带了哭声。眼见一点动静没有，他这里正要往潭水里跳，忽然见潭水中冒出个人来。

阿麦抹了把脸上的水渍，问道："怎么了？"

张士强见阿麦安然无恙，忍不住破涕而笑，半晌才说出话来，声音里犹自带着哭音，说道："我见大人半天没有动静，还以为大人溺水了呢。"

阿麦见他又哭又笑的模样，忍不住笑了，笑骂道："傻小子，我刚才潜到对面瀑布那儿去了，没听到你喊。你家大人从小就在河里长大的，就这小水潭怎么会淹死，也忒胆小了点。"

张士强也跟着傻笑起来，忽又见到水中的阿麦还裸着肩，吓得猛地转过了身去。阿麦虽不甚在意这些，可也不想让张士强窘迫，便悄悄地从水中钻出，胡乱地擦了擦就套上了军装软甲，这才问张士强道："我还要到山顶上去，你可跟我一起上去？"

张士强红着脸点头，阿麦笑了笑，便带着他往山顶上爬去。两人爬到山顶处，东方已经隐有亮光。阿麦迎风而站，看着远处的山峦，对身后的张士强笑道："张士强，你看我们乌兰山中的风景可好？"

张士强往远处望去，见晨霭之中山峦起伏各显造化，不由得点了点头。他转头看向阿麦，见她身姿瘦削，发梢犹带水珠，又想她这样辛苦地混在军营之中，且不说每日里为着身份提心吊胆，只每夜里为了洗浴还得到这深山中来就非一般女子可以忍受的，忍不住问道："大人，你为什么要待在军营？"

阿麦微怔，片刻后才回头缓缓答道："为了——父辈的荣耀！"

"父辈的荣耀？"张士强迷惑。

阿麦转回身去，迎风张开双臂，闭上眼仰头大声笑道："嗯，为了父辈的荣耀！"

山风之中，阿麦的衣角翻飞，太阳从遥远的东方跃起，刹那间万道金光射来，给她的身形镶上一道亮边。这个身影落入张士强眼中，竟似欲乘风而去的仙人一般，他愣愣地看着，不禁呆了。

阿麦闭眼站了片刻，待心中澎湃的情感平静下来后这才转回身来，如平常一般笑道："走吧，下山。"说完便自己率先向山下走去，张士强这时才回过神来，匆忙应了一声后，便追了过去。两人回到军营时不过是早操时分，黑面正带着士兵在校场上操练，看见了阿麦只远远地点了个头算是打过了招呼。阿麦并不在意，略一点头，然后便把视线投向了校场，默默地注视着那些汗流浃背的士兵们。

西泽山一战，第七营损失惨重，原有的人马损失了十之七八，现有的这些士兵大多是战后新招募来的，一部分是从江北其他州县投奔而来，还有些就是乌兰山中的农家子弟。

这些都是南夏的热血男儿，他们现在缺少的只是实战经验而已。

阿麦注视着校场许久不语，身后的张士强也不敢出言打扰，直到看见军需官李少朝从远处往这边而来，这才小声提醒她。

阿麦闻言别过脸来，果然见李少朝不紧不慢地走过来，近了才搭讪道："早啊，大人。"

这显然是没话找话，只看李少朝的神色阿麦就知道他为何来找自己，无非是又想鼓动自己去大营要东西，于是便把视线又重新放回到校场上去，只随意点头道："早。"

李少朝又笑道："真是巧，大人，又在这儿碰到您了。"

阿麦心道我每天早上都到这里来看士兵操练，你会真的不知道？心中虽这样想，面上却仍是不动声色，还是轻轻点头，"巧。"

见阿麦两次都是这个反应，李少朝面上终有些挂不住了，尴尬地搓了搓手，也学着阿麦的样子，把视线放到校场上那一群赤膊的士兵身上。

过了片刻阿麦才转回身来，看着李少朝似笑非笑地问道："这样就有点不自在了？"

李少朝闻言点头不是摇头也不是，只嘿嘿笑着。

阿麦又说道："你家大人每次去大营打秋风时基本上都是这个待遇，你现在可知道这个滋味如何了？"

李少朝见被阿麦识破了心思，脸上笑得更不好意思了，笑道："还是大人厉害，卑职这嘴还没张呢，大人就知道要说什么了。大人可别怪我，谁让咱当着这个管家婆呢，可不就是我来这儿讨人嫌嘛！"

阿麦笑了笑并不搭话，李少朝见她面上并无恼色，又试探地说道："再说了，张嘴三分利嘛，大人多往大营跑跑，总不见得有什么坏处。何况哪次去没给大人个面子啊，且不说徐先生待大人自然是和别人不同的，就连元帅那里……"

李少朝见阿麦瞥向自己，连忙打住了话头，只看着她嘿嘿地笑。

阿麦把李少朝从头到脚打量了好几遍，这才淡淡说道："还记得陆大人曾说过你为人忠厚、不善言谈，每每军事会议上都极少开口，现今看来，陆大人可是看错了你，我看你倒是舌头上能开花了。"

李少朝只装作听不懂阿麦的暗讽，笑道："那不是当队正的时候嘛，要讲兵法讲打仗，卑职还真是说不出什么来，现在管的都是当家过日子的事，这话难免就会多一些，管家婆管家婆，不婆婆妈妈哪能叫作管家嘛！"

阿麦被李少朝气得无语，只嘿嘿冷笑了两声道："李少朝，你行，你少跟我磨叽，我既然说了不去就不去，要去要东西你就自己去，我脸皮薄，已经磨穿了，行吗？"

她说完拂袖就走，连操练都不看了，张士强连忙跟了上去，留下李少朝在后面站了片刻这才回过神来，小声念叨："别急嘛，有话好好说嘛……"

阿麦虽不愿再往商易之那里跑，可惜这世事往往是事与愿违的。八月初，商易之向分布在乌兰山各处的江北军各部发出军令，命各营主将于中秋节前齐集江北军大营。

　　第七营离江北军大营最近，收到消息也就最早。军令到的时候，阿麦正召集营里的几个主要军官开每月例行的军事会议，商讨怎样才能增加新兵实战经验。

　　乌兰山之役后，江北军各部和北漠军队之间虽没有再发生大的战役，可小规模的战争却时有发生，双方互有胜负，总的来说还是江北军占到的便宜多，尤其是唐绍义所统领的骑兵部队，更是让北漠人头疼不已。

　　第七营却由于驻地离江北军大营太近，反而一直没有任何战事，明眼人都看出来这是商易之和徐静有意让第七营休养生息。阿麦心中自然也明白他们的好意，可同时却又清醒地意识到这样下去对第七营来说并不见得是好事，只有经过战场上的洗礼才能让这些新兵成为真正的军人。

　　传令兵把军令送到阿麦手上，她瞅着手中的军令不由得隐隐皱眉，搞不清商易之下这个军令干吗，难不成他现在还有心思聚齐了大家一起过中秋节？

　　军令在其他几个军官手中传了一圈，众人的脸上也不禁挂上了些许纳闷，齐齐地看向阿麦。阿麦眉间早已放平，面上带着温和的笑容问传令兵道："可知道元帅此次因何召集大伙？"

　　那传令兵也是个机灵人物，见阿麦问，连忙答道："小人也不太清楚，只是听说朝廷里对各位大人的赏赐下来了。"

　　此言一出，帐中众人不禁都透了喜色，早在乌兰山之役之后商易之就把江北军中有功将领的名单上报了朝廷，这都过了大半年，奖赏总算是有了信，大伙心中难免都有些雀跃。倒是阿麦看起来丝毫不为所动，只是让人带那传令兵下去好生招待。

　　待传令兵出去，帐中意外地静了下来。阿麦扫视了一圈，见众人都是一副难掩喜色却又不肯露出来功利之心的模样，心中不禁暗笑。她正要张口说话，却见王七突然站起来说："别看咱们最近这些日子没打过辊子，可就凭咱们第七营辗转一千多里引辊子入乌兰山这一条，大人去了那儿也是头功，少不了露脸。所以大人这次去可不能再和以前一样，只带着张士强一个亲兵爬山翻岭地过去，没得被人看轻了。

这回说什么也得讲讲排场，也让其他营部看看咱们第七营的军威。"

众人闻言连忙称是，更是你一言我一语地讨论起该如何在众营之前露脸来，不过说来说去无非也就是得鲜衣怒马、兵强马壮而已。王七等几个军官越说越是兴奋，唯有军需官李少朝一直沉默着，眨巴着一双细长的眼睛不知道在琢磨些什么。

阿麦含笑不语，静静听着，待众人都说得差不多了，才点头说道："大伙说得都有道理，不过我们第七营在西泽山之战中损失太严重，虽然军中给我们补了不少，可是家底毕竟不比其他兄弟军营。再说我们又是步兵营，营里总共也没有几匹马，不比唐将军的骑兵——"

话刚说到此，一直沉默的李少朝突然出声道："这个大人请放心，马匹的事情包在卑职身上，大人只需定下人数即可，到时候卑职一定把马都准备好了。"

阿麦十分意外，想不到一向抠门儿的李少朝能说这话，营中马少，有数的几匹马都让阿麦用来组建了斥候队，并没有配给营中的军官，为了起表率作用甚至就连阿麦自己都没有专用的坐骑，李少朝张口就答应给这次去大营的人员配备马匹，这实在让她深感意外。

"还是算了吧，非战时军官不可调用斥候队的马匹，这是营里早就定好的，再说离大营又不算远，翻山过去半天也就到了，骑马走大路反而要绕不少冤枉路。"阿麦说道。

"不！必须得骑马！"李少朝却是少有地执拗起来，又道，"这可关系到我第七营的颜面问题，马匹的事情不用大人担心，包在卑职身上，绝对不会征用斥候队的马匹。"

见李少朝把话说得如此圆满，阿麦心中更是疑惑，纳闷李少朝如果不征用斥候队的马匹的话，哪里还能搞来战马。

八月十四日，阿麦命黑面留守营中，带着亲兵张士强及王七等几个军官前往江北军大营。几个人新衣亮甲都打扮好了，李少朝的战马还不见影子，直到眼看就要误了时辰、几人等得都上火了，李少朝才派人来传话说坐骑都已备好，请各位大人直接前往军营辕门即可。

李少朝如此神秘，让阿麦心中的疑问更大，王七等人更是丈二和尚摸不到头脑。

几人来到军营辕门处，果见李少朝牵着几匹马已经等在那里，可一见那马，几人顿时愣了。

王七围着那几匹马挨个儿看了个遍，忍不住大声叫道："我操，老李，你这也好意思叫战马？这匹，还有那匹，毛都掉秃了，怎么出去见人？"王七头次穿得这样光鲜地前去大营，本是一心兴奋，没想到李少朝拍着胸口打下包票的战马却是这个模样，满心的期待顿时都变成了熊熊的怒火。

看着那几匹或老或瘦的马，阿麦心中也是不悦，见李少朝还笑嘻嘻地看着自己，忍不住冷笑道："这就是你给咱们第七营准备的颜面？"

李少朝嘿嘿笑道："一样骑的，一样骑的。"

阿麦冷冷地横了他一眼，突然吩咐张士强道："卸甲！"

张士强一怔，随口问道："大人，卸甲做什么，不是还要去大营吗？"

阿麦眼睛却看向李少朝，嘿嘿冷笑道："不卸甲如何来骑你李大人给配的战马？压坏了这马你李大人少不得又要心疼！"

见阿麦都带了怒色，李少朝却似并不害怕，不论众人如何讽刺挖苦也只在一边赔笑。这样一来，倒像是铁拳打在棉包上，软了吧唧，大伙的怨气想撒都撒不出来。想必李少朝也早已猜到众人的反应，所以愣是把这些马藏到最后才敢露出来。现在大伙都已铠甲在身，又急着要走，想不骑都不行了，你总不能穿着几十斤的铠甲去翻山越岭，如若那样，就算不被累死，到了大营也会被人笑死。

事已至此，阿麦也有些服了李少朝，见王七等人还在抱怨，冷声说道："够了！都上马吧，别辜负了李大人的一片心意！"

李少朝连忙讨好地牵了匹最为壮硕的马到阿麦面前，阿麦冷哼一声，接过缰绳翻身上马，其他人虽不情愿，可见此也只好纷纷上马。李少朝充耳不闻大伙的抱怨声，笑呵呵地看着众人离去，直到都看不到人影了，这才转身吩咐一边的小兵道："赶紧，领几个人去搭个马厩，要大。"

"马厩？"小兵奇道，"麦大人这回能从大营要回战马来？大营里也没有多余的战马啊。"

李少朝得意地笑了笑，说道："这次不用麦大人要，自然会有人送咱们大人上好的战马！"他见那小兵一脸诧异，又笑骂道，"行了，别问了，等着就知道了。"

小兵满脸疑问地往回走，走了没两步又忍不住回头问道："那得搭多大的？"

李少朝想了想，嘿嘿笑道："怎么也得装得下十匹二十匹的吧。"

再说阿麦和王七等人，骑了李少朝"精心"准备的战马，眼看日头都已偏西还没看到江北军大营的影子。一伙子人都已经饿得是前心贴后背，就连骂骂咧咧抱怨了一路的王七到后来也饿得没话了。

几人骑着马正踢踢踏踏往前慢慢晃悠，突听后面远远传来一阵急促的马蹄声，阿麦等人都回头看去，见十几匹健马由远而近飞驰而来，眨眼工夫就要到了眼前。众人不自觉地都往道路两边让去，刚避到路边，那十几骑已在眼前一掠而过，马蹄声又密又急如同惊雷一般，卷起的尘土扑面而来，灰尘之中竟然连人影都没能看清楚。

不过十几个人的骑兵队竟能有如此声势，众人不由得都被震得有些愣了。

阿麦正暗自纳闷这是哪营的人马竟然如此张扬，却见其中为首的那一骑突然在不远处猛地停下，他身后的骑士也纷纷跟着勒马，十几个人齐齐地停了下来。那人回身向阿麦处望过来，片刻后才出声喊道："阿麦？"

阿麦闻声略怔，就见那人又掉转马头跑到自己马前勒住了坐骑，笑呵呵地看着自己叫道："阿麦。"

"唐大哥！"阿麦又惊又喜，没想到来人竟然是许久不见的唐绍义。

唐绍义身穿战袍戴盔披甲，英武的面庞上难掩意气，向阿麦笑道："刚才过去时晃了一眼觉得像你，没想到果然是你。"

阿麦笑道："唐大哥还能晃了一眼，你刚才过去时我可是连你人影都没能看清楚。"

唐绍义闻言咧嘴笑笑，解释道："看天色不早了，所以跑得有些急。"

阿麦这行人中，张士强、王七等人是早就认识唐绍义的，其余不认识的听闻他竟然是江北军的骑兵主将唐绍义，也纷纷上来见礼。唐绍义一一还了礼，又冲着张士强笑道："张二蛋吧？可是显高了不少。"

张士强不好意思地笑了笑，阿麦替他说道："他已经改了名字，叫张士强，现在是我的亲兵队长。"

"张士强，嗯，好名字。"唐绍义赞道，又转头冲阿麦说道，"前面还有你认识的人，你可猜不到是谁。"

阿麦奇道："是谁？"说着便向等在前面的那些骑士望过去，见其中一人策马也往这边驰来，到了近前冲她笑着招呼道："麦将军。"

"张大哥！你怎么会——"阿麦惊呼失声。

张生知阿麦要问什么，只是笑道："我现在已是唐将军手下的一名骑兵校尉，想不到吧？"

阿麦又惊又喜，连连摇头。乌兰山之战中，张生为救阿麦被常钰青挑落下马，混乱之中又被战马踩断了腿骨，后来伤虽好了可却落下了个跛脚，阿麦只道他会因此退出军队，怎么也想不到会在唐绍义身边看到他。

"是我自己向元帅要求到唐将军手下做骑兵的，幸好唐将军不嫌弃我这个跛脚。"

"幸好没有嫌弃，"唐绍义笑道，"不然哪里能求得这样一员悍将，现如今草原上谁人不知我军中有个拼命张郎？男人恨他恨得要死，女人却爱他爱得要命。"

众人哄然而笑，张生只是含笑不语，待众人都笑过了才提醒唐绍义道："将军，时辰不早了，我看你和麦将军不如边走边聊。"

唐绍义点头，阿麦也连忙称是。唐绍义策了马和阿麦并缰而行，张生却故意落后了一步，和王七等人随意闲谈起来。

阿麦和唐绍义自乌兰山一战后就再没见过面，她被商易之留在大营近处休养生息，唐绍义则被放出去领着骑兵部队转战西胡草原和江中平原。只不过短短半年时间，他就闯出了名头，不但成为悬在北漠陈起大军腰腹上的一把锋利的匕首，而且还成了扎在西胡单于心头上的一根利刺。

只因北漠常钰青偷袭靖阳边军时曾借道西胡东境而过，这便让唐绍义有了借口报复。他时不时地就去西胡的小部落劫掠一番，等西胡再集结好各部的军队而来时，他却又已经横穿乌兰山脉到了豫北地区，出人意料地偷袭了北漠军的某个分部。

这种看似无赖的打法让唐绍义掠得了大量的财物和战马，使原本不足三千人的骑兵部队很快就扩张到了近万人，一跃成为江北军中的第一主力部队。

阿麦和唐绍义两人边行边谈，由于阿麦的坐骑跑不起来，唐绍义那边只好放缰缓行，直到天黑时分众人才到了江北军大营。负责接待的军士把众人迎进大营，阿麦吩咐手下的军官随人去吃饭休息，自己却和唐绍义先往商易之的住所去了。

第三章

虚实 饮酒 鞭责

商易之已经得到消息迎出了院门，阿麦只一看商易之脸上那温和的笑容，就知道他不是来迎自己的，很自觉地慢了半步落在唐绍义身后。果不出她所料，商易之见唐绍义欲单膝跪下行礼，连忙向前抢了两步满面笑容地托起唐绍义，而她这边都跪下把礼行全了才换来商易之随口的一句，"免礼吧。"

阿麦很清楚自己现在无法和唐绍义比，也并不在意，抬头见后面跟出院门的徐静正眯缝着小眼睛笑着看自己，又老老实实地向他行了个军礼。

徐静笑着问阿麦道："你的那些新兵练得如何了？"

阿麦答道："黑面正在教他们步射。"

徐静点了点头，故意拉长了声音说道："哦，原来如此，难怪这几个月不见你带着你那些新兵练腿脚了，你这些时日不来大营，老夫反而有些不习惯了。"

阿麦知徐静是故意取笑，只是不好意思地笑，并不答话。

徐静又上下打量了下她，随口笑道："像是壮实了不少，可见你们第七营生活不错啊。"

阿麦脸上笑容一僵，面上不禁露了些尴尬之色。

商易之本和唐绍义走在前面，闻言也回头扫了阿麦一眼，视线滑过阿麦胸前时表情微怔了下，随即便又闪开了视线。阿麦顺着他的视线低头看了一眼，面上一红，下意识地微微含胸。

也许是最近半年生活比以前安逸了太多，她那原本并不明显的女性特征突然就蓬勃发展了起来，阿麦心中虽然着急却一点办法没有，只能把裹胸缠得越来越紧，可即便这样，胸口也不像以前那样一马平川。

如若她是个身材粗壮的汉子，就算有这样的胸部人家倒也不会觉得如何，可她偏偏身材高挑瘦削，这样的身材有着这样发达的"胸肌"着实惹眼了些。为了不让胸部显得这样突兀，阿麦无奈之下只好把腰腹也都垫上衣物缠了起来，起码这样看起来让人觉得她是粗壮了些，而不只是胸肌发达。

商易之移开视线后面不改色地回过头去继续问唐绍义一些军中的情况，阿麦脸上却仍有些不自在，不禁恼恨徐静这老匹夫故意给她难堪。

不想她这次却错怪了徐静，徐静此人虽然老谋深算，也早已识穿阿麦的女子身份，可在这种事情上却知之甚少，只当阿麦是胖了些，压根儿没往别处想。商易之却不同，想当初在京城里也曾是有名的风流公子，眼光何等毒辣，只一眼就看出了其中的端倪。

徐静那里尚不知自己话里的问题，犹自说道："不过你这安逸日子也该到头了。"

阿麦见徐静终于转开话题，忙问道："先生此话怎讲？"

徐静笑道："你们第七营足足养了半年了，也该出去练一练了。"他见阿麦仍是面露不解之色，神秘地笑了笑，瞥一眼走在前面的商易之，压低声音向阿麦说道，"你且等着，元帅这回对你们第七营早有安排。"

阿麦欲再细问，徐静却再不肯透露什么，她只好忍住了心中的疑问，跟在徐静身后进入屋中。

商易之和唐绍义已站在沙盘前讨论着骑兵部队下一步的军事计划，徐静也走过去站在一旁静静听着，时不时地将着胡子轻轻点头。阿麦为避嫌并未凑前，眼光在房中转了一圈后便落到了旁边书案上。

商易之无意间抬头，恰好看到阿麦正在盯着自己的书案愣神，不由得顺着她的眼神看了过去，见不过是一本扣着的《靖国公北征实录》，自己闲暇时翻看的，军中十分常见的一本兵书，没想到会让阿麦看得如此专注。

徐静瞥见商易之看阿麦，捋着胡子笑了笑，冲阿麦笑道："阿麦，傻站在那里干什么？还不过来听听。"

谁知阿麦却如同充耳不闻，仍出神地盯着书案。

徐静只得又放大了声音叫道："阿麦！"

这一次阿麦猛地惊醒，却没能听清徐静之前喊她做什么，只好回头有些茫然地看着徐静。徐静等人还是第一次看到阿麦的眼睛中如此真切地透露出茫然的神色，心中都不觉有些诧异，一时间三人都瞅着阿麦，谁都没有开口。

唐绍义首先反应过来，笑着替她解围道："徐先生叫你过来一起听听。"

阿麦连忙应了一声，走到沙盘旁垂手站在唐绍义一旁。

对面的商易之只抬头淡淡地看了她一眼，复又低下头去指着沙盘上一处继续问唐绍义道："你打算这一次从这里穿过？"

唐绍义点头道："是，末将已经派人探查清楚，这里有条狭长的山谷，被当地人称为'棒槌沟'，东宽西窄，最为狭窄处只容两骑并行。虽然从这里通过后还要转向南，多走三百多里，不过安全性却要高得多。"他又指着另一处说道，"上次偷袭鞑子豫南跑马川兵营是穿秦山谷口而过，完全是欺陈起自负，想不到我们会用他自己的招数。这一次如若还要从这里通过，怕是陈起早已有所准备，所以末将就想这一次不如走这棒槌沟。"

商易之低头看着沙盘沉思不语，倒是徐静问道："唐将军是否想过棒槌沟如此地形，如若那陈起在此处设伏，则我军危矣。"

唐绍义答道："先生不必担忧，一是此处极为隐秘，若不是我军中有当地来的士兵也不会知道还可以经此处穿过乌兰山脉。二是我军刚刚偷袭过一次鞑子设在跑马川的兵营，他们必然想不到我们还敢再次袭击那里。而且根据探子的回报，鞑子跑马川兵营被袭后，陈起反而把给周志忍筹备的粮草从卧牛镇偷偷转移到了此处，可见他也不会认为我们还会去跑马川。"

一席话说得徐静微微颔首，可商易之却依旧沉默。唐绍义见商易之始终没有表示，忍不住问道："元帅如何看？"

商易之想了一下这才答道："如若我是陈起，当会在棒槌沟设伏。"他抬头见唐绍义等人都看着自己，又解释道，"北漠皇帝正在豫州，上次绍义偷袭了跑马川就已经让陈起面上很是无光，他必然会加倍小心，尤其是这些粮草是他给周志忍攻泰兴备下的，更是不容有失。他已经吃过你一次亏，必然会细查所有能从西胡草原去往江中平原的道路，重兵把守。"

商易之的一席话说得唐绍义和徐静都沉默了，细一思量也觉有理。唐绍义浓眉微皱，又凝视了沙盘片刻，抬头问商易之道："这么说我们就动不得这批粮草了？"

商易之缓缓摇头，"不，动得。"

徐静也捋着胡须轻笑道："不错，动得。周志忍领了大军围困泰兴，鞑子皇帝又坐镇豫州，这两处都极占兵力，再加上常家领兵东进，又分去不少。陈起手中兵力有限，不可能在每个地方都重兵把守，所以不论是秦山谷口、棒槌沟，还是跑马川、卧牛镇，必然都是一虚一实，我们只要能看穿他的虚实，一切都好说。"

"那先生觉得谁虚谁实？"唐绍义忍不住问道。

徐静含笑看了商易之一眼，答道："老夫的看法和元帅相同，陈起此人自负多疑，善用疑兵，应是秦山谷口为虚棒槌沟为实，伏兵很可能就在棒槌沟，而粮草却依旧放在了卧牛镇，说是转移到了跑马川不过是给我们耍的花枪，转移过去的怕不是粮草而是伏兵。"

徐静说完忽然转头看向阿麦，问道："阿麦，你认为呢？"

阿麦想不到徐静会问到她头上，微微一愣后才答道："阿麦猜不透。"

徐静知是阿麦圆滑，笑了笑又问道："如若你是唐将军，你会如何？"

阿麦见徐静仍然追问，又见商易之和唐绍义二人都看向自己，略一思量后说道："那我还是走棒槌沟，偷袭跑马川。"

商易之追问道："为何？"

阿麦答道："我既然猜不透陈起的心思，那干脆就只管埋头做自己的事情。既然探到了棒槌沟这条路无人知晓，自然要走棒槌沟。探子既然报来陈起把粮草转移到跑马川的消息，那我就去偷袭跑马川了。"她见他三人仍是注视自己，又接着说道，"这就像是两个人猜拳，石头剪子布你总得出一样，如果非要猜出对方出什么的话那转的弯可就多了，转转反而把自己转糊涂了，还不如自己想出什么就出什么。"

商易之等人俱是一愣，细一琢磨阿麦说得倒也有些道理，可是又觉得如若只凭个人感觉行事就像赌博一般，太过冒险。

其实，阿麦的这种做法倒不是赌博，而是基于她对陈起十分熟悉的基础上做出的推断。他们曾朝夕相处八年，对于陈起的脾性，这些人中怕是没有人比她更了解。徐静所言不错，陈起极其自负，如若是他来偷袭的话，必然会极大胆地走秦山谷口，所以他也会猜测唐绍义也会如此，如此一来他重兵防守的就会是秦山谷口。阿麦又深知陈起心思缜密，考虑事情总喜欢比别人更深一步，对待他这样的人，直来直去反而成了上策。

阿麦虽然说得简单，心中早已把其中曲折都想透了，不过如若想要和这三人说清楚，必然就要牵扯出她和陈起的往事，所以见那三人都沉默不语，也不再多说，只静静地站在那里。

几人都还在沉思，门外有侍卫禀报已把晚饭备好，商易之这才笑道："只顾着拉着绍义谈论这些，却忘了他是远道而来。今天就说到这里，吃过晚饭先去好好休息一晚，明日我们再细说。"

侍卫把酒菜抬入屋内，阿麦曾给商易之做过一阵子的亲卫，这样的活也没少做，习惯性地站起来帮忙摆酒布菜。唐绍义见她如此一时有些迟疑，正要立起却被徐静偷偷扯住了衣袖，见徐静笑着冲他微微摇头，果然就听商易之说道："阿麦，你且坐下，让他们摆即可。你现在是我一营主将，不是我身边的亲卫，用不着你来伺候。"

阿麦闻言坐下，心中却暗道你如若真把我当一营主将，为何对我还眼不是眼鼻子不是鼻子的？我也没见你对其他的主将这个态度啊。

晚饭有酒有菜倒也丰富，不过因桌上有商易之，阿麦虽饿却不敢放开吃。唐绍义能饮，却又不好和商易之、徐静敞开了喝，所以一顿饭吃得很是平淡。

晚饭过后，唐绍义和阿麦告辞出来。出了院门，唐绍义见左右无人，问阿麦道："没吃饱吧？"

阿麦不避讳唐绍义，摸着肚子笑道："嗯，守着元帅和徐先生吃饭，觉得筷子都沉，哪里能吃饱饭。"

唐绍义听了低声笑道："我早就看出来了，陪着上司吃饭本来就是煎熬。走，去我那里，咱们再好好地喝一场。"

阿麦有些迟疑，"不好吧，刚从元帅这里吃了的，要是被元帅知道了怕是要挑理的。还是算了吧，我回去让他们随便找些东西来垫垫肚子就行，大哥也赶了多日的路，回去早点歇着吧。明日军中必定还会有晚宴，到时候我们兄弟再好好喝一场。"

唐绍义却笑道："我另有法子，你先在这儿等我一会儿。"说着不等阿麦答应就大步离开。

阿麦不知唐绍义想到了什么法子，只得在原处等着。一会儿工夫唐绍义就回来了，手中还多了个大大的皮囊。阿麦疑惑地看唐绍义，他却笑而不语，只用手推了推她的肩膀，"走，我们去营外。"

阿麦半信半疑地跟着唐绍义往营外走，两人转到大营后的一处山坡上，唐绍义把手中的皮囊往地上一丢，笑道："今天我们兄弟就提前在这里过个中秋。"

阿麦这时已是猜到那皮囊中定然装了酒肉，上前毫不客气地解开皮囊拿出里面的肉干和酒囊，自己先尝了块肉干，又顺手把酒囊扔给唐绍义，笑道："好，那小弟我就不客气了。"

唐绍义接过酒囊大大地喝了口酒，向后一坐仰面躺倒在草地上，望着半空中的明月叹道："今天的月亮真圆啊。"

阿麦扑哧一下笑出声来，说道："大哥，今儿还不是中秋呢，只听说过十五的月亮十六圆的，还没听说十四圆的呢。"

唐绍义却没笑，沉默了片刻才轻声说道："圆，比我们在汉堡的那夜圆多了。"

一提到汉堡的那夜，阿麦脸上的笑容也一下子散了下去，脑中又浮现出那如同地狱一般的汉堡城，火光血光、哭声喊声……还有那根本就没有月亮的夜空。

"也不知秀儿现在如何？"阿麦喃喃道。

上次她匆匆离开豫州，根本来不及探听徐秀儿的情况，紧接着又带兵转战乌兰山，每日里都在生死之间挣扎，更是顾不上想徐秀儿如何。前阵子稳定下来后，她便想着打听一下徐秀儿的情况，只可惜一直寻不到机会。

幸好并未听到石达春的坏消息，这般看来，徐秀儿应该也还平安。

唐绍义道："我曾让人查访过，还在石达春的城守府里，好在石达春还算有些良心，没把小公子和徐姑娘交给鞑子。我原本想过把他们偷偷接出来，可咱们现在都是把脑袋别在腰带上的人，让他们两个跟着咱们还不如就留在豫州的城守府里安全些。"

阿麦见唐绍义并不知石达春乃是假意投敌，也不好说破此事，只点头道："的确，在那里也好。"

唐绍义往口中倒了一大口酒，又说道："我不知道你是如何，我现在看着天上这月亮就如同做梦一般。去年这个时候我还在汉堡，和一帮兄弟们喝酒，可如今那帮兄弟就只剩我一个，其他人尸骨埋在哪里都不知道。阿麦……"

他转头看阿麦，"你说这会不会只是个梦？你，徐姑娘，还有这江北军大营都只是梦里的，会不会等明天我酒醒的时候，我还只是汉堡城里的一个小小校尉，那帮兄弟们还会活蹦乱跳地出现在我眼前？"

阿麦心中也是伤感，一时不知该如何回答这个问题。

唐绍义怆然地笑笑，把酒囊丢给阿麦，"你能喝酒，我看得出来。"

阿麦笑了笑，也学着唐绍义的样子仰头把酒倒入口中，灌了一通后才停下来，颇为自豪地说道："那是，我家可是专门酿酒的，我爹酿的酒那是我们镇上的一绝。"

"我爹是个秀才，"唐绍义笑道，"做梦都想让我能考个状元什么的光耀门楣，可惜我偏偏背不下书去，后来干脆就偷着跑出来参军了，现在他怕是还不肯认我这个儿子呢。你呢，阿麦？为什么一个人去汉堡？"

阿麦低头沉默，良久无言。

唐绍义见她这般情形，料她必然有不愿人知的往事，便转开话题说道："尝着这酒如何？这可是草原上有名的烈酒，名叫放倒马——"

"他们都死了，"阿麦突然说道，声音平平，"已经死了五年了。"

唐绍义沉默了片刻，站起身来走到阿麦身旁，用手大力按了按她的肩膀。

阿麦却抬脸冲着他笑，问："我这个梦是不是比你做得久多了？"

"今天咱们不在这里说这个，过节就得喝酒！"唐绍义大声说道。

"好，喝酒。"阿麦爽快说道。

两人对月痛饮，草原上的酒烈，两人又都喝得快，饶是唐绍义善饮也已是带了醉意，阿麦更别说，她早已没有了平日里的谨慎小心，跟跟跄跄地站起身来，一边举着酒囊，一边大声地念道："举杯邀明月，对影成三人。"

"不对……"唐绍义坐在地上喊道，"你喝多了，数错了。"

阿麦醉眼惺忪地看他，然后又认真地数了数地上的影子，哈哈大笑，"嗯，是不对，应该是举杯邀明月，对影成四人。"

两人喝得极多，到最后都醉倒在地上，抵背而坐，击剑放歌。阿麦嗓音喑哑，每每唱到高处便会突然没了声，唐绍义便笑她道："瞧你这哑巴嗓子，平日里听着还行，一到真章上就不行了吧！"

阿麦的脸早已喝得通红，争辩道："我这嗓子以前也不是没有清脆好听过。"

唐绍义哪里肯信，阿麦见他不信梗直了脖子欲再反驳，谁知却又突然打住了，只是沉默地喝起酒来。

酒入愁肠，更是醉人。

两人喝尽了那一囊烈酒，这才意犹未尽地回了大营，阿麦到自己房中时已是半夜时分，张士强仍点着油灯坐在房中等她，见她回来忙迎了上来。

"先不忙别的，去帮我倒杯茶来。"阿麦在椅子上坐下，捏着太阳穴说道。

张士强连忙倒了杯茶端过来，问道："大人怎么到现在才回来？"

"和唐将军去喝酒了。"阿麦接过茶杯一口气喝干，放茶杯时却看到桌上多了本《靖国公北征实录》，不由得一愣，问张士强道，"哪里来的？"

"是元帅送过来的。"张士强答道。

"元帅？他来过这里？"阿麦惊问道。

"元帅晚上来过这里，我说要出去找你，元帅没让，只留下这本书就走了。"

阿麦拿起书来翻看，心中讶异商易之为何专门给她送来这本书，只是因为她曾在他那里留意过此书，还是说他发现了什么？阿麦一时心思百转，只觉得本就有些昏沉的头更疼了起来。

张士强见她脸上神情变幻莫测，也紧张起来，问道："大人，出了什么事？元帅送这书还有别的意思吗？"

阿麦自己也不知道商易之送这书来是什么意思，又怎么来回答他的问题，再说她又不愿和张士强说太多，勉强笑道："没事，这书是我今天在元帅那里翻看的，想是元帅希望我多学习些兵法吧。"

张士强不解，"那这是好事啊，大人为何还——"

"我只是怕和唐将军私下饮酒会惹元帅不悦，毕竟这算是违反军纪的事情。"阿麦打断张士强的话，说道，"再者说部下私交过密总会惹长官不喜，这是常理。"

见张士强仍是一脸担心模样，她又笑道："没事，咱们元帅不是心窄之人，别担心了，快去睡吧，明日还有得忙呢。"

听阿麦如此说，张士强这才将信将疑地离去。

阿麦也懒得脱衣，只和衣往床上一躺，但想要入睡谈何容易，闭上眼睛满脑子都是这些年来发生的事情，眼见着窗外已蒙蒙发亮时才迷迷糊糊睡了过去，再醒来时天已大亮。只听得张士强在外面把门拍得砰砰作响，喊道："大人，大人！"

她忙从床上爬起身来，脚一沾地就觉得一阵眩晕，一下子又坐回到了床上，只觉头痛欲裂，反比昨夜时更重了三分。

张士强只当阿麦还在沉睡，还在外面拍着门，"大人，该起了，元帅命各营人马齐聚校场呢。"

王七等人早已披挂整齐等在院中，见阿麦久无动静，王七忍不住问张士强道："大人怎么了？不会出什么事吧？"

旁边另外一名军官横王七一眼道："胡说，大人好好的能出什么事？"

几人正低声嘀咕，阿麦已打开房门走了出来，众人见她果然面色苍白心中都有些诧异，唯有张士强知道她是昨日饮酒太多所致，想要问她是否需要寻些醒酒的东西来，却又怕别人知道她私下和唐绍义纵酒，只得把话压在了舌下。

阿麦见众人都在等自己，歉意地笑道："可能是昨夜受了些风，睡得沉了些，让大伙久等了，实在抱歉。"

这世上哪里有长官对自己说抱歉的道理，众人听她如此说都道无妨，有几个周全的还上前问她现在如何，是否需要找个郎中来。阿麦推说不用，见时辰已晚忙领着众人往校场赶，一路上大伙都走得匆忙，可到达校场时还是晚了些，虽然没有误了时辰，可却成了最后到的一营军官。

阿麦不敢多说，只低着头走到自己的位置站定。

商易之冷冷地瞥了她一眼，转回身去对前来宣旨的官员说道："请大人宣旨吧。"

那官员展开圣旨开始宣读，阿麦凝神听着，只觉得言辞晦涩难懂，听了半天也只懂了个大概。待圣旨宣读完毕，商易之领着众人谢恩，又派人送那官员先行去休息，这才转回身来面对众人。

阿麦见商易之眼神扫过众人之后便往自己身上投了过来，忙心虚地避过他的视线，心中暗道一声不好，果然就听商易之寒声说道："来人，将第七营主将麦穗拉下去鞭责四十！"

在场的军官闻言都是一愣，唐绍义反应过来后就要出列，却被身边的张生死死拉住胳膊。众人还在发愣，两个军士已上前架了阿麦要走。唐绍义见此，再不顾张生的暗示，一把甩开他的手臂，上前一步单膝跪下说道："请元帅饶过麦将军。"

其他军官这才反应过来，纷纷跟在后面求情。

商易之看一眼垂头不语的阿麦，对众人冷笑道："还要饶过？慢军当斩，只鞭四十已是饶她，你们还要我如何饶她？"

众人听后，均是一愣，被堵得说不上话来。

第七营的其他军官因官阶低微本在后面，这时也走上前来，齐刷刷在阿麦身后跪下，喊道："麦将军迟到只因我等，我等愿替麦将军受罚。"

商易之面上笑容更冷，说道："本就少不了你们的，不过既然你们愿意替她受罚，那我就成全你们。来人，全部拉下去鞭责八十，把他家将军的也一起打了。"他说着又看向阿麦，吩咐军士道，"把麦将军放开，让她去监督施刑。"

架着阿麦的那两名军士退下，阿麦这才抬起头来默默地看了商易之片刻，平静说道："末将犯法何须部下来顶，再说他们迟到均因我睡过了头，责罚理应我来受。我营中在此一共五人，算上末将的一共是二百四十鞭，末将领了。"

各营将领闻言均是大惊，鞭责虽然是示辱之用的轻刑，一般不会伤人筋骨，可这二百四十鞭要是尽数打下来，铁人也会被打烂了，何况血肉之躯？就算行刑者手下留情能留你一口气在，这人身上可是连一块好皮肉也不会有了。

众人皆知阿麦乃是商易之的亲卫出身，又和军师徐静的关系非比寻常，向来深得商易之和徐静的青睐，不知今日这是怎么了，商易之竟然只因她是最后一个到就要鞭责于她，而她更是发犟，不求饶也就罢了，竟然还要激火，自己要领二百四十鞭。

果然商易之怒极而笑，望着阿麦道："好，好，来人，给我拖下去打！"

"元帅！"唐绍义膝行两步，抬头说道，"元帅，麦将军只是晚到并非误了时辰迟到，况且是昨夜——"

"唐将军！"阿麦出声喝住他，神色极为冷漠，"我第七营的事情与唐将军何干？"

"阿麦！"唐绍义叫道，转头又求商易之道，"元帅，打不得！"

众人也忙跪下替阿麦求情，校场之上乌压压跪了一地的人，得到消息赶来的徐静看到的就是这个混乱场面。

徐静虽然名为军师，实际上却只是商易之的幕僚，并无军衔，今天也乐得躲个清静，便没有前来校场。谁知就这么一会儿的工夫，就听人来报说商易之要鞭责阿麦。他开始只道是商易之吓唬阿麦，所以也并未着急，只背着手慢慢悠悠地往校场走，还没走到半路又迎面撞上了赶来报信的小侍卫，这才知道商易之是真发了火，不但是真要打阿麦，还要鞭责二百多鞭。

徐静乍听这数一愣，心道这真要打了，且不说阿麦的身份要露馅，性命怕是都保不住了。他这才赶紧一溜儿小跑地往校场赶，来到校场正好看见乌压压跪了一地的人，阿麦被两个军士架着正要往外面拖。

"元帅，打不得！"徐静急忙喊道。

商易之见是徐静来了，面色稍稍缓和了些，先叫了一声"徐先生"，压着怒气问道："她坏我军法，如何打不得？"

徐静见他如此问，心中不禁大大松了口气，如果商易之真想打死阿麦，绝不会这般接他的话，他既然这样问了，明摆着就是想让自己给他个台阶下。只是不知这阿麦如何惹了他，又让他无法下台才会惹他如此发怒。

徐静心神既定，便轻捋着胡须微笑道："不是打不得，而是二百四十鞭打不得。"

"先生此话怎讲？"商易之又问道。

徐静看了看直挺挺地站在地上的阿麦，又扫一眼旁边急切看着自己的唐绍义等人，含笑说道："麦将军有错，自然打得她的四十鞭，但是她营中部下的鞭子却不能由她来替。军法非同儿戏，该是谁的就是谁的，怎容他人来替？如若这样，那以后他人犯法如何处置，是否也能找人来替？长官可以替部下挨鞭子，那么部下是否可以替长官掉脑袋？如此下去，置军法威严于何地？"

商易之沉默不语，徐静见此又转向跪在地上的王七等人，问道："老夫这样说你等可是服气？"

"服气，服气，我等心服口服。"王七等人连忙答道，"我等愿领四十鞭责。"

徐静微笑，转身又看向商易之，"元帅意下如何？"

商易之瞥一眼阿麦，缓和了语气说道："先生言之有理。"

"既然如此，麦将军违反军纪理应受鞭责四十。不过——"徐静停顿了下，才又接着说道，"老夫昨夜见过麦将军，她的确是因身体不适才会来晚，元帅可否容老夫替她求个情，这四十鞭暂且记下，等她身体好了再责。"

徐静说完笑着看向阿麦，等着她的反应。

阿麦心思何等机敏，当然看出徐静这是让她赶紧向商易之说句软话求饶，但不知为何，或许是这些年来她已经跪了太多次，她这一刻一点也不想向商易之跪地求饶，哪怕是用鞭子打死了她也不肯服软。

众人集合，既有那先来的，就有那后到的，难不成每次集合，商易之都要鞭打一顿不成？这分明就是他无理取闹，寻人撒气，她为何卑躬屈膝，跪地求饶？

商易之冷冷地看着阿麦，等着她的反应。

阿麦抬眼和他对视，丝毫不肯避让。

见两人如此模样，徐静正奇怪间，就听阿麦淡淡说道："末将谢过先生好意。不过部下因我受责，我怎能独善其身？末将身体已无碍，愿与他们一起受这四十鞭责。"

此话一出，连徐静也怔住了。商易之眼中寒意暴涨，面上却露出淡淡的笑容来，轻声说道："那好，既然麦将军身体无恙，那就施刑吧。"

军士架了阿麦等人就走，唐绍义心急如焚，见状还欲替阿麦求情，不料想却被徐静按住了，"唐将军不可。"徐静轻声说道，又冲着张生使了个眼色，张生微微点头，悄悄地往后面退去，可只刚退了两步就听商易之厉声喝道："张生站住！"

张生骇得一跳，再不敢挪动半步。

军中鞭刑，受刑者须赤裸上身，双臂吊起，不过因阿麦身为一营主将，所以只卸了她的盔甲，并未脱衣。阿麦走上刑台，望了望两侧的绳索，转头对两边的军士说道："不用缚了，我不躲就是。"

这些军士均听说过阿麦的名头，也不愿过分得罪于她，见此倒不强求。阿麦回身看一眼那执鞭的军士，问道："听说你们使鞭精准，有种手法就是能打得人皮开肉绽却衣物无损，可是如此？"

那军士不知阿麦为何如此问，只得点头。

阿麦轻笑道："军中物资匮乏，还请你留得我这身袍子完整，不知可否？"

那军士一愣，他执鞭刑多年，不是没见过上了刑台面不改色的硬角色，却还真没见过像阿麦这样谈笑风生，都这个时候了还惦记着别毁了身上衣物的。

见那军士点头，阿麦转回身去伸手抓住两边的绳索在手腕上绕了几圈，说道："开始吧。"

执鞭军士告了声得罪便开始挥鞭。那鞭子乃是熟牛皮所制，阿麦再怎么狠决也是个女人，不比军中汉子的皮糙肉厚，只两鞭下去就让阿麦面上变了颜色，可她偏偏不肯向商易之示弱，只死死地咬住下唇，不肯呻吟一声。那军士见她如此硬气，心中也有些佩服，手下的劲头不禁略收了些，可即便这样，等挨到十几鞭的时候，阿麦背后还是透出血迹来。

唐绍义哪里还看得下去，一急之下冲过来挡在了阿麦身后。

执鞭的军士见状只得停下了手，为难地看着唐绍义，叫道："唐将军，请不要让小的为难。"

唐绍义怒道："我又没有抓住你的手，你尽管打便是。"

执鞭军士知唐绍义是军中新贵，哪里敢打他，只好停下手站在那里。正僵持间，就听阿麦轻声唤唐绍义，唐绍义连忙转到她面前，但见她面色惨白如纸，唇瓣已被咬得渗出血来。

"唐大哥，"阿麦轻唤，深吸了几口凉气才攒出些气力来苦笑道，"你还不明白吗？你越是护我，我挨的鞭子越多。"她见唐绍义明显一愣，强忍着背后火烧般的疼痛，又解释道，"大哥又不是不知军中忌讳军官私交过密，何苦这样，四十鞭子又打不死我，只不过受些皮肉之苦，挨挨也就过去了，大哥还是让开吧，让他们早些打完了我，我也好少受些疼痛。"

唐绍义咬牙不语，却也不再坚持，默默闪身走到一旁，只眼看着阿麦受刑。

阿麦微微一笑，抬头间，见不远处的商易之还看向自己这里，嘴角的弧度不由得又大了些。身后的军士又开始挥动鞭子，她本以为打到一定程度也就不觉得疼了，谁知每一鞭落下去都似抽到了心上，让人恨不得把整个身体都蜷起来。

她心中默记着数字，还没数到三十的时候，就觉得意识似乎都要从身体上脱离了……就在疼痛都已快消失的那一刻，模模糊糊地听到张生的声音从身后响起，"停下！"

阿麦心神一松，顿时再坚持不住，垂头昏死过去。

第四章

疗伤 惜才 返京

阿麦再次清醒的时候已是深夜，先是听到外面隐约传过来的喝酒喧闹的声音，睁开眼，张士强正守在床边抹着眼泪，"大人何苦要这么倔，也不想想鞭刑是轻易可以受的吗，这才三十鞭就打成了这样，要是再打上十鞭，命都没了！"

"还差十鞭？"阿麦惊问，声音有气无力。

"嗯，"张士强点头，"元帅说剩下的十鞭先记着，以后再打。"

"嗬！"阿麦自嘲地咧嘴，"还不如趁着昏死过去的时候一下子打完呢！"她转头，看到张士强眼圈通红，便取笑道，"真丢人，都这么大的人了老爱哭，让王七看到了少不得又骂你。"

"他才看不到呢，他这会儿也正在床上趴着呢！咱们营里的人除了我，这会儿都在床上趴着呢。"张士强一边抹眼泪一边说道，只因他是亲兵，早上并未去校场，反倒逃过了这一劫。

阿麦被他气得一笑，牵扯到了背上的伤口，不由得"哎哟"了一声。

张士强大惊，想要看她背上的伤却又不敢下手。

阿麦费力转头，见自己身上依旧是那件被血浸透却完好无损的战袍，伤口竟然未作任何处理，忍不住骂道："张二蛋，你死人啊？就不知道替我处理一下伤口？"

张士强被她骂得手足无措，只得答道："元帅有令，不许任何人帮你们清洗疗伤。"

阿麦一怔，随即便明白了商易之的用意，背上还痛得如同火烧，她不禁气道："真是死心眼！他说不许，你不会偷着干啊！"

张士强犹豫了下，还是小声问道："元帅是不是已经知道大人的身份了？"

阿麦不语，过了片刻后才答道："不只元帅，军师也是知道的。"

"啊？"张士强失声惊道。

阿麦苦笑道："你也是见过我女装模样的，就那个样子稍有些眼力的人就可看出，别说元帅和军师这样的人了。他们怕是早在那之前就已经知道了我的身份，才会选我去豫州。"

张士强不由得咂舌，心道元帅和军师果然都是异于常人，他和阿麦一个营帐里睡了多日都不曾发现她是女子，元帅和军师竟然早就知道了。

"还傻愣着做什么？还不去拿把剪子来把衣服给我剪开。"阿麦吸着凉气说道。

张士强连忙去取剪刀，拿过来了却依旧不敢下手。

见此，阿麦颇觉无奈，说道："张二蛋，你记住，无论什么时候保命都是最重要的。"

张士强"嗯"了一声，拿着剪刀的手悬了半天才敢落下，小心翼翼地把她背后的衣服和裹胸布条从两侧剪开，可接下来却又不敢下手了。阿麦被他面红耳赤的模样气得无语，最后只得气道："出去，出去吧，去看看王七他们如何了，把剪刀和伤药留下，我自己来好了。"

张士强如释重负般长松了口气，把剪刀和药瓶都放在阿麦手边，这才往外走，临出门时又有些不放心地问道："大人自己能行吗？"见阿麦气极，再不敢多问，吓得连忙带上门出去了。

阿麦忍着背后的剧痛强自撑起身体，外面的衣服倒还好脱，可里面的裹胸布条却早已被污血粘了在背上，只轻扯了一下就痛得她眼冒金星，一下子趴倒在床上，半天才敢喘出那口气来。

眼泪鼻涕齐齐跟着流了下来，阿麦只觉得心里委屈无比，干脆发狠地把一段布条直接硬扯了下来。正在这时，门口传来推门声，她当是张士强又回来了，满腔的怒气顿时冲着他发了过去，"滚出去！"

话未落地，阿麦却愣住了。

商易之看了她一眼，走到床边淡淡说道："趴好。"

阿麦还有些反应不过来，愣愣地趴回到床上，任由商易之替她处理背后的伤口。商易之的动作很轻，可即便这样阿麦还是痛得几欲昏厥。

"可知我为什么罚你？"商易之低声问道。

阿麦松开紧扣的牙关，颤着声音答道："私自出营，深夜纵酒。"

商易之手中动作未停，静默了片刻后一字一顿地说道："阿麦，你记住，我容你纵你，不是让你来花前月下、对酒当歌的！"

阿麦连抽了几口凉气，这才敢出声答道："记住了。"

缓了片刻，她又接着说道："不过，阿麦也有句话要告诉元帅，我来这江北军也不是为了花前月下、对酒当歌的。"

商易之不再说话，只默默地替阿麦清洗背部的鞭伤。

阿麦不愿在他面前示弱，愣是咬着牙不肯吭出一声来，挨到极痛处，更是痛得她身体都战栗起来。每到此时，商易之手下便会停住，待她身体不再抖了才又继续。他是好心，却不知这样更让阿麦受罪，就这样断断续续，只把阿麦疼得如同受刑一般，几欲死去活来，冷汗把身下的棉被都浸湿了。

到后面阿麦实在挨不住了，只得说道："元帅，您——能不能干脆些，给我个利索？"

商易之额头上也冒了汗，他出身高贵，哪里做过这样伺候人的事情？听阿麦这样说，面上闪过尴尬之色，一狠心把一段紧贴阿麦皮肉的布条一扯而下。

这一回阿麦再也没能忍住，"啊"的一声惨叫出来。

徐静刚推开屋门，被阿麦的这声惨叫吓得一跳，一脚踩在门槛上差点绊了个跟头。他抬头，只见商易之正坐在阿麦的床边，而阿麦却赤着背趴在床上，两人齐齐地看向他。徐静一怔，连忙打了个哈哈，赶紧转身往外走，"走错了，走错了。"

"先生！"商易之和阿麦异口同声地喊道。

徐静停下，却没转身，只收了刚才玩笑的口气，淡淡说道："元帅，我替阿麦从营外找了个郎中来，已等在门外。我找元帅还有些事情，请元帅移步到外面。"

徐静冲着门外点头，一个郎中模样的人哆哆嗦嗦地走了进来。商易之见此默默地从床边站了起来，一言不发地往门外走去。徐静转头看了阿麦一眼，跟在商易之身后退了出去。他两人刚出去，那郎中就一下子跪在了阿麦床前，一边磕头一边求道："求女将军饶命，求女将军饶命，小人家中有老有小全靠小人养活着，求女将军饶过小人一家性命。"

阿麦看那郎中模样着实可怜，问道："军师如何交代你的？"

"军师？"那郎中面现不解之色。

阿麦暗叹一口气，说道："就是刚才领你来的那老头。"

"哦，"那郎中连忙答道，"他问我可擅长治疗外伤，许我大量钱财来给您疗伤。"

"既然如此，那为何还要说让我饶你性命？"阿麦不解问道。

那郎中又磕了个头，带着哭音答道："您营中就有军医，何须让小人一个山间野民过来，再说小人是被几个换了装的军爷从家中硬掳来的，就是没想让小人活着回去啊。"

阿麦心道这还真是徐静的风格，看来他是想要把这郎中事后灭口的，不过这郎中能想到这些倒也算有些头脑。她低头，见那郎中仍跪在地上瑟瑟发抖，心中不免有些不忍，思量了片刻后问他道："我乃是江北军第七营的主将，你可愿在我营中做个随军郎中？"

那郎中略略怔了下，随即反应过来阿麦如此问，便是要留他一条性命，急忙又连连磕头道："愿意，愿意，小人愿意，小人谢过女将军。"

阿麦盯着那郎中说道："以后只能叫将军，如果你要是泄露了我的身份，别说是你的性命，就是你全家人的性命也都保不住。"

那郎中知阿麦这话不是恐吓，又生怕阿麦不肯信他，连忙就要发毒誓，却被阿麦止住了。

"我从来不信什么誓言，"阿麦淡淡说道，"你只需记得我会说到做到就好。"

再说商易之和徐静两人默默而行，直到院外徐静才出声叫道："元帅！"

商易之站住，转回身看向徐静等着他下面的话，可徐静张了张嘴却又停下了，只看着商易之沉默不语。反倒是商易之见他一副欲言又止的模样，首先说道："先生想说什么易之已经知道，先生过虑了。"

见徐静仍带着疑色看向自己，商易之笑了笑，从怀中掏出张纸条递给徐静。徐静诧异地看了眼商易之，接过去借着月光细看那纸条内容，面上的神色也渐渐变了。

"这是今天早上刚收到的消息，还没来得及给先生。"商易之解释道。

徐静还有些震惊于纸条上的内容，出言问道："这消息可是精准？石达春只是降将，陈起会让他知道如此机密的事情？"

"是石达春安排在崔衍府中的一名徐姓侍女传回来的消息。陈起伏兵于秦山谷口，给周志忍筹集的粮草果真全部转移到了跑马川。"

商易之负手而立，看着天空中那轮明月叹道："果真和阿麦推测的一模一样，只凭借我们昨日所说的只言片语就能做出这样的判断，其天分之高，连我也不得不佩服了，此乃天生将才。"

商易之转头看着徐静道："每近她一分，她的天分便让我惊喜一分，先生，你说这样的军事奇才，我怎舍得把她当作一个女子！"

徐静闻言大大松了口气，习惯性地去捋胡须，说道："那就好，那就好。"他又观察了一下商易之的表情，试探地说道，"不过今天阿麦挨这鞭子……有点屈了她了，她是和唐将军一同从汉堡城死里逃生的，两人可算是生死之交，关系自然非比其他将领。"

商易之沉默片刻，这才缓缓说道："唐绍义长于勇，先生精于谋，而阿麦却善于断，你们三个人在一起才能撑得住我江北军，但前提就是阿麦不能当自己是个女子，唐绍义是个性情中人，而女子一旦牵扯到'情'字，就会当断不断了。"

徐静不觉点头，想想商易之所言也对，又听商易之竟然把自己和阿麦以及唐绍义放在一起，心中便知他必然还有下文，果然就听商易之又接着说道："我江北军乌兰大捷之后朝中已经嘉奖过一次，而这次朝中又专门派礼部大员来这儿宣旨奖赏，除了显示恩宠之外，还有另外一个原因，就是想要让我同宣旨官员一同回京城述职。"

徐静心思已是转到这里，便问道："元帅已经引起朝中忌惮？"

商易之笑笑，说道："家父领兵在云西平叛，我这里又从青州跑到山里来建江北军，南夏军队十之七八已在我父子手中，如何不引朝中的忌惮？"

徐静缓缓点头，"再加上我江北军发展迅猛，自然会让一些人不放心的。"

商易之笑道："不错，朝中谁也想不到我一个只知花天酒地的纨绔子弟能在这乌兰山中苦熬下去，而且还熬出七八万的人马来。"

"元帅要跟着他们回京城？"徐静眨着小眼睛问道。

"回去，朝中怕江北军因我离开而军心不稳，所以并没有在圣旨中明言，待我处理好军中事务之后会跟着宣旨官员一同回京。"

徐静又问道："那将军是想要把军中事务交给唐将军呢还是交给阿麦？"

商易之摇头，"唐绍义非青、豫两军出身，而阿麦又资历太浅，两者现在都不能服众。我打算先交给李泽，此人虽才智平庸，却能识得大局，又出自我的青州军，是可信之人，先生意下如何？"

徐静捋了捋下巴上的山羊胡子，道："也可。"他略一思量，又问道，"元帅可曾想过此去京城可能就有去无回了？朝中既然已经忌惮你父子，自然不会轻易放虎归山。"

商易之自然也早已考虑到了这些，浅浅笑了笑，说道："往好处想，朝中留我一段时间后会放我回来。往坏处打算，朝中极可能会另派人过来接管江北军。"

徐静又追问道："那元帅还要回京？"

商易之笑了，"要回去的，家母还在京中，膝下只有我一个独子，怎能不回去？难道先生认为我不该回去？"

徐静眼中精光闪现，答道："回去，自然要回去，依老夫看，元帅不但要回去，而且还要风风光光地高调回去，叫他们看到江北军中的商元帅，与青州城的商将军并无不同，与盛都的小侯爷也并无不同，则一旦唐将军事成，元帅离归期不远矣。"

盛都的小侯爷是个纨绔，青州的商将军是个骚包，那江北军中的商易之就该居功自傲、恣意骄纵才是，只有这般，才可以安皇帝之心。他日唐绍义再立新功，声威大壮，朝中为挟制他，必会再派人北上，到时，商易之便得到了机会。

商易之怔了怔，随即便明白了徐静的意思，冲着徐静一揖道："多谢先生教我。"

徐静笑了笑，微微侧身避过了商易之这一礼。

商易之站起身来笑道："今日中秋，我还要去陪陪那礼部的官，先生这里如何？是去与各营的将士们饮酒，还是——"

"老夫自己转转就好，"徐静接口道，他抬脸瞅着银盘一般的明月，笑道，"如此月色，如若照在一堆酒肉之上，太过俗气了。"

商易之笑着点头称是，又和徐静告辞。徐静站在原地，直待商易之的身影渐渐融入月色之中，这才转回身来背着手沿原路往回溜达，却不知又想到了些什么，自己突然嗤笑出声，摇头晃脑地唱起小曲来："休言那郎君冷面无情，只因他身在局中……"

老头并没有回自己住处，而是又转回了阿麦那里，敲门进去只见阿麦一人在床上盖被躺着，那郎中却没了身影，不禁问道："郎中呢？"

阿麦背上的伤痛已被伤药镇得轻了很多，听徐静问，便回道："先生忘了？我第七营除了张士强躲过一劫，其余的都还在床上趴着呢，我打发他去给王七他们上药了。"

徐静闻言嘿嘿而笑，走到床边细看阿麦的脸色，见她脸色依旧苍白，啧啧了两声，故意取笑道："麦将军啊麦将军，你这一顿鞭子却是你自找的啊！明明可以不用挨的。老夫好意帮你，你却顶了老夫几句，这你能怨得了谁？"

阿麦沉默了下，说道："阿麦可以不用挨鞭子，第七营主将麦穗却得挨。阿麦可以随意地向人下跪磕头求饶，但是麦穗不能！"

徐静听了一怔，颇有深意地看了阿麦一眼，笑道："倒是有些将军的风度了。不过也休要恼恨，元帅虽打了你，可不也亲自过来替你疗伤了吗？想这整个江北大营之中谁人有过如此待遇？"

阿麦恼怒地瞪了徐静一眼，不答反问道："如若有人先用大棒打了先生，然后再给先生颗甜枣哄哄，先生是否就只记得枣甜，忘了之前受的疼呢？"

"忘不了，当然忘不了，不过总比白挨一顿打，却连颗甜枣都得不到的强吧？"徐静笑道，又抬手捋了捋胡须，"再者说，这棒子也不是谁都能挨的，你看老夫这把老骨头可没人瞧得上，也禁不起打，所以只能吃甜枣了。"徐静笑道。

"那就活该我要挨打？"阿麦没好气地回道。

徐静眯眼笑了一笑，"瓜田李下，不知避嫌，又怨得了谁？"

阿麦又哪里不懂这个道理，可她和唐绍义并无私情，这样被人怀疑着实让她恼恨。

徐静见阿麦如此神情，收了玩笑话正经说道："阿麦，我想你也明白，元帅这顿鞭子虽然有些无理取闹，不过也是个警告，唐绍义是难得的一员大将，你又深得元帅的赏识，可你和唐绍义若是有了私情，军中却不能容你们同在。到时候你们哪个能留下，就得看谁对江北军更有用了，而就目前情况来看，你还远不及唐绍义。"

阿麦垂头，默然不语。

徐静神色越发郑重，道："咱们虽还不知你为何要坚持留在军中，却也绝不是你所讲的为国为民，走到今天你已吃过苦受过多少累，你自己比谁都更清楚，可是要为了一个唐绍义尽弃前功？"

"我没有！"阿麦忍不住辩驳，"我与唐绍义只有兄弟之义，绝无男女之情。"

"你这般想，唐绍义可也这般想吗？"徐静冷声质问，面容严峻，"你现在是这般想，日后也这般想吗？"

阿麦一时怔住，过得半晌，这才低声说道："先生放心，我晓得如何做了。"

徐静面色缓和下来，又道："阿麦，你天分极高，元帅又肯用你，早晚会有大造化。"

阿麦不愿再和他谈此，便问道："军中便有随军郎中，先生偏偏又从外面掳了个来，岂不是让人生疑？"

徐静知阿麦是想转移话题，捋须笑了笑，答道："元帅明令军医不可给你们医治，老夫慈悲心肠，怎忍心看你麦将军躺在床上哀号，只得从外面给你掳个人来了。你这阿麦不但不心生感激，反而质问起老夫来，实在没有良心。"

阿麦笑道："这哪里是质问，随口问问罢了，再说阿麦还得多谢先生给我第七营送了个医术不错的军医来呢！"

徐静一怔，"你收那郎中在军中？"

阿麦点头，"我已答应他。"

徐静看了阿麦半晌，说道："你既已决定，老夫不说什么。不过阿麦，这样妇人之仁只怕以后会给你招惹麻烦。"

徐静见阿麦抿嘴不语，不禁缓缓摇头，却听阿麦问道："先生昨日说元帅对我第七营自有安排，不知是什么安排？"

"哦，剿匪，不过——"徐静笑了笑，又说道，"只因，你们第七营军官现在有一半都趴在床上了，这剿匪的事情怕是还得往后拖拖了。"

阿麦奇道："剿匪？"

徐静点头道："嗯，宿州北部有几伙山匪已盘踞山中多年，你们第七营也歇了许久，该出去练练了。"

阿麦本以为是要去与北漠人作战，没想到却是去剿什么山匪，心中不免有些失望。徐静见她表情如此，笑道："你还别不乐意，这却是个美差事，那几伙山匪人数加起来已逾千人，要钱有钱、要人有人，算是肥实得很。老夫再送你八个字——能收则收，不行再剿！"

阿麦心道也是，谢徐静道："阿麦多谢先生赠字。"

徐静又问道："听说你这次来大营是骑马来的？"

听徐静提到那几匹老马，阿麦脸上不禁一红，颇为尴尬地说道："是营里军需官耍了个小心眼儿，先生放心，阿麦不会向先生张嘴的。"

徐静却笑道："你向老夫张嘴也没用，我这里也不产战马，再说我看你那军需官也没打算让你向老夫张嘴，他打的怕是唐绍义的主意，只可惜啊，这回他可打错了算盘，怕是要失望喽！就是唐绍义想送你些战马，这回也不敢了。"

他笑看了阿麦一眼，又哈哈笑道，"老夫虽然不能送你几匹好马，不过却能送你两辆好车，正好拉了你这些伤号回去。"

阿麦却是不恼，反而笑道："能白得两辆好车，我们那军需官怕是也会高兴的。"

徐静愣了一愣，不由得哈哈大笑起来。

阿麦果然没有猜错。李少朝见没有膘肥体壮的战马跟着回去，失望之情溢于言表。先从马背上跃下的张士强跑过来扶王七，王七忍着背上丝丝的疼痛下得车来，见李少朝还不甘心地踮起脚跟往他们后面张望，没好气地说道："别看了，什么也没有。"

旁边的另一个军官已是大声叫道："妈的，老李，快过来扶我一把！"

李少朝忙过去扶他，这才注意到他们几个竟然都是被大车送回来的，奇道："你们这是怎么了？"

王七愤愤骂道："别提了，这次去大营，大伙脸没露上，倒无故挨了顿鞭子。幸好徐先生心好，寻了两辆车送大家回来，不然，这一路上还不知道怎么遭罪呢！"

说话间，车上的几个军官都被人扶了下来。李少朝刚想问一问大家为何会挨鞭子，无意间瞄到那两辆大车，眼睛顿时一亮，忙把张士强扯了过来，压低声音问道："徐先生派车送你们的时候，可有交代要把大车还回去？"

张士强摇头，"不用还，徐先生说了这车就送给咱们了。"

李少朝一听这个，围着那两辆大车转了一圈，喜得直搓手，道："这大车造得结实，可是用得住！"

王七等人瞧他这样，气得差点背过气去，纷纷叫道："果然是叫大人猜着了，李少朝这厮眼里只认东西，咱们就是被打死了，只要棺材板能多给他几副，他也会赞一声好寿材！"

李少朝讪讪而笑，"这话说的，把我老李说成什么人了，哪能这样呢！"他左右看了看，突然发现阿麦竟然没有一同回来，又忍不住问道："大人呢？"

"大人被元帅留在大营了。"张士强答道。

"那你怎么没有陪大人留下？"李少朝又问道。

张士强也不知道为什么不让他留下照顾阿麦，听李少朝如此问只得摇头。

李少朝满脸疑惑，"把大人一个人留在大营干什么呢？"

对啊，把大人一个人留在大营干什么呢？张士强也是满心疑惑，虽说大人的确是鞭伤未好，可未好的不止她一个啊，这些未好的不也都被大车送回来了吗？

"回京？"阿麦一脸惊愕，"不是说要让我去剿匪吗？"

自从几天前商易之只把她一人留在大营里，阿麦就已觉得奇怪，可怎么也没想到商易之会命她随他一起回京。

徐静也没料到商易之会突然决定让阿麦跟着一起回京，否则便不会向阿麦透露要让她去剿匪的事情，今天听到商易之如此安排，他心中也极为疑惑，不过这些却不能说与阿麦知道，于是只是笑道："你营里的军官有一半都得卧床，还如何去剿匪？只得换了别的营去。"

"我营里军官一半都卧床还不是被元帅打的？"阿麦气道，她心中念头一转，遂目不转睛地盯向徐静，暗道莫不是这老头又有什么倒霉差事给她？

徐静被她看得发麻，只得收了脸上的笑容，老实答道："好吧，这是元帅的意思，我也不知道他是如何打算。"说完他又仔细打量阿麦，反倒又把阿麦看得浑身不自在了，这才问道，"阿麦，你我二人同时投军，虽称不上知己，但关系毕竟不比他人，你和老夫说句实话，你现在对元帅可是有情？"

阿麦被这个问题惊得差点从床上滚下来，呆了半天才反问道："先生怎么不问问我对你可是有情呢？"

"你眼又不瞎。"徐静嘿嘿而笑，"怎会看上我这样一个老头子。"

阿麦却是正色说道："可在我眼中，元帅与先生并无不同。"

听阿麦如此回答，徐静反而放下心来，笑道："既然无情，那你就听老夫一言，你和元帅回京只有好处，没有坏处，哪怕是一起去那盛都的花花世界长长见识也好。"

"长见识自是不错，可是我第七营怎么办？"阿麦自言自语，"掌兵半年，毫无建树，以后如何服众？"

八月十九，唐绍义离开江北大营，前去准备给北漠人的"周年大礼"。阿麦鞭伤未好，却仍是一身戎装为他送行。唐绍义辞过商易之和徐静，眼光只在阿麦身上扫了一下便翻身上马，提缰欲行间却见阿麦走了上来。

自上次阿麦受责，他便再不敢与她私下往来，纵是她伤重卧床不起，他心中那般挂念，却也没敢去探她一探。眼下见阿麦冲自己而来，唐绍义心中情绪起伏，面上却不敢带出分毫来，只静静地注视阿麦。

"大哥。"阿麦仰脸，看着马上的唐绍义伸出手。

唐绍义会意，在马上俯下身和她握拳相抵。

阿麦手上用力，嘱咐道："多保重！"

唐绍义重重地点头，嘴角微抿，眼中却透露出难掩的欢喜来。

　　阿麦松开手，退后几步看着唐绍义带队渐渐远去，待再转回身来时，商易之等将领都已离开，只剩下徐静还站在原地瞅着她乐。她没有理会，径自从他身边走过，倒是徐静在后面紧跟了几步，笑问道："阿麦啊阿麦，你是不是鞭子还没挨够？"

　　阿麦停下转头看他，淡淡对道："本就无私，何须扭捏？"

　　徐静反而被她噎得一愣，待要再说话时，阿麦却已经走远，只好自言自语道："阿麦，阿麦，你将军没做几天，倒做出气势来了。"

第五章

同船 棋局 公子

八月二十九日，商易之经柳溪、泽平一线出乌兰山脉，由张生领一千骑兵护送直至宛江上游渡口宜水，商易之弃马登船顺宛江东下。

一入宛江，众人提了多日的心均放了下来，商易之也脱下戎装换回锦袍，不时站在船头欣赏着宛江两岸瑰丽的景色。阿麦换回了亲卫服饰，看着这身熟悉的黑衣软甲，不由得长叹了口气，自己拼死拼活地挣了个偏将营官，谁料商易之只一句话就又把她打回了原形。她不愿和商易之打太多照面，除了当值很少露面，每日只待在舱中翻看那本《靖国公北征实录》，倒也颇得乐趣。

就这样混了几天，这日一早，阿麦正在舱中休息，却有亲卫过来传信说元帅要她过去。阿麦不知商易之寻她何事，连忙整衣出舱。待到甲板之上，却见商易之正站在船头望着江北出神。她轻步上前，正犹豫是否要出声唤他时，突听商易之轻声说道："那就是泰兴城。"

阿麦闻言一怔，顺着他的视线看过去，果然见到了在晨雾之中若隐若现的泰兴城。

泰兴城，地处江中平原南端，和阜平南北夹击宛江互为依存，跨越宿、襄两州，控扼南北，自古以来为兵家必争之地。一旦北漠攻下泰兴、阜平，不但江北之地尽失，北漠人还可以顺江东下，直逼南夏京城盛都。

难怪北漠小皇帝会如此按捺不住，不顾朝臣反对非要亲自指挥攻夏之战。阿麦暗道。

"也不知周志忍的水军建得如何了？"阿麦出声问道。

商易之闻言侧头看了她一眼，浅浅而笑，答道："北漠人虽骑兵精锐，却不善水战，周志忍若想在数月之内建立起一支和我南夏实力相当的水军，着实困难。"

"可周志忍这次并不着急。"阿麦说道。这一次，周志忍很有耐心，挖沟筑城，重兵重围，甚至还开始筹建水军以截断泰兴与阜平之间的联络。

商易之脸上的笑容渐敛，沉默良久，突然转头问阿麦道："那本书可看完了？"

阿麦不知他的话题怎么又突然转到了这上面，只得点头道："已是看完了。"

商易之却不再言语，转过头去继续看着江面出神。阿麦猜不透他的心思，便干脆也不再出声，只默默地站在他身边一同看着远处的泰兴城，那被北漠人已经围困了近一年的江北第一大城。

亲卫过来请商易之回舱吃早饭，阿麦自知不可能和商易之同桌吃饭，很有自知之明地去船上的厨间寻吃的。待吃过了早饭，她刚回到自己住处，商易之便让亲卫又送了一摞书过来，阿麦一一翻看，见不过是《孙子兵法》《吴子》《六韬》等寻常的兵书，均是在父亲书房里常见的，只不过当时都是在陪着陈起读，而她从未仔细看过。

阿麦笑着问道："元帅可有什么交代？"

那名亲卫连忙躬身答道："没有，元帅只是吩咐小人给麦将军送过来。"

"哦。"阿麦心中不禁纳闷，回头见那亲卫还垂手立在一旁等着她的问话，又笑道，"现在咱们身份相同，万不可再称将军，叫我阿麦即可。"

那亲卫连说不敢，阿麦只笑了笑，没再坚持。

自那以后，阿麦露面更少，每日只是细读这些兵书。她幼时见着这些东西只觉得枯燥无味，更不懂陈起为何会看得那么专注，而如今从军一年，再细细品来才渐觉其中滋味。

不几日船到恒州转入清湖，水面更广，水流更缓，商易之也不着急，只吩咐船只慢慢行着，遇到繁华处还会停下船来游玩两日。那一直跟在后面的礼部官员也不催促，反而时常过船来与商易之闲谈，两人品诗对词倒是很投脾气，阿麦却在一边听得头昏脑涨，如同受刑一般，到后来干脆一听说那官员过来她就直接与他人换值，躲开了事。

这一日是阿麦在商易之身边当值，见那官员又过船来找商易之，阿麦奉上茶后正想找个借口躲出去，却听商易之邀那人对弈，她眼中不禁一亮，便也不再寻什么借口，只侍立在一旁观棋。

商易之和那官员棋艺相当，两人在棋盘上厮杀得激烈，阿麦便也看得入迷，其间商易之唤添茶，直唤了两三声才唤得她回神。阿麦连忙重新换过了茶，见商易之已是有些不悦，本不想再观棋，可却又舍不得这精彩的棋局，只好又厚着脸皮站在一旁。

谁知一局刚毕，商易之面上便带了些倦色，那官员何等灵透的人物，见此忙找了个借口告辞离开。阿麦心中大叫可惜，跟在商易之身后送那官员出舱，回来时却听商易之似随意地问她道："会下棋吗？"

阿麦诚实地答道："会些。"

商易之缓步走到棋盘前，轻声说道："那陪我下一盘。"

阿麦没想到商易之会邀她下棋，不觉微愣。商易之已跪坐在席上，微扬着头看着她。阿麦刚刚看他们下棋便已是手痒难耐，现听商易之邀她，竟鬼使神差般在他对面坐下，和他对弈起来。

她幼时曾随母亲习棋，除了流浪的这几年顾不上这个之外，也算是对棋痴迷，只可惜母亲自己便是个臭棋篓子，教出个阿麦来自然也就成了臭棋篓子。

果然不过一会儿工夫，商易之便隐隐皱了皱眉，待棋至半中，更是忍不住低声说了句："臭。"阿麦脸上一红，偷眼看商易之，见他脸上并无不耐之色，心中这才略安，把心思都用到了棋局之上，可即便这样，到最后还是被商易之杀了个片甲不留。

见阿麦面带不甘之色，商易之倒是笑了笑，说道："若是不服再来一局。"

阿麦点头，两人收整了棋盘重新杀过，可结果仍然和上局一样，只不过阿麦输得更惨。她怎肯善罢甘休，又邀商易之再来一局，两人便又再下。

阿麦求胜心切，白子冒险孤军深入，不想却正中商易之的圈套，被那黑棋重重围住，眼看已陷绝境。阿麦心中渐急，不知不觉中便露出了本来面目。她思量半晌才落下一子。商易之轻轻笑了笑，拈起黑子便要落下，谁知阿麦却突然挡住了他的手，耍赖地连声叫道："不算，不算，这个不算！"

商易之一怔，随即便又莞尔，说道："依你，不算便不算。"

阿麦心思全在棋盘之上，全然没有意识到自己刚才已露出小女儿娇态，听商易之允她悔棋，连忙把刚才落下的白子又拾了起来，用手托腮又是一番冥思苦想。

商易之也不着急，只坐在那里静静地等她，待阿麦重新落子后才又拈子落下。又下数子，阿麦又是悔棋，商易之任凭她耍赖，可即便这样，到最后阿麦还是输了几子。

自那日以后，一轮到阿麦当值商易之便会邀她对弈，阿麦棋艺低劣，自然是败多胜少，每每输了又极不服气，回去后也会仔细考究输了的棋局，非要寻出个制胜的对策来不可。别看她棋艺不高，记性却极好，第二日仍能把前一日输过的棋局重新摆出，倒让商易之也不得不称奇。

如此一来船上的时间消磨得更快，就这样又行了七八日，船便来到了盛都之外。盛都，南夏都城，临清水倚翠山，已是八朝古都。既名为盛都，自然是繁华所在。

商易之换下锦衣，着战袍，披银甲，一身戎装下得船来，早已有定南侯府的家人等候在码头，见商易之下船连忙迎了上来，恭声叫道："小侯爷。"

商易之点头，吩咐那家人道："回去告诉母亲大人，我面圣之后便回府。"那家人领命而去。商易之上马，在阿麦等三十六名亲卫的护卫下往盛都城而来。未及城门，便看到一个锦衣华冠的青年带领着数位官员正等在城外。

商易之下马，上前几步作势欲拜，那青年连忙扶住他，笑道："表哥，切莫多礼。"

商易之就势站直了身体，也笑了，问道："二殿下怎么来了？"

那青年温和一笑，说道："太子前日染了些风寒，父皇命我来迎表哥。"

阿麦一直跟在商易之身后，听商易之称这人为二殿下，这才知道眼前这个一脸温和笑容的青年竟然就是二皇子齐泯，此人极得皇帝宠爱器重，已在朝中形成了不小的势力，隐隐与太子抗衡，两人明争暗斗得厉害。

果然是人不可貌相。

齐泯和商易之两人寒暄一番后，众人一起上马进城，阿麦这才第一次进入了盛都城。

城内百姓听说是在江北大败鞑子军的少年将军回京，纷纷挤在了街道两旁瞧热闹，见不但那当头的将军英俊挺拔威武非凡，就连他身后跟随的众卫士也是鲜衣怒马青春年少，不由得都啧啧称奇。更有不少怀春的姑娘用锦帕挡了脸含羞带怯地注目打量，直待大队都过去了，犹自望着远处出神。

街边一个陪母亲采买杂货的少女因看得太过入神，母亲连喊了她几声都未听到，她这副魂不守舍的模样引得其母大声呵斥，却惹得旁人哄然发笑，旁边一个身材发福的中年男子善意地笑道："莫要骂她，别说是她这样的小丫头，就是大娘你，若是再年少几岁，怕是也会看失了神呢。"

众人都笑，就连刚才那气冲冲的妇人也不由得笑了起来，道："也是，一个俊也就罢了，偏偏个个都俊，怎么就都凑一块去了，害老婆子也要看花眼了。"

那中年男子又问道："你们可知这小将军是谁？"他见四周的人纷纷摇头，脸上略带了些得意之色，说道，"他就是当今天子的亲外甥，盛华长公主的独子，定南侯府的小侯爷，姓商名易之，是咱们盛都城里排了头名的风流公子！"

众人不禁惊呼出声，那中年男子脸上更显得意，"不信你们去打听打听，这盛都城里谁家的小姐不想嫁这小侯爷？"他含笑看了刚才那少女一眼，又逗她道，"小姑娘多看两眼又有何妨？说不定以后还能嫁入那定南侯府呢。"

那少女本听得入神，听他又说到自己身上，一下子羞得满面通红，跺脚就走。

旁边一个矮个汉子却冷哼了一声，说道："这样的痴梦还是少做好！"

众人都问为何，那矮个汉子瞥了刚才说话的那个胖男人一眼，冷冷说道："这样的风流公子最是无情，你让她一个小姑娘把一腔情思都寄在他身上，你嘴皮子碰完倒是没事了，到最后受害的只是这姑娘。"

其实那胖男人说的本是玩笑话，却遭这汉子如此冷脸反驳，脸上有些挂不住，便拉了脸反驳道："你怎知这小侯爷就是无情之人？"

那矮个汉子冷笑一声转身要走，谁知那胖男人却扯了他不肯放过，他见无法摆脱，忍不住转回头冷笑着问那胖男人道："你可知道当朝林相有位女公子？"

那胖男人显然也是见过些世面的人，答道："自然知道，那是咱盛都第一才女，听说不仅品性贤良而且貌美如花。"

那汉子又问："那比刚才那位小姑娘如何？"

那胖男人答道："自然无法可比。"

那汉子冷笑，说道："就这样一个才貌双全的相爷之女，小侯爷尚且始乱终弃，那小姑娘的痴梦做了又有何好处？"

众人听他如此说都来了兴致，那汉子却不肯多说。胖男人笑了笑，故意激他道："商小侯爷年少英俊，林家小姐貌美贤淑，再说定南侯位列武将之尊，林相又为百官之首，这两家如若结为儿女亲家那可是何等风光之事，定是你这人在瞎说。"

旁听的众人也都称是，那汉子却气道："怎的是我在瞎说？"

胖男人笑道："那你凭什么说小侯爷对林家小姐始乱终弃？你又如何知道？我看定是你胡诌了来骗大伙。"

那汉子果然上当，急眉火眼地说道："我姑母是林府里的老嬷嬷，自然知道。两年前林家小姐去翠山福缘寺给父母祈福，在后山恰好遇到了出来游玩的小侯爷，那小侯爷百般挑逗，用花言巧语引得林小姐倾心。林家小姐回府后便害了相思，相爷夫人得知后舍不得看女儿受相思之苦，虽然听说过那小侯爷的风流名声，却仍是托人前去侯府提亲，你们猜如何？"

众人连忙问："如何？"

"小侯爷没同意？"胖男人问道。

那汉子气道："他若只是不同意便也罢了，这小侯爷当时又迷恋上了青楼里的一个女子，早就把林家小姐抛到了九霄云外，听说是来替林家小姐提亲的，当下便问道：'林家小姐？林家小姐是哪个？'那媒人提醒他说是在翠山与他结伴游山的那位小姐，小侯爷想了半天才不屑地说道：'哦，她啊，太丑了，不堪嫁入我定南侯府。'媒人回去回了相爷夫人，恰好小姐在门外听到了，林小姐乃是天之骄女，性子又烈，如何受得了这种羞辱，一气之下便去了翠山庄子上带发修行，再没回来。"

众人听完了皆是叹息，倒是那胖男人说道："这样听来倒是不假了，我有亲戚在朝中为官，说是林相爷和商老侯爷是不和的，想必就是因为此事了。"他叹息两声又问道，"不过那小侯爷此事却是不该了，婚姻允不允别人管不着，却不该这样贬低人家小姐，那定南侯爷也容他如此胡闹？"

汉子接道："不容又如何？老侯爷听说了根由也是气急，又见他迷恋青楼女子，一怒之下就要杖杀小侯爷，可这小侯爷乃是长公主的命根子，长公主百般阻拦老侯爷也是无法，最后只得把儿子弄到青州了事。"

人群中有人叹道："要说还真是慈母多败儿，这小侯爷如此性子怕也是长公主纵容而成。"

"那是，听说这长公主体弱多病，只育得这一子，自然是从小百般娇惯。"有人接道。

人群中忽有人小声说道："可有一说是长公主并非小侯爷的亲母。"

众人听了均是一惊，不由得看向那人，那人小心地扫视了一下四周，又神秘地说道："这你们就不知道了吧？有种说法是长公主体弱不能生子，可又不肯让定南侯纳小，便想了个法子，让身旁的一名侍女替她生子，等那侍女怀了孕便弄到城外的庄子里偷偷养着，长公主这里也假装有孕，待到快生产时也回了那庄子，后来便有了这小侯爷，可那侍女却从此没了踪影。"

众人都听得咂舌，就连刚才那好事的胖子也听得心惊，连忙说道："莫论皇家事，莫论皇家事。"众人连忙点头称是，再也不敢凑热闹，纷纷散去了。

再说阿麦随着商易之来到皇城，商易之进宫面圣，一众侍卫却被挡在外面，直等了两三个时辰才见商易之独自从官门内出来。商易之面上不见喜怒，只吩咐道："回府。"

一行人这才往定南侯府而来，待到侯府时已是午后时分，定南侯府正门大开，侯府里的管家领着众多家仆等在门口，见商易之等人回来，连忙迎了上来。商易之跃下马来，把缰绳随手甩给一个小厮，转头问那管家道："母亲大人呢？"

老管家连忙答道："长公主在落霞轩等着小侯爷呢。"

商易之听了便大步往府里走去，留阿麦等一众侍卫在外面。阿麦此时早已腹中饥饿难耐，见他如此，暗道这人太不厚道。正腹诽间，却见那管家过来笑道："诸位小哥也都辛苦了，随我进去歇着吧。"

阿麦心道歇不歇着倒不打紧，关键是先给点吃的填填肚子要紧。她心中虽这样想，面上却仍是笑道："有劳老伯。"

管家领着众人进府，在前宅的一个偏院中把大伙安顿下来，待众人酒足饭饱之后天色已经黑透。阿麦与几个侍卫坐在一起有一句没一句地说着闲话，心中却在考虑晚上怎么安排。商易之自从入了府就没再露面，看来是先顾不上她了，这院子房间虽说不少，可也没到一人一间的份儿上，晚上怎么睡就成了大问题。想她刚入兵营的时候也曾和一伙士兵睡过一个通铺，可那是在战中，大伙都是和衣而睡，而在这床软被厚的地方，要是再不脱衣就有些说不过去了。

她正心烦，就见之前领他们进来的管家从屋外走了进来，问道："哪位是麦小哥？"

阿麦站起身来答道："在下是阿麦。"

管家便笑道："小侯爷让我过来请麦小哥过去。"

阿麦闻言忙起身跟着管家出去，那管家七转八绕地把阿麦引到一处幽静小院，一边打着帘子引她进屋，一边解释道："此处是小侯爷的书房，小侯爷吩咐说让麦小哥先住在这里，待日后得了空，再给小哥另收拾住处。"

阿麦细细打量屋中陈设，见虽布置简洁，却个个精巧，处处雅致，与别处大不相同。

管家见她视线转到临墙的一面书架上，又笑道："小侯爷交代了，屋里的书随小哥翻看，不必拘束。"

嗬！好大的面子，不知商易之又有什么要命的差事给自己做，阿麦想到这里也不再客气，只略点了点头。管家又引她到内室门口，说道："小哥也劳累一天了，洗洗早些歇着吧，夜里有侍女在屋外当值，有事唤她们即可。"

管家含笑退下，阿麦往内室一扒望，见一侧的屏风后隐约冒着腾腾的热气，绕过去一看果然是早就预备好了大浴桶。阿麦忍不住用手试了下水，水温恰到好处，她已记不得多久没有泡过这样的热水澡了，见这样一大桶热水摆在面前，顿时心痒起来。

洗就洗吧，阿麦暗道，既然猜不透商易之的心思，那干脆也就不猜，先享受了再说。她极利落地脱衣入水，直到把整个身体都浸入水中时，才长长地舒口气，发出一声心满意足的叹息声。

书房外，管家匆匆离去，走幽径绕亭廊，直到侯府后院最深处的一所房子外停下来，在门外低声禀道："回小侯爷，都已安排妥当了。"

房内，仍是一身戎装的商易之直直地跪在一块牌位前，淡淡说道："知道了，你下去吧。"

管家犹豫了下，终还是忍不住说道："小侯爷，长公主也是为了您，您……"

"贵顺，"商易之打断了管家的话，说道，"我知道的，你下去歇着吧。"

"可是——"管家刚欲再说，却突然又住了口，忙低头垂手让在一边，恭谨地叫道，"长公主。"

商易之闻言不禁抿紧了唇，身体下意识跪得更直。

房门被缓缓推开，盛华长公主出现在门口，她是一个看起来很柔弱的女人，眉眼都细细的，长相不算极美，却无一处不透露着温婉。

商易之并未回身，只是叫了句："母亲。"

长公主缓步进入屋内，站在商易之面前静静地看了他片刻，这才轻声问道："可是想明白了？"

商易之抬眼，眼神中透露出平日里极少见的倔强之色，答道："易之没错。"

啪的一声，商易之的脸被打得转向一侧，再回过来时，面颊上已是多了几道浅浅的指印。想不到这看似柔弱无比的长公主出手竟是如此狠厉。

"可是想明白了？"长公主的声音依旧轻柔温和，仿佛刚才那一掌并不是她掴出的一般。

商易之眼中的倔强之色更浓，仍是答道："易之没错。"

又是啪的一声，打在了商易之另外一面脸上。

长公主说道："还说没错！我送你去青州是让你韬光养晦的，不是让你锋芒毕露逞英雄的！"

商易之的嘴角已渗出血丝来，却依旧直挺着脊背答道："我没错！我是齐家的子孙，我不能眼睁睁地看着我南夏的土地被鞑子所占，看着我南夏的子民被鞑子所杀，我不能……"

"你必须能！"长公主冷声说道，"如果你连这都不能忍，你干脆也就不要去争这个江山，就老实地留在这定南侯府里做一个风流的小侯爷，安安生生富贵到死！"

商易之抿唇不语，只直挺挺地跪着。

见他如此模样，长公主脸上的温柔神色终于不再，怒道："你可知攘外须先安内？现在的江山不是你的，是你叔父的，是坐在皇城里的那个弑父杀兄的齐景的，就算你把鞑子都赶走了，就算你打过了靖阳关，那又如何？只不过命丧得更快一些罢了！"

商易之却凛然说道："如若争的是这半壁江山，不要也罢！"

长公主气极，伸手欲再扇商易之，可手到他面前却又停下了，她静静看了他半晌，突然问道："你可知道，半壁江山丢了还可以再夺回来，可人的性命一旦丢了，却再也回不来了？你可知道，最危险的往往不是你面前的敌人，而是你身后的亲人？"

她停下，转头看向香案上的牌位，"这里不光你是齐家的子孙，我也是，没有一个齐家人愿意看到我南夏的大好江山被鞑子所占。可前提是你得活着，只有活着，才能把江山重新从鞑子手里夺回来，才能把你父亲的牌位光明正大地摆进宗庙，而不是……偷偷地藏在这里。"

商易之倔强地注视着那牌位，抿唇不语。

长公主回头看他一眼，又问道："还觉自己没错，是吗？"

商易之答道："我于乌兰山养兵，驱鞑子于靖阳关外。到时，江北之地尽归我手，大军从泰兴顺江而下直攻盛都，商侯再从云西起事助我，齐景必败！"

长公主愣了一愣，怒极而笑，"好，好，好！好一番谋算！就算你尽能如愿，将鞑子赶出靖阳，当你在江北做大，齐景可还能容商维领兵？你江北在手时，齐景的皇位早已传给了他的儿子，到时南北对立，你说齐景弑父杀兄，你说自己是先太子遗腹子，你才是皇室正统，谁又能信？世人只会说你才是谋权篡位的逆臣贼子！"

商易之脸色苍白，唇瓣抖动，却是说不上话来。

长公主闭目缓了口气，又轻声说道："我让你回来，绝非是为了自己。我是已经死过一回的人了，活到现在不过是具行尸走肉，心里只一个念头，就是希望有一天能看到你夺回皇位，看到你父亲能魂归宗庙，平冤昭雪。"

良久，商易之脸上的狠倔之色终于软化了下来，他深深地叩下头去，缓声说道："易之知道错了。"

长公主见他如此，淡淡说道："既然知道错了就起来吧。"

商易之缓缓站起身来，长公主看了他一眼，又说道："则柔正在翠山，既然回来了，就去见见她吧。"

商易之没有说话，只轻轻地点了点头。

长公主又问道："你把那个叫阿麦的姑娘也带回来了？"

"是。"商易之答道。

"怀疑她和靖国公韩怀诚有关？"

"看年龄像是韩怀诚的女儿。"

"韩怀诚……"长公主面上浮起浅浅的微笑，似又想起了些很多年前的事情，她轻声说道，"我仅见过他们夫妇几面，他夫人姓乔，是个非常有趣的人。早些年倒是曾听人说在靖阳看到过韩怀诚，身边带着的是个少年，后来就再没有消息了。"

商易之闻言皱眉，思忖片刻，忽地问道："是什么时候见到的？当时那少年大概什么年纪？"

长公主回想了一下，"得十多年前了吧，那孩子多大不清楚，不过既然说是少年，而不是孩童，总该有个十一二了才是。"

商易之道："韩怀诚乃是二十三年前退隐，乔氏夫人当时并未生育，这少年应该不是他们的孩子。"

长公主闻言点头，"年纪是大了些，韩氏夫妇若有子女，顶多也是你这般大，这般看来，那个阿麦年岁上倒是对得上。我已派人去寻访韩氏夫妇的故旧，不过当初韩怀诚死遁，与他亲密之人也俱都四散离去，一时半刻不好找到。你且耐心等一等。"

商易之应下，似有迟疑，沉吟道："若是她真是韩怀诚的女儿，那少年的身份许得也能确定了。"

长公主秀眉轻挑，"是谁？"

商易之犹豫了一下，答道："陈起。"

| 第六章 |

巧遇 斗智 水性

　　阿麦原本以为她这一觉会睡得很长，可等她睁开眼的时候却发现外面天色依旧黑着，心里头涌上来的第一个念头便是挺对不起商易之这书房的，如此柔软的床和锦被，竟然都睡不到天亮，真是太烧包了。

　　她又躺了片刻这才从床上起身，刚穿戴好了就听见屋外有侍女轻声问道："公子起了？可是要梳洗？"

　　阿麦微惊，没料到屋外竟然会有侍女一直守候，见此情形显然是早已受过了交代，一直都在注意着屋里的动静，等她穿戴完了这才出声询问。又听自己的称谓竟然成了公子，阿麦心中更觉好笑，清清嗓子才答道："进来吧。"

　　屋外有侍女端着脸盆毛巾等洗漱用具进来，不用阿麦吩咐便上前伺候阿麦梳洗。阿麦哪里享受过这样的待遇，一时有些受宠若惊，直到侍女们都收拾利索退了出去，她这里才回过神来，当下心中更是猜疑，不知商易之这到底是做的什么打算，本想去寻他问一问，可转念一想却又忍住了，只想干脆就先这样等着，以不变应万变最好。

谁知这一待就是好几天！

商易之一直没露面，不是说宫中设宴就是好友相邀，总之是不在府中。阿麦见是如此，便对管家笑道："既然这样，那我就先回侍卫队好了，我本是元帅亲卫，哪里有总占着元帅书房的道理，再说又让其他兄弟们如何看我？"

管家却不温不火地答道："小侯爷交代过，麦小哥自然与他人不同，只安心在这儿住着便可，若是下人们有伺候不好的，尽管和我说，我替小哥处置她们。"

阿麦心道这岂是因伺候得不好，而是因为下人们伺候得太好了，她心里才更没底，左思右想商易之也不是那做赔本买卖的人。

管家见她面露不快之色，又说道："小哥若是待着无聊，我找人陪小哥出去转转，咱们盛都是有名的花花世界，好玩的东西可是不少。"

阿麦听了此话心中一动，竟然允许自己出府，看来倒还不是软禁，难不成还真是商易之良心发现，觉得罚的那四十鞭子确实过了，现在来向她示好？可这甜枣给得也太大了些啊。她忙点头笑道："那就有劳老伯了。"

管家怎知阿麦心思转了这许多，只又嘱咐道："小哥出门还须换了这身军衣，我让人给小哥备些寻常的衣衫来吧。"

阿麦笑着称谢，管家去了，不一会儿的工夫就叫人送了一个包袱来，里面衣衫靴袜一应俱全，还封了一包小银锭。阿麦不由得赞了一声，想这管家办事真是周到。再往下翻翻，竟然连公子哥儿们不离手的扇子都备了一把，阿麦顿时哭笑不得，这都已是晚秋时节，手里再抓把折扇岂不是故作风流了？

盛都已是八朝古都，城外清湖如镜、翠峰如簇，城内商业发达、市肆繁华。与江北重镇泰兴不同，盛都并无"坊市"的格局限制，允许市民在沿街开店设铺，繁华之景自然不比别处。阿麦接连在城内转了几日，不过才走马观花般地逛了个大概，果然是徐静所说的花花世界。又听人说城外名胜佳景更多，尤其是翠山福缘寺不但香火鼎盛，每逢初一、十五的庙会更是热闹非常，便想前去游玩一番。

这日一早，阿麦独自一人从角门出了侯府，在车马市雇了辆马车由西城门出了盛都。福缘寺坐落于翠山半腰，已有三四百年的历史，是善男信女求佛拜佛许愿还愿之地。不过阿麦并非善男信女，对菩萨又无所求，来这里也就是看个风景图个热闹。

庙门外一个杂耍班子开了场子正在表演杂耍，阿麦见耍得好看，不由得驻足观赏，待看到精彩处也不禁拍手叫好。正看得开心时，却忽觉察身侧似有目光在自己身上停驻，竟让人感到阵阵寒意，她心中警觉，转头看了过去，却只见一身影没入人群之中，顿时消失不见。

那背影叫她觉得很是眼熟，一时却又想不起在何处见过。

阿麦皱眉寻思片刻不得头绪，便又转过身去继续看杂耍表演，不一会儿，突然有个七八岁的孩童来扯她的衣袖，指着远处一棵老树与她说道："公子，有你一位故人正在那边等着，邀你过去相见。"

那棵老树位于山墙一角，地处僻静，再过去就是往后山去的小路，树身甚是粗壮，得有几人合抱粗细，从她这里看去，只隐隐看到一片衣角，根本看不到那等在树后的是什么人。阿麦心思灵活，忙一把拽住了欲要离去的孩童，掏出几个铜钱塞给他，哄道："是个什么样的人叫你捎信？"

孩童攥着铜钱，却是嬉笑道："公子说了，叫我什么也不能告诉你。"

说完，就挣脱开阿麦，撒腿跑了。

阿麦心中诧异，她怎会在这里有什么"故人"，又这般的故弄玄虚，莫不是刚才她看到的那个影子？她并未急着过去，而是先往旁边寻个挎着篮子卖瓜子糖果的老妇人，好声央求道："大娘，刚才有位小姐托人捎信我去那树后相会，我却不知她姓甚名谁什么模样，大娘帮个忙，过去偷偷替我瞄一眼，千万莫是个母夜叉在等我。"

福缘寺本就是个求姻缘的所在，自然少不了青年男女在此相会，那老妇人得了阿麦的好处，又见她长相俊美，忙就拍着胸脯子应下了，又玩笑道："小公子放心，老婆子这就过去替你瞅瞅。若是位俏姐儿，你就过去，若是个夜叉，你就赶紧溜。"

老妇人也是个有心计的，没径直过去，而是挎着篮子叫卖着从旁边绕了过去，很快就又转了回来，与阿麦笑道："小公子被人戏弄了，树后哪里有什么美貌小姐，也是个跟我一样的老婆子呢。"

阿麦更是意外，左右思量半晌，仍想不到谁会在这里戏弄自己。她犹豫了一下，正欲去那老树后看个究竟，不想刚走没两步，却被一人正正拦住。她抬眼，便和对面一公子哥热辣的眼神对了个正着。

那人毫无顾忌地盯着阿麦的面庞，见阿麦抬眼看他，竟然还故作风流地冲她挑眉一笑，笑道："我约你去那边，你为何总不过去？"

阿麦不料竟是此人约自己，瞧他这般色眯眯模样，心中既觉可笑又觉可气，却不愿多生是非，只冷冷说道："你认错人了。"

她说罢便转身而走，快步向另一热闹处挤去，就这样连挤过几处热闹所在，才把身后那公子哥甩开。阿麦心道那公子哥倒不足为惧，只是刚才那道让人生寒的目光不知是何来路。她心中更是谨慎，不敢直接回城，便拣了条僻静小径往后山走去，只想先躲躲再说。

谁知刚走了没多远，便又被那公子哥追上了，高声唤道："前面的小兄弟，请留步！"

阿麦不予理会，脚下的步子反而迈得更大了些，那人在她身后紧追不止，又叫道："小兄弟，请留步。"

旁边已有人留意这边，阿麦只得停了下来，转回身往四周看了看，这才看向那油头粉面的公子哥，问道："阁下可是唤我？"

那公子哥忙三步并作两步地走到阿麦面前站定，气喘吁吁地说道："正是。"

阿麦又问道："阁下唤我何事？"

那公子哥匀了匀呼吸，把手中折扇啪的一声打开，作势扇了扇才答非所问地笑道："小兄弟走得好快，让在下好一阵追赶。"

他那扇子刚一打开，阿麦便闻到了香气，再这么一扇，顿时觉得一阵香风扑面而来，熏得她差点闭过气去，一时连话都说不出来了。

那公子哥又故作潇洒地笑道："刚才便觉小兄弟十分面善，像是哪里见过一般。"

"我不认识阁下。"阿麦干脆地说道，转了头便要走。那人见阿麦甩袖就走，心中大急，再也顾不上什么文雅不文雅，连忙去扯阿麦的衣袖。阿麦岂容他扯住自己袖子，轻轻一侧身便闪开了，沉下脸来看着那人，"阁下想做什么？"

那人却拦在阿麦身前，颇为无赖地说道："小兄弟一人游山岂不无趣，不如咱们结伴而行，可好？"

阿麦见这人如此纠缠，心中厌恶至极，眼珠一转，却是展眉笑道："好，不过我不喜这里人多喧闹，想要去后山玩耍，你可随我同去？"

那人见阿麦笑容明媚照人，身子就先自酥软了半边，忘形之下只知道点头应道："同去，同去。"

两人便结伴往后山游玩而来，那人一路上喋喋不休，不是夸赞阿麦相貌就是炫耀自家权势，阿麦含笑不语，脚下却只引着这人往偏僻小径上走。他见阿麦只是笑而不语，到后面越发色胆包天地想动手动脚，谁知阿麦却也不恼，只用折扇挡开了他伸过来欲抚她肩膀的手，转过身对他笑道："你且先闭上眼。"

那人闻言连忙听话地闭眼，嘴里却问道："好兄弟，你让我——哎哟！"那人猛地捂着裆部弯下腰去，阿麦再次提脚，一边踹一边骂道："我让你好兄弟，瞎了你的狗眼！"她下脚极狠，几下就把那人踹倒在地，不停央求道："好兄弟，轻点，轻点。"

他这般叫着"好兄弟"，叫阿麦又恼几分，下手不由得更重，直把那人揍得鼻青脸肿这才罢休，胡乱拍打了一下身上灰尘，沿着小路往回走。

她心里畅快，脚下的步子也就更觉轻快些，不一会儿便又回到了福缘寺前，正欲去寻自己雇的马车，却见人群突然骚动起来，一队身穿禁军服色的士兵一边挥鞭驱赶着人群，一边大声呵斥道："都蹲下，所有人等都蹲下。"

小老百姓平日里哪见过这样的阵势，大街上顿时哭声喊声响成一片。阿麦见势连忙抱着头随着人群在路边蹲下，偷偷抬眼观察那些士兵，见他们不时地从人群中扯出些人来捆缚在一起，稍遇反抗便拔刀相对，极为严厉。

她心中不禁诧异，不知这些人犯了什么事情值得禁军出动，再一细看时心中更惊，只见那些被扯出来的都是些身穿或深或浅的青色衣衫的青年男子。阿麦低头扫了一眼自己身上，蹲着身子慢慢地往人群后面挪动，等挪到人群边缘，这才猫着腰往山后跑去。

难道刚才那人还真是什么贵妃的侄子不成？阿麦暗道，可自己这里刚揍了他，估计他这会儿还在那片林子里躺着呢，也不该有这么快啊，怎会禁军就到了？她越想越觉不对劲，脚下也慢慢停了下来，或许，这不是对着自己来的？

阿麦正寻思着，却突听身后传来一阵急促的脚步声，几个巡到这里的禁军已是发现了她，大声喝道："站住，别动。"其中一个士兵看一眼阿麦，再低头对比着手里的画像，叫道："青衫，无须，面目俊俏，没错，就是这人！"

阿麦听了心中大惊，这回可真是撩开了脚丫子就跑。多年的生活经历让阿麦已养成了有人追就得赶快跑的习惯，虽不明白这些人为何抓她，可还是先跑了再说吧。她却忘了此时的身份早已是今非昔比，原本是不用跑的，这一跑，反而坏了。

越往山后跑，道路越崎岖难行，可身后的追兵不但一直摆脱不掉，反而有越聚越多之势，身边不时有箭矢擦身而过，看来追兵也没有要留活口的觉悟。阿麦心里不禁也急躁起来，眼见前面转过一处石壁，视野突然大开，她却暗道一声不好，前面竟然是一面极陡的山坡，山路到此戛然而止。

阿麦将将停住脚步，看一下面前深不见底的陡坡，脑中迅速合计就此滚下去的生还概率能有几成。追兵眼看就要追了上来，阿麦咬了咬牙还是不敢冒此大险。她四处扫望一眼，干脆扒下自己的长衫，裹在一块山石之外，顺着山坡便推了下去，自己却纵身往石壁处的草木丛中跃去。

她本想冒险在草丛中暂时藏身，谁知这一跃却是落身虚空，身子竟然穿过草丛直直地往更深处落去，她本能地伸手乱抓，可石壁本就光滑，又生有绿苔，哪里有可抓握的地方，直到跌落到底，手上也不过只抓了两把绿苔。

说来这也是大自然造化神奇，这紧贴石壁处竟然暗藏了一道窄窄的暗缝，平日里被石壁前的草木所遮掩，除非是拨开杂草细找，否则还真不易发现。

阿麦轻轻活动了下手脚，庆幸这暗缝倒不算太深，总算没有伤到筋骨。她不敢大动，只贴着石壁缓缓站起身来抬脸细听外面的动静，外面追兵果然已到，就隐约听得有人骂道："他娘的，怎么又滚下去一个？都当自己是神仙呢，落了悬崖都不死！"

阿麦暗自奇怪那人怎么用了个"又"字，难不成除了她还有别人？又听得上面有人喊道："四处都细查查，别让那小子使了诈。"

她吓得连忙把呼吸都屏住了，只仰头看着上面，就见不时有长枪头在缝口处闪过，戳到石壁上一阵叮当乱响。幸好这石缝开得极窄，又是藏在草丛之下，那些士兵也怕草丛中藏着有人，只拿着长枪一阵乱刺，却未发现紧贴石壁处别有玄机。

就这样提心等了片刻，外面的声音渐小渐远，阿麦不由得长松了口气，转回头正欲打量此处环境，突然察觉身侧有风忽动。她心中大惊，下意识提脚迎去，那人侧身一闪躲过她这一脚，身影一晃之间已是欺身贴了上来，一把扼住阿麦的喉咙。

脖子既在人手中，阿麦顿时不敢再动，只抬眼看面前这人，可因刚才她一直抬头看着上面光亮处，这时视线仍未适应下面的昏暗，好半晌这人的面孔才在她眼前清晰起来。这一清晰不打紧，阿麦只觉得自己的心猛地一骇，如若不是脖子被他掐住，怕是跳出来的劲头都有了！

青衫，无须，面目俊俏……

原来说的不是她，而是他！

常钰青也没想到阿麦会从天而降，今日他在福缘寺前的庙会上已然看到了她，本想着诱她去僻静处予以捕杀，半路上却被人搅局，没能得手，后来，他行踪败露又遭追杀，谁料老天竟然如此开眼，把这人活生生地送到了自己面前。

老天真不开眼！阿麦却在暗自怨天，耗子摔到猫窝里，简直就是自寻死路！

沉默，只能是沉默，杀他亲卫、伤他兄弟，她不知道说些什么能让眼前这位煞神放过自己，与其说些废话，还不如闭上嘴的好。匕首还在靴筒里，如若想拿要么弯腰，要么抬脚，就目前看来，两者都办不到。

常钰青见阿麦久不出声，忍不住出言讥讽道："以前不是伶牙俐齿的吗？"

阿麦还是不语。

常钰青眼神渐冷，手上的力道渐大，"江北军第七营主将麦穗，想不到你会死在这里吧？"

"我若死了你也等着困死在这里吧！"阿麦突然说道。

常钰青手下一顿，却突然笑了，问道："你就算准了我出不去？"

阿麦冷静答道："此处离上面出口两丈有余，常将军又伤了一臂，如若靠将军一人之力，怕是出不去的。"

常钰青没有搭话，静静地盯了她片刻，冷哼一声，缓缓地松开了钳制她脖子的手。

阿麦虚脱一般地跌坐在地上，大口喘起气来，一直激烈的心跳这才平复了些，她见常钰青的左臂一直垂着不动，便猜他左臂有伤，幸好是猜对了。

常钰青退后一步，看着阿麦冷笑不语。

阿麦也不看他，只用手抱了自己的双膝坐在地上，低声叹道："真是鬼门关里转了一圈……"话只说了一半却突然从地上蹿起，手中寒光一闪，猛地刺向常钰青。

常钰青冷笑一声，却是早有防备，侧头避过刺过来的匕首，右手已是握住了阿麦的手腕，顺势一带把阿麦整个人都甩到了石壁之上，上前用肩顶住她背部，喝道："松手！"

阿麦只觉得手腕一阵剧痛，手里的匕首已是把握不住，啪的一声掉到了地上。

常钰青冷笑道："早知你这女人的话不可信！"

他松开阿麦手腕，用脚尖一挑，那匕首便落到了他的手中。他低头打量那匕首一眼，忍不住赞道："这样形状的匕首倒是少见，也够锋利。"

阿麦的手腕已然脱臼，她却不愿在常钰青面前示弱，只握住手腕咬牙不语。

常钰青见她额头已是冒出汗珠来，却仍是不肯吭一声，心中不觉也有些佩服这个女人的狠劲。他左臂上的伤口又渗出血来，一时顾不上理会阿麦，退后几步坐于地上，单手解开自己的衣衫，开始处理自己左臂上的刀口。

这是刚才被追杀时砍伤的，因为怕血迹会暴露他的行踪，所以只胡乱地捆扎了起来，现如今一解开，刀口又冒出血来。常钰青把金创药一股脑儿地倒了上去，又从内衫上扯下白布来包扎好，再抬头见阿麦仍端着手腕倚壁站着，垂着眼帘不知在想些什么。

常钰青站起身来打量四周环境，这个石缝上面开口虽小，下面空间却大，唯有这一处上面透着光亮，两边都是黑漆漆的山洞，不知通向何处。石壁这一面直上直下长满青苔，爬是爬不上去的，而另一面更是别说，竟然是内凹的，要想上去更是痴心妄想。常钰青估算了一下开口的高度，最矮的地方大约有三人多高，如若是两人配合，想要出去倒也不是很难。

"你把匕首还我，"阿麦突然说道，"我保证不会再对你使诈。"

常钰青斜睨阿麦，眼神有些嘲讽，像是在问她怎么会提出这样幼稚的要求。

阿麦却直视过去，淡淡说道："要么把匕首还我，要么就直接在这里给我一刀。"

常钰青见她说得如此决绝，手中把玩着那把匕首，漫不经心地问道："这东西就对你那么重要？"

"除非我死了，让人在我尸体上把它拿去。"阿麦答道。

常钰青微怔，却又笑了，一边抛接着手中的匕首，一边不怀好意地瞄向阿麦，故意戏弄道："要还你也行，你把衣服脱了下来，我就给你匕首。"

阿麦已用青衫裹了山石扔下了山坡，现在身上只剩了一件白色中衣，听他如此说，二话不说单手就去解衣带。常钰青最初只含笑看着，可等看到阿麦已经露出里面的裹胸来的时候，他便有些笑不下去了。阿麦脱了中衣后抬头看了常钰青一眼，见他没有表示便又低下头去解胸前的裹胸。

常钰青突然冷声喝道："够了！"一扬手把匕首扔了过去。

阿麦急忙用手接住，插回了靴中。

常钰青不屑道："就算你手中有把匕首又能把我怎样？"

阿麦不语，只低着头去穿刚才脱落的衣衫。可她一只手腕脱臼，单手脱衣倒是无碍，要是想单手系上衣带却是不易了，即便是后来用上了牙齿，却仍是无法系好胸前的衣带。

常钰青终于看不下去了，忍不住出言讥讽道："脱的时候倒是麻利，穿倒是不会了，你——"

阿麦猛地抬头看他，满是泪水的眼中几乎能迸出火星来。常钰青看得一愣，就听阿麦怒道："我没有自尊，我不知廉耻，你不就是要说这些吗？我就是没有自尊，我就是不知廉耻，自尊当不了饭吃，廉耻保不了命在，自尊廉耻是你们这种人要的，我要它们做什么！"

常钰青愣了半晌，沉默地走到阿麦身旁，在她防备的眼神注视下，左手缓缓托起她的右臂固定不动，以右手握住她的掌部，抿紧了唇猛地用力拔伸，只听得一声脆响，阿麦脱臼的腕关节已然复了位。

阿麦脸上的惊愕之色还没下去，就听常钰青说道："这只手先不要用力。"他见阿麦仍惊愕地看着他，不禁笑道，"你倒不必感激我。"

阿麦冷哼一声，气道："我为何要感激你？这手本来就是你给我弄脱臼的。"

常钰青张嘴想要反驳却又停下了，只是说道："我何必和你一个女人争这个口舌。"说完便又去察看上面的出口，"你过来。"常钰青叫阿麦。

阿麦闻言看了常钰青一眼，慢慢地走了过去。

"你搭人梯送我上去，我回头再把你拽上去。"常钰青说道。

阿麦仰头看了看上面，说道："这里上不去，搭了也是白搭。"她见常钰青剑眉微皱，又接着说道，"我右手使不得力，你左臂又伤了，就算我搭你一把，你也上不去。"

常钰青看了阿麦一眼，却突然展了眉心，笑问道："你可是怕我上去后失信，不肯拉你上去？"

阿麦闻言扯了扯嘴角，嘲道："将军倒是多想了，将军现在对于我不异于地狱的罗刹，我巴不得能赶紧把你送走，我上不上去又有何妨？上去了命也是在你手里，还不如自己待在这里的好，没准儿还能留一条命在。"

常钰青没想到阿麦会是这样一套说辞，一时怔住，片刻后说道："这里人迹罕至，你困在这里免不了要饿死渴死。"

阿麦却讥笑道："常将军不用吓我，如若这里只有我一人，怕是饿不死也渴不死的。"

"怎讲？"

阿麦瞥一眼常钰青，答道："咱们都用的一个法子糊弄那些禁军，他们又不是傻子，等到山坡底一探便知道滚下去的只是石头，必然还会回来找。到时候如若我们两人都在，怕是都要没命，可如果只我一人，我却可以呼救了。"

常钰青却奇了，问道："既然你敢呼救，那为何刚才还要藏身？"

阿麦脸上一红，她怎能说是因为自己胆小，见着有人追就赶紧跑了。常钰青见她如此反应，不禁哈哈大笑起来，接道："是因为你不知他们寻的是我，还当抓的是你，所以慌不择路地落到了这里。"

阿麦没有理会常钰青的嘲弄，突然说道："还有一法可以离开这里，只是不知将军……"

"只是不知将军信不信你，"常钰青接口道，"你说的一法无非是要我搭人梯送你上去，我明白告诉你，不可能，我不信你！"

阿麦笑了笑说："那就没法子了。"

常钰青看着阿麦不语，两人正僵持间，忽听得外面又传来人声，常钰青猛地用手钳住她的脖子，低声说道："不许出声！"

只听得外面一人吼道："再给我仔细地查，每个草寨子都给我翻开了查！"

常钰青和阿麦都是一惊，两人不约而同地往石缝深处缓缓挪去，刚隐入暗处，就听见声音已到了头顶之上，石缝口处的杂草被长枪挑开，有人叫道："头儿，这边像是有个沟。"

几支长枪出现在石缝口处，有人往下胡乱地捅了捅，叫道："看样子还挺深的，贼人没准儿就藏在下面。"

常钰青抬头看了看上面，把嘴贴近了阿麦耳边低声说道："往里面走。"

阿麦转头往里面看了一眼，黑漆漆的，看不到底，忍不住低声说道："要是走不通怎么办？"

常钰青嘿嘿笑了两声，说道："那就赌我们的运气吧，如果能通到别处，你我二人都逃出生天；如果不通，我只能让你陪我一起死了，也省却了黄泉路上的寂寞。"

上面的士兵已经在喊人去点火把，常钰青不敢再耽搁下去，又笑着在阿麦耳边说道："把你的匕首先给我，谁知等会儿走到黑灯瞎火的地方你会不会偷着给我一刀。"

"我说话算话。"阿麦说道。

常钰青低声笑道："抱歉，你的话我可不敢相信。"说着便蹲下身子从阿麦靴筒里摸出了那把匕首，钳制着阿麦往山洞深处退去。

越往深处去光线越暗，到后来已是伸手不见五指，常钰青再钳制着阿麦走路已是不便，干脆松开钳制，反握了阿麦的左手，低声笑道："幸好我们伤的不是一侧的手，不然牵起来倒是个麻烦事。"

阿麦没反抗，极乖顺地任常钰青拉着手。洞中黑暗道路难辨，只能贴着这一侧石壁摸索前进，两人执手行来，倒像极了一双热恋之中的小儿女。越往里行，脚下也越难行起来。常钰青走在前面不时地提醒阿麦注意脚下碎石，可即便这样，阿麦还是被碎石狠狠地绊一跤，差点把常钰青也扯倒在地上。

常钰青把阿麦从地上拉扯起来，阿麦痛得连吸几口凉气，这才说道："走吧。"谁知常钰青却不肯动，静了片刻突然说道："麦穗，把你手里的石头扔掉。"

阿麦心中一惊，嘴里却装傻道："什么石头？"

常钰青只是不语，黑暗之中，明明知道他看不见自己，阿麦却似乎仍感到了他逼人的视线，干脆笑了笑，爽快地把一块石头扔在了地上，笑着问道："你是如何知道我手里有石头的？我刚才摔得不真吗？"

常钰青嗤笑一声，说道："你摔得很真，不然我也不会扯你起来，可人摔倒爬起之后，会下意识地去拍打抚摸着地之处，一是拍打泥土，二也是查看有没有受伤。你却与人两样，不肯拍打，定然是手里抓了东西。"他顿了一下，握着阿麦手的那只手加大了力度，又讥笑道，"麦穗，我劝你还是少动心思，你以为手里有块石头就能把我如何了？还是老实些好，一旦激怒了我反而有你好看。"

　　阿麦闻言沉默了片刻，这才平静说道："老实又能怎样？出不去自然是死，出去了还不是要死在你手上。"

　　常钰青一时愣住，好一会儿才说道："若是我们能活着出去，我放你条生路便是。"

　　"当真？"阿麦紧追了一句。

　　常钰青答道："我既能应你，自然算数，你当我是你这种女人？"

　　阿麦笑道："你不是我这种女人自然是好。"

　　常钰青只冷哼一声，转回身扯了她继续往前摸去，走了一段突然说道："你既是江北军中的主将，我若杀你自然要在战场之上。"

　　阿麦听他这样说反而更放下心来，顺手就把手里偷藏下的另一块石头也扔了出去，笑道："这样便好。"

　　常钰青听得石块滚落到地上的声音，这时才明白原来阿麦刚才竟然一起抓了两块山石在手中，不由得有些羞怒，气道："你这女人……"他一时也不知该如何形容阿麦，只冷笑了两声说道，"你手劲倒是不小，伤了的手还敢如此，以后就等着受罪吧。"

　　阿麦只是听着，却没有和他斗嘴。两人一时都沉默下来，只摸索着继续往前走去，也不知走了多久，可四周还是一片黑暗，那石壁仿佛都没有尽头。阿麦心里也渐渐有些虚起来，终于受不了这份压力，开口打破了这份寂静，"你发现没有，我们像是在一直往地下走？"

　　常钰青早已忘了阿麦是看不到他的，只下意识地点了点头。他听阿麦再无声音，以为她是怕了，嘴角不自觉地挑了挑，故意吓阿麦道："也许是通向地狱的黄泉路。"

　　阿麦忍不住讥讽道："倒是适合你这种人走！"

　　常钰青却也不恼，反而哈哈大笑了两声，笑道："早晚免不了的黄泉路，身边有美人做伴倒是不亏。"

阿麦不肯理他，又走了一会儿突然说道："石洞是通的，这里的气流明显是流动的，前面必然是有出口。"

果不其然，再往前行了一段，前面已不再是漆黑一片，而是隐约透出几点光亮来。再往前走，虽然仍看不到头，可头顶上却不再是石壁，而裂成了一道窄窄的缝隙，不过却离地面足足千尺有余了。

"这可真是名副其实的一线天了。"阿麦仰头看着山缝间透出的些许星光，不禁叹道。

既能见到天，两人心中都不由得松了口气，常钰青更是笑道："也许前面走出去就是个世外桃源呢。"

阿麦却说道："是什么都没关系，只要能找到吃的就行。"

此话真是大煞风景，不过常钰青却也不能反驳，他自己也是接连两顿没有进食，又摸黑走了大半夜，现在腹中自然也是饥渴难耐。他扯了扯阿麦手臂，说道："那就赶紧走吧。"

前面既有盼头，两人脚下也就轻快了些，天快亮时，已能隐约看到前面的出口。常钰青脸上不禁露出些轻松笑意，扯着阿麦紧跑了两步，可到了出口处时却怔住了，就连一直牵着阿麦的手也不由得松开了。

这一线天通向的哪里是什么世外桃源！左右两侧都是壁立千仞的崖壁，面前是汤汤流淌的大河，原来不过是造化迎着崖壁劈下的一条窄缝而已。

阿麦往四处看了看，河对面虽然也是陡坡，却不似这边崖壁一样高不可攀，便问道："这河应该是清水了吧？"

清水，江南第一大河，绕翠山而过，汇入清湖，盛都护城河里的水就引自这里。

常钰青看一眼阿麦，问道："你可会水？"

"会水？"阿麦找了一块干净石面席地坐下，摇头说道，"我可不会。"

常钰青望着那广阔的河面出神，又听阿麦说："这会子在外面了，你该把匕首还我了吧？"

常钰青回头看阿麦，看着看着突然笑了，说道："不行，这里既然不通，我们还得往回走，匕首先不能给你。"

阿麦抬眼瞥一眼常钰青，复又低下头去捶自己酸胀的双腿，说道："往回走？回去自投罗网？再说我也没那个气力走回去了。要回去你自己回去，我是不动的了。"

　　常钰青在阿麦身前蹲下，问道："那你待在这里岂不是要等死？"

　　"碰运气吧，也许会有船只经过，到时我大声呼救便是了。"

　　"那万一没有船只经过呢？"常钰青又问。

　　阿麦抬头笑了下，答道："那就如你说的，等死呗。"

　　常钰青盯了阿麦片刻，十分肯定地说道："阿麦，你会水。"

　　阿麦也看着常钰青的眼睛，答道："不错，我是会水，不但会，水性还很不错。不过那又怎样？你是肯放我独自离去，还是能信我能把你也带过河去？"

　　两个人俱是沉默，半晌之后，常钰青的唇角轻轻弯起，笑道："我信你。"

　　这样的回答反而出乎了阿麦的意料，她又看了常钰青片刻，轻轻点头道："那好，我带你过去，不过你若是再想掐着我的脖子，我可是带不了的。"

　　常钰青笑着站起身来，走到水边看了看，回头问阿麦道："你怎么带着我过去？"

　　"游过去！"阿麦没好气地答道，她从地上起身，观察了一下河面，一边解着身上的衣带，一边吩咐常钰青道，"脱衣服。"

　　常钰青一愣，怔怔地看着阿麦，眼见着她脱掉了自己的白色中衣，又褪下了裤子甩下鞋袜，就连腰间缠的白布都解了开来，只剩下了胸前的裹胸和下身的短裤。阿麦许久不闻常钰青的动静，转回身看他，见他仍怔怔地立在那里看自己，脸上不禁有些羞怒，冷声说道："我不是脱衣服上瘾，这衣服一入水便重若千斤，我右手又使不得力，穿着衣服我可带你游不过去。"

　　常钰青已然回过神来，面上也有些尴尬之色，却仍是上下打量着阿麦，笑道："你身材倒是比去年时好了许多。"

　　阿麦听他竟然说出如此无耻之言，几欲气极，却又将将忍住了，转过头去不再理会常钰青，只开始活动手脚做入水前的准备活动。过了一会儿，就听常钰青在她身后笑问道："这可还需要脱了？"

　　阿麦回头看他一眼，见他也已除了身上的衣物，正手提着短裤裤腰笑看着自己。"随便你。"阿麦答道，又弯腰从地上拾了根衣带起来，走到常钰青身前说道，"我得把你的双手缚起来。"

常钰青敛了笑容，问道："缚手做什么？"

阿麦答道："我不把你的手缚起来，岂不是要被你累得溺死在这清水河里？"

"我不会惊慌。"常钰青说道。

阿麦嘲弄地笑笑，说道："不识水性的人入了水就没有不惊慌的，你没听过救命稻草之说？溺水的人手里连根稻草都会抓得死死的，更何况我这么个大活人。你要是不敢把手缚起来也罢，那你就自己先下水，等灌糊涂了的时候我再下去，省得被你扯住了齐齐丢了性命。"

常钰青却是摇头，扬了扬眉笑道："你若捆了我往水里一丢，我岂不是白白送了性命？我既信你能把我带过河去，你就得信我不会入水惊慌。"

阿麦见常钰青说得也有道理，便也不再坚持，只是说道："那可要说好了，过得河去你还我匕首，我们各奔东西。"

"好。"常钰青爽快答道。

阿麦又瞥一眼常钰青手中的匕首，又说道："你还是把匕首缚在身上吧，我怕你一会儿入水慌张拿不稳，掉入河底我可摸不起来。"

常钰青依言把匕首缚在腿侧。阿麦率先跳下水去，现已是晚秋，又是黎明时分，水温自然是冷得刺骨，阿麦用手撩水揉搓着手臂，回身见常钰青却仍站在石壁边不肯下来，便笑道："你若不敢跳下来，就顺着石壁滑下来吧。"

常钰青闻言笑了笑，不理会阿麦的言语相激，顺着石壁滑入水中，一手扶着石壁，一手伸向阿麦。

阿麦却是失笑，问道："你不会以为我拉着你一只手便能带你过去吧？"

常钰青挑眉，"那要怎样？"

阿麦避开常钰青的手，游到他的身后，用手臂揽住了他的脖颈。常钰青只觉得身后一个温润腻滑的身体向自己贴了过来，心神俱是一荡，又听阿麦笑道："自然是得这样，你且放松了全身仰面倒下，不用害怕，我自会让你口鼻露在水外。"

阿麦见常钰青只怔怔听着没有反应，还当他是不肯信自己，便又冷哼一声，说道："我既然说了带你过去，自然算数，如若你不肯信我，那干脆早说，也省得泡这冷水。"

常钰青面上已是有些发烫，幸好阿麦在他身后看不到他的脸色，听阿麦如此说，便伸手抓了阿麦在他身前的手臂，说道："听你的便是。"

"你抓我手臂做什么？"阿麦问道。

　　常钰青却轻笑道："我若不抓牢了，到了水中央你只一松手，我哪里寻你去？"

　　阿麦嗤笑一声，不再和他计较这个，只是嘱咐道："你可要记得，一会儿无论多慌都不得伸手抱我，否则咱们都得沉底。"说完腿用力一蹬岩壁，已是带着常钰青向水中滑了出去。

　　常钰青口中虽说不慌，但手一松岩壁，心里顿时悬了起来，虽然他上了马是无敌的战将，可一旦入了水却是毫无手段，四周都摸不到实物，唯一能做的就是紧紧地抓住阿麦的手臂。

　　"你放松些！"阿麦喝道，"再用力我手臂就断了！"

　　常钰青四肢依旧僵硬，只紧紧地抿了唇，强自压下想往后伸手攀住阿麦的念头，稍稍松开了些手。阿麦嘴角挑起一丝嘲弄的笑意，顺着水流已是把常钰青带到了河中央。

　　"常钰青，你屡次戏我辱我，可曾想到会有今天？"阿麦突然贴近了常钰青的耳边说道。

　　常钰青心中一惊，阿麦已是把手臂从他手中猛地抽走，冰冷的河水立刻四面八方地涌了过来，齐齐地往口鼻中灌了下去。他想回身抓住阿麦，可阿麦的身体灵巧得像鱼，只在他身后转悠，让他无论如何都摸不到。

　　阿麦在一旁踩着水冷眼旁观，看着常钰青在河水中沉沉浮浮，直等到他不再挣扎，身体直直往水底沉去的时候，这才从后面游了过去，扯着他的头发把他拎出了水面，笑道："堂堂北漠杀将，如若光溜溜地溺死在这清水河中，世人知道了会是什么情景？"

　　常钰青双眼紧闭，唇色青紫，像是已经灌昏了过去。阿麦见他没有反应，忍不住伸手探了一下他的鼻息，果然是已没了呼吸，她不敢再耍，急忙扯了常钰青头发往河对岸游去。

　　清河水面宽广，阿麦已是久不进食，一手又扯了个常钰青只能一臂划水，游起来自然费力，待快到岸边时已是累得快要脱力，幸好此时脚尖已能触到河底，她便干脆立起身来把常钰青往岸边拖。只刚拖了两步，阿麦突然察觉身后不对劲，急忙松手，可为时已晚，常钰青已是把她扑倒在了水中。

　　如若是在河中央，常钰青自然是拿阿麦无法，可现如今他脚已踩到了地面，便再也不是刚才那个任阿麦推搡的旱鸭子了。

　　"你使诈！"阿麦叫道，刚喊出一句话来，身体便又被常钰青按入了水中，只得连忙闭气。

　　"是你先使诈！"常钰青冷声道，又把阿麦脑袋浸入水中，刚才他被她灌了个水饱，现如今说什么也要报复回来。

　　阿麦见出不得水面，干脆就闭着气沉入水底把常钰青也往水里拽，可她气力本就比常钰青小，又是在水里游了半天的，手脚都用上了依旧是不能把常钰青拽倒。阿麦只顾和常钰青扭打，却忘了此时两人身上衣物少得可算是衣不掩体，又都是在水中浸透了的，她尚不觉如何，常钰青却是青壮男子，如何受得了这样的厮磨，原本你死我活的争斗在他这里反而渐渐地生出些销魂的滋味来。

　　阿麦一口气憋到了底，强自挣扎着露出水面来换气，见这一次常钰青竟没又把她往水里按，心中不觉诧异，正疑惑间，常钰青却已是压头亲了过来。她本在水里已是憋得缺氧，一时被他吻得有些傻，好半天才反应过来，羞怒之下更是奋力挣扎，谁知不动还好，这一挣扎常钰青的亲吻反而更加热烈起来，手臂更是把阿麦从水中托起，紧紧地贴到了自己身前。

　　阿麦羞愤欲死，双手使尽力气却也无法把常钰青从身前推开，一急之下把所有的气力都攒到了牙上，张口便咬！也幸得常钰青反应迅速，一觉疼痛立刻回手来钳阿麦的下颏，把唇舌从她牙下完整地抽离，却也是鲜血淋漓了。

　　阿麦仍不肯罢休，右手冲着他的脸便打了过来。常钰青怎容她打到脸上，抬手抓住了她的手腕，一时怒极，"你这女人——"话说了一半却打住了，阿麦的右手腕早已肿胀得不成样子，就连几个手指都已是伸不直了。常钰青想她就是用这样的手拖着他过了清水河，心中不觉一软，怒火顿时散了大半，只说道："你这手还要不要了？"

　　阿麦却不回答，又迅疾地扬起左手，只听啪的一声脆响，到底是给了常钰青一个耳光。常钰青明显地怔了一怔，眼中的怒火随即嗤的一下子蹿了起来，扬手就要回敬一个，阿麦并不躲闪，只咬着唇瓣发狠地瞪着他，脸上满是泪水却不自知。

　　见她如此模样，常钰青这扬起的手是无论如何也落不下去了，最后只得冷哼一声别过视线，绕过阿麦往岸边走去。

阿麦早已是筋疲力尽，全靠一口气撑着，现在见常钰青离开，她那腿就再也站立不住，在水中晃了两晃便倒了下去。常钰青还没走出多远，听得身后水声，回头再看时却见水面上没了阿麦的身影。他急忙又蹚着水往回赶，从水中把阿麦捞起，伸臂揽住了她的腰便往岸上拖去。

阿麦虽累得脱力，神志却是清醒，只怒道："你放手！"

常钰青理也不理，只管往岸边走，直到上了岸才把阿麦往地上一丢。

阿麦被摔得闷哼一声，怒骂道："常钰青你这王八蛋，我早该把你丢在这清水河里，让你喂了王八！"

常钰青听她这样泼妇般叫骂却不恼了，只蹲下身子饶有趣味地看着阿麦，笑道："后悔了？晚了！"

阿麦气极，想要张嘴再骂，却又知自己这样叫骂反而会让他看了笑话，干脆也就闭了嘴，转过头去不再看他。

常钰青见状反而更乐，故意逗道："你怎么不骂了？不敢看我？"

阿麦不肯上当，只抿唇不语，又听常钰青接着调笑道："你不用害羞，虽然你我身份悬殊，不过我既然和你有了肌肤之亲，自然不会负了你，等我办完了事便带你回上京。你先好好地伺候我，就算以后大夫人嫁过来了，有我护着她也不敢拿你怎样，等以后你替我生个一男半女，我便也给你个名分……"

阿麦再也听不下去，转过头恶狠狠地骂道："做你的春秋大梦！"

常钰青面上笑容更深，乐道："怎么是做梦，你不是对我有情吗？"

阿麦气道："谁对你有情？"

"你啊！"常钰青笑了，问道，"不然你为何不把我丢在河中央淹死？"

阿麦已经冷静了许多，知他是故意戏弄她，听他这样问只是冷笑，反问道："我杀你亲卫、伤你兄弟，你为何不见面直接给我一刀了事？难不成你也对我有情了？"

常钰青脸上笑容滞了一下，这才淡淡答道："我已说过，要杀你自然是在沙场之上，不会在这里欺负你一个女子。"

阿麦嗤笑一声，讥讽道："难不成只你常钰青是守信君子，我就得是言而无信的小人？我若杀你也自然会是在沙场之上，不会是在这清水河中！"

常钰青听得愣住，默默看了阿麦片刻，才又说道："原是我看错了你。"

阿麦冷哼一声，并不理会。常钰青也不说话，默默在一旁坐下。

现在已是晚秋，天气已经转凉，阿麦刚才在水中一直不得停倒还不觉如何，现上得岸来，身上又无衣物，只小风一吹便觉得冷得刺骨，不由得用双臂拢紧了肩。一旁的常钰青却站起身来往四处观望，见身后陡坡之上像是有条山路，却不知通向哪里。阿麦知他心思，冷声说道："别看了，这里荒山野岭的没地儿去寻衣物，等我缓过些气力来，再去那边把衣衫鞋袜取过来。"

常钰青却皱眉道："你那手再也使不得力了，否则定要废了不可。"

阿麦也看自己的右手，见拇指食指都已是不听使唤，心中也不由得有些害怕，如若这只手真废了，怕是以后连握刀也不能了，还如何上得了沙场？正思虑间，常钰青突又抓了她的手臂，扯了她往一块大石后躲去。

"对岸有人？"阿麦问道，伸出了头想要扒望，却被常钰青用手按下了。"衣衫还落在那边，估计很快就会找到这边了。"常钰青说道，语气有些凝重。

阿麦却说道："我们讲好了的，过得河来你还我匕首，我们各奔东西。"

常钰青闻言不禁看一眼阿麦，挑眉问道："你如此模样，能走到哪里去？"

阿麦答道："这不用你管，你还我匕首就是。"见常钰青沉默不言，阿麦脸上有些变色，戒备地看着常钰青，冷声问道，"难不成常将军要食言？"

常钰青笑笑，从腿侧解了匕首下来，正欲说话却忽又停住了，侧耳凝神听了片刻，突然起身把阿麦扑倒在了草丛之中。阿麦大怒，以为常钰青又要羞辱于她，张口便往常钰青肩上咬去。常钰青被她咬得吃痛，发狠地把匕首插入阿麦头侧的地上，在她耳边狠声说道："麦穗！你当我没见过女人吗！"

阿麦一怔，就听见陡坡之上传来了散乱的马蹄声。

这来得也太快了些！对岸不过刚有人影，怎会这么快就有人找到了这里？阿麦暗觉蹊跷，抬眼看常钰青，见他也是面带疑惑，估计也是想到了这里。如今只盼这并不是来找寻常钰青的人马，否则她自己也要跟着他遭殃。

马蹄声在陡坡上略有停顿，就听见上面有人叫道："留两个人在这里细找，其余的再往前走！"

上面大队的马蹄声渐远，常钰青把唇压在阿麦耳边，低声说道："我去看看，若是得了手，咱们的衣服就有了；若是不成，你就从水里走。"

阿麦略有些惊愕地看向他，心道我自然得从水里逃生，总不能和你一起死在这里。

常钰青却误解了阿麦的眼神，只道她是感动，咧着嘴笑笑，竟然还伸手轻轻拍了拍阿麦的脸颊，然后便要拔地上的匕首。谁知却被阿麦伸手挡住了，常钰青微怔，默默地和阿麦对视片刻，微微一晒，收回了手。

他悄悄从草丛中起身，见刚才留下的那两个禁军已经下马，正一前一后地往坡下搜了过来。常钰青估算着几人之间的距离，既要把前头这名禁军干掉，又不能让后面那人跑了，而且还不能弄出太大的动静免得引来他人。

正思虑间，忽来一阵山风吹得他藏身处的草木低伏，顿时把他的身形显露了出来，前面的那名禁军视线正好转到这里，和常钰青的视线碰个正着。常钰青身体一紧就要扑出，却听那禁军惊问道："七爷？"

常钰青和阿麦闻言俱是一愣，那名禁军已招呼着后面的同伴跑了过来，上前问常钰青道："可是七爷？"见常钰青缓缓点头，那名禁军连忙说道，"我家主人姓穆，我等奉主人之命特来找寻七爷，请速速和我等离去。"

常钰青听他这般说话，看来是知自己身份之人，当下也不多问，起身便走。那名禁军却是发现了不远处的阿麦，面带询问地看向常钰青。常钰青回头看了阿麦一眼，笑道："不相干的人。"

那人闻言放下心来，说道："请七爷先走，小人在这里替您办些事情。"他见常钰青站在那里没动，只道他是舍不得阿麦美色，又沉声说道，"还请七爷体谅我家主人的处境，以大局为重。"

阿麦不动声色地看着，手却悄悄地把匕首塞入了背后布条内。

常钰青站了站，终究是没有回头，大步向坡上走去。

那名禁军渐渐逼近阿麦，阿麦似已经吓得腿软，竟然连站都站不起来了，只面露惊慌地往后挪去。那名禁军暗自叹息，真真是个美人，倒是可惜了。

阿麦慢慢退到水边，猛地把手中抓住的沙石向那名禁军面上掷了过去，然后趁他侧头躲闪的空当，一个鱼跃扎入了水中，再冒头时已是在十几丈开外。那名禁军还愣愣地站在水边看着，一时有些傻眼。

第七章

心机 宠妾 求醉

清水河绕翠山而过缓缓流向清湖，阿麦四肢乏力，只顺着水流慢慢漂着，就这样也不知漂了多远，河水由东转向东南，河面更加宽阔起来，两侧已不再是峭壁和陡坡，渐渐看到三三两两的庄园。

阿麦知道像这样的豪门庄园大多会开辟河道引水进去造景，只要选对了河道，再游不多远便可以进入一家大宅的后园了。她体力所剩无几，耗不了多久，只得进了最近处的一条河道，强撑着游到一处庄园之外，闭气穿过院墙下的一段水道，终于来到了这家的后园之中。待冒出水面一看，却不禁有点傻眼，她只道这户人家是引水进来造景，谁知人家竟然造了个不小的湖。

好一个有钱人家！阿麦暗道。

她费了九牛二虎之力才从水中爬出，沿着湖边的小径往内里摸去，必须尽快地找到食物和御寒的衣服，再不然怕是要死在这里了。阿麦心中无比明白，可脚下却渐渐虚浮起来，走了没多远，突听见远处似有人声，她心中一惊，慌忙向路边的一处假山石后躲去，将将地倚着假山石站住，就听得一个温婉的女声从不远处传来，

"你有心事。"

不是问句，而是用极轻柔的语气说出极肯定的话语。那女子身旁的男子不觉怔了怔，然后浅浅笑了，轻声说道："这两日有些事情缠身。"

女子也跟着笑了笑，"难为你还记得过来看我，真是不易。"

男子目光温柔地看向女子，问道："什么时候回去？总不能一辈子待在这里。"

"这里挺好的，"女子笑容依旧温婉，投在湖面上的视线却渐渐悠远，"有山有水有秀色，我倒觉得比那喧嚣的盛都城好多了。"

男子笑着摇头，柔声说道："昨日禁军已把翠山围了，说是有鞑子奸细逃到这里，你一个女孩子家在这里，林相怎能放心。"

那女子闻言显露出些许惊讶，奇道："禁军围了翠山？两国交战难免互派奸细潜伏，有京都戍卫军捉拿就是了，什么鞑子奸细值得禁军出手？"

"自然不是一般的奸细。"男子道，略略迟疑了一下，方又继续说道，"前几日朝中得到密报，说是有人暗通北漠，意图停战议和。北漠太后派了人前来与之密谋此事，来人身份非同一般，太子殿下怕京都戍卫军走漏消息，便派禁军出手了。"

女子秀眉微皱，"朝中谁敢暗通北漠，谈这议和之事？"

男子嗤笑一声，嘲道："朝中谁暗通北漠还不知道，不过，太子怕已料定是我了，这不，我前脚出城，他紧接着就追来搜山了，一准以为我来翠山是与那奸细会面呢。"

涉及皇权争斗，女子不好多言，默了一默，只轻声说道："心中无愧，何惧鬼神。他们爱怎样想就怎样想吧，清者自清便是。"

"不错，清者自清。"男子点头微笑，又回到了刚才的话题上，劝女子道，"则柔，跟我回去吧，不管怎样，翠山这里终是有些不安全。"

被叫作则柔的女子并不答话，只笑着回头看他，眼神中却是不可动摇的坚定。男子见了也只得无奈地笑笑，不再劝说下去。

再说藏在假山石后的阿麦，她体力心神俱已是到了极限，最初时还能勉强听清那两人的话语，到后面脑中却开始出现一段段的空白，等再一阵眩晕袭来，她终于控制不住自己的身形，咚的一声从假山石后栽了出来。

外面的那男子急忙挡在女子身前，冲着阿麦这边喝道："什么人？"

阿麦虽然栽倒，可神志却没全失，认出这男子依稀便是那日在城外迎商易之进城的南夏二皇子齐泯，急忙用尽了全身的气力答道："定南侯府，商……"话未说完，已是昏死了过去。

听到阿麦喊出定南侯府，这两人俱是一愣，齐泯更是下意识地回头看了身后的林则柔一眼。阿麦倒下去后便再无动静，齐泯等了片刻见她仍无反应，正欲上前查看，却被身后的林则柔唤住了。

"殿下，"林则柔脸上已没了刚才的温婉笑容，只淡淡说道，"这人虽说是来路不明，可毕竟是个女子，还是劳累殿下出去唤几个丫鬟婆子进来，先替她打理一下再细问吧。"

齐泯停下脚步，苦笑道："只要沾了定南侯府的边，我便成了殿下，真真想把那定南侯府从盛都抹去了才好。"

"殿下！"林则柔道，"这样的话说给我听便也罢了，让别人听到了又要招惹是非。"

听林则柔如此说，齐泯反而笑了笑，说道："听到便听到了，我怕他们什么。"

"我怕，总行了吧？难不成你觉得我名声还不够……"

"则柔！"齐泯打断了林则柔的话语，抿着唇颇为不悦地看向她。

林则柔只是笑笑，说道："我不说便是。你赶紧去叫两个丫鬟婆子来，你看这女子穿成这样总是不好，总不能叫侍卫进来抱她出去。"

齐泯听她说得在理，又见阿麦像是一时半刻醒不过来，就算留林则柔一人在此也没什么危险，便去前面唤人。林则柔见齐泯的身影走远了，这才缓步走到阿麦身边细看，见她身下竟然还压着柄匕首，林则柔略一思量，便把匕首拾起扔入了假山石之中。

阿麦的意识一回到体内时便察觉出有些不对劲，对外界的一切感知都有，可是却连眼皮都撩不开，更别说控制自己的手脚了。正疑惑间便听到最初听过的那个女声说道："丫鬟已给她灌了汤药，可还是醒不过来，可能是在水里泡久了受了寒。我这里不想留定南侯府的人，殿下就多受些累，顺便把她送回去吧。"

齐泯在外屋不知说了些什么，有人进来把阿麦从屋里抱了出来，直抱到了一辆马车之上，马车也不知走了多久才停下来，车帘被猛地撩开，阿麦便听见了商易之十分急切的声音，"阿麦！"

阿麦有心应答，却怎么也无法张嘴，正急躁间，身体突地腾空，已是被商易之抱了起来。

齐泯见商易之竟然不顾身份亲自把阿麦从车内抱了出来，眼中不禁多了抹讶色，惊道："果真是表哥府里的人？"

商易之抱着阿麦转回身来，答道："是我从江北带回来的妾侍，这丫头性子顽皮好动，昨日里贵顺说她换了男装偷偷跑出去逛福缘寺庙会，夜里竟也没有回来，我正着急呢，又怎么去了林相的庄上？"

齐泯答道："像是顺着清水进了林相府里的湖中，正好我在那里，听她说是定南侯府的人，便给表哥送过来了。"

商易之低头去看阿麦苍白的脸，焦急之色溢于言表，顾不上和齐泯多说，只是吩咐一旁的贵顺道："快去找郎中！"然后才转头和齐泯说道，"改日再谢过殿下，我先抱这丫头进去。"说完竟然不等齐泯回答，就抱着阿麦急匆匆地往侯府里走去。

阿麦虽不能言语，心中却是明白自己现在的状况绝对有问题，果然等商易之给她灌了碗药汤进去，她的身体才渐渐有了感应。

"常钰青在盛都，禁军中有奸细通敌。"阿麦的声带还有些麻木，说出的话几乎无声，商易之把耳朵凑近了她的唇边才听清楚。

"常钰青？"商易之眉头微皱，想不到禁军要抓之人竟然会是他，更想不到他竟然敢深入南夏都城。

阿麦又说道："禁军在搜寻他，他左臂受伤，却又被禁军中的人救走，那些人自称主人姓穆。我从清水逃生，游到林相庄上昏死了过去，有人趁我昏迷的时候给我灌了药，我虽有意识却无法动弹。"

商易之面色阴晴不定，只是问道："你怎会遇见常钰青？"

阿麦现在口舌虽不大灵活，心中却不糊涂，回答商易之道："我去逛翠山，恰好遇到，他要杀我为崔衍报仇，我跳入清水才得以逃脱。"

商易之又问道："齐泯送你回来的路上，可曾对你有所试探？"

阿麦微怔，一时不明白怎么又到了齐泯身上，答道："没有，这一路上只我一人躺在那辆马车之上，并无他人在车上。"

商易之沉思不语，阿麦又觉头脑渐渐昏沉，急忙又趁着自己清醒说道："我有柄匕首落在了林府，不知是被谁拿了去。"

商易之心神略回，听她此时竟会提及一把匕首，不禁问道："对你很重要？"

阿麦看着商易之的脸色，抿唇点头。

商易之却没表示，只是说道："你也累了，先好生休息吧，匕首的事情回头再说。"

阿麦无奈之下也只得点头，而且她的头脑也确是越来越昏沉，竟似连坐都坐不住了。商易之也发现了阿麦的异常，伸手来触她的额头，阿麦本能去躲，只一别头就觉得天旋地转起来。商易之的手在空中顿了下，还是落到了她的额前，只觉触手烫人，竟是已经起了高热。

贵顺叫了郎中过来，商易之等郎中给阿麦切过脉写了方子出来看过了，这才从卧房出来去见母亲。

落霞轩中，长公主听到常钰青的名字也是眉头微皱，淡淡说道："早就听闻朝中有'议和'之声，果然不是空穴来风。"

商易之气道："议和？前方将士尚在浴血奋战，朝中的人却要和鞑子议和？议和三十年前便议过，结果又怎样？对北漠鞑子的法子只有一个，那就是如靖国公一般把他们打回去。常钰青竟然还敢来盛都，真当南夏男人都死绝了吗？"

长公主抬眼淡淡瞥了商易之一眼，说道："齐景身子一日不如一日，朝中难免有些人会坐不住了。"

商易之也察觉自己情绪过于激动，平静了一下才又问道："可是太子？"

长公主却笑了，说道："他有什么坐不住的？齐景死了，皇位自然是他的，他十几年都坐过来了，哪里又等不得这一时三刻的。"

商易之微微皱眉，疑惑道："难道是齐泯？他这两日的确就在翠山，不过，阿麦见过常钰青，如若是他，为何还会留下阿麦性命？况且我已问过阿麦，齐泯连话都不曾与她说过一句，也未曾试探过她。"

"齐泯最似其父，心思深沉难测，他便是想要杀人灭口，也不会留下把柄给人。"长公主扯了扯唇角，又道，"他刚去翠山，那常钰青便也在翠山现身，难免太巧了些。"

商易之点头，疑道："北漠占据江中，围困泰兴，正是春风得意之时，怎会突然同意议和，又遣那常钰青来？"

长公主漫不经心地抚弄着衣袖上的绣纹，轻笑道："鞑子小皇帝年轻气盛，自然是不肯议和的，可鞑子太后掌权多年，余威尚存，对小皇帝颇多辖制，她若坚持议和，小皇帝也没办法。至于为什么会遣常钰青来，许是和北漠将门争斗有关吧。"

商易之抿唇，过得片刻，忽地问道："常钰青既来盛都，就不会匆匆离去，不知能否寻个法子捉住此人。"

长公主却是不答，突然换了话题，问他道："你把那姑娘抱入了自己卧房？"

商易之愣了愣，答道："只想做给齐泯看的。"

长公主却笑道："就是喜欢也算不得什么，既然喜欢不如便收了房放在身边。"

商易之面色微窘，说道："母亲，我是惜她之才，并无男女私情。"

长公主反而敛了笑意，正色说道："既是惜她才华更应该留在身边，要知道权势可留男子，对于女子，却唯有一个情字才能留住。则柔不是小气之人，如若觉得自己不好张口，我去替你说。"

听母亲提到则柔，商易之的眼神不禁也有些柔和，说道："我知则柔不是小气之人，正因如此，我才更不愿负她。母亲，阿麦的事情我自有分寸，还请母亲不要操心了。"

长公主见他神色坚定，便知这样多说无用，只嘴角挂了些笑意说道："你们小儿女之间的事情，我不管便是。"

正说着话，管家贵顺从外匆匆而来，禀道："禁军大统领卫兴来了，要见小侯爷。"

商易之与长公主俱都微讶，两人对望一眼，长公主目露疑色，沉吟道："好端端的，这人来做什么？"她略略思量了一下，又吩咐商易之，"你先去见见他，看他是为何而来。"

商易之应下，出了落霞轩前去见客。

正堂之中，禁军大统领卫兴已等候多时，瞧着商易之进来，简单寒暄几句后就单刀直入，将一个包裹放到了桌上，解开了给商易之看，问道："小侯爷仔细看看，这可是贵府的东西？"

包裹内一件青色长衫，衣料颜色尚新，却沾着许多泥土草屑，破烂之处颇多，长衫下另压着长裤靴袜等物，倒是还簇新着。商易之扫了一眼，抬头看那卫兴，笑着问道："大统领这是从哪里寻了这样一件破衫来？"

卫兴盯着他，道："这是鞑子奸细穿过的衣服。"

商易之闻言一怔，"鞑子奸细？"

卫兴仔细观察着他的反应，又道："小侯爷想必也已知道禁军围搜翠山之事，鞑子奸细潜入盛都，卫某受皇命抓捕奸细。底下兄弟们在福缘寺外寻到了鞑子奸细，一路追到了翠山山顶，那奸细狡诈，脱下外衫包裹住巨石滚下山崖，自己则跳入山体缝隙逃至清水河边，渡河而走。"

商易之这才晓得卫兴来意，不由得勾唇微微冷笑，问道："这就是你们在崖底和河边找见的鞑子衣服了？"

"不错。"卫兴应道。

商易之又问："仅凭这些衣服，怎么找到了我们定南侯府？"

"这套衣衫乃是贩制成衣，为京中锦绣阁所制。"他说着，手翻开长衫衣角，露出藏在内侧的锦绣阁的标记来，又道，"卫某已着人去锦绣阁查过了，锦绣阁售出的每件成衣皆有记录，这件衣服是被定南侯府买去的。"

话到此处，商易之已是猜到这件长衫应是阿麦所穿，只是不知她为何会被禁军误认为鞑子奸细抓捕，又脱衣逃跑，她到底是怎样遇到的常钰青，又如何跳水逃生？他心思极快，万念转过不过须臾，面上却是已显怒色，寒声问道："大统领这是拿着这件衣服做证物，来我定南侯府搜查鞑子奸细了吗？"

卫兴连称不敢，又道："卫某知晓，这朝中任哪个暗通北漠，都绝不会是定南侯府。"

商易之却是冷哼一声，质问道："既然信我定南侯府，那大统领今夜所为何来？"

正这时，却有女子温婉的声音从外而来，道："易之不许犯浑，大统领连夜赶来相问正是信我侯府不会与鞑子私通，若换作旁人，早就持君命径直前来搜人了，哪里还会提这个包袱过来问你！"

商易之回转身去，叫道："母亲。"

卫兴那里也忙躬身行礼，恭敬唤道："长公主。"

长公主略略点头，走上前来细看那桌上的衣物，又侧首唤道："贵顺，你过来看看，这可确是我侯府买过的东西？"

门口侍立的管家贵顺垂手上前，仔细翻看了一下那长衫，沉声应道："确是咱们侯府买来的。"

此言一出，屋中诸人俱都微怔。

贵顺又小心瞄一眼商易之面色，这才继续说道："昨日里韩姑娘闹着要出府去玩，小人便叫人买了这套衣衫给她，以方便她出门。"

长公主秀眉微皱，抬眼看商易之，冷声问道："可就是你从江北带回来的那个小妾，昨日里私自跑去翠山玩耍，却被人打晕剥光衣物丢进清水河，顺水一路漂到林相庄上，今日里被泯儿送回来的那个？"

商易之面露尴尬之色，讷讷应道："是。"

长公主冷冷一笑，"得亏你父亲不在，否则，定要打折了你的腿！"说着，又转头吩咐贵顺，道："去，把你们小侯爷的那块心头肉给拖出来，交由卫大统领带走。"

贵顺没敢立时应声，只拿眼去瞄商易之。

商易之忙上前一步拦住了贵顺去路，急声辩道："母亲，此事分明就是有人故意设计陷害我定南侯府，与韩氏一个弱女子何干？她现在还昏迷不醒，您就这样把她送出去，名节岂不受损？"

"名节？"长公主闻言冷笑，"她都被人剥了衣服了，还有何名节可言？不送她出去，难道叫大统领带你去审？"

商易之面色极为难看，梗着脖子怒道："我去就我去！这衣服既然是定南侯府的，那就安我一个暗通敌军的罪名好了！"

这分明就是赌气之言，商易之先带领青豫两军于野狼沟重创北漠陈起，后又创立江北军，几次与北漠恶战，斩杀鞑子无数，若说他暗通敌军，那真是成了笑话。

卫兴瞧他这般，不由得苦笑，连忙劝道："小侯爷莫要说气话，不只是我，便是太子殿下那里，也不信你暗通北漠的。"

这会儿的工夫，商易之也似已渐渐冷静下来，先低头向长公主认了错，又回身问卫兴道："大统领，冒昧问一句，太子殿下为何会突然围搜翠山？可是收到了什么消息？"

卫兴答道："的确是收到了消息，鞑子细作潜入盛都，要与朝中某人在翠山会面，这才围了翠山。"

"大统领请想一想，身为细作，最重要的一条便是掩藏身份，怎会穿着这种带着明显标识的衣裳？再者，他穿着此衣，必该是居于我府，可若是居于我府，与我见面极为方便，又何必舍近求远跑去翠山？况且，昨日一早我便进了宫，待到酉时方回，更是不可能去那翠山。"

卫兴听得缓缓点头，想了一想，却又问道："会不会这奸细只是藏匿贵府，昨日去翠山是与他人见面？"

商易之不由得笑了一笑，反问道："侯府守卫一向严密，偌大的盛都城，这奸细为何偏偏要藏匿到我府里来？更别说我府上人员皆都登记在册，近日并无新进之人。"

他讲得句句都是道理，卫兴那里再寻不到可以反驳之处，"这般看来，确是有人想要陷害侯府。"

长公主之前一直在旁沉默，此刻这才淡淡接腔道："怨不得鞑子陷害，易之在江北杀了那许多的鞑子，他们怎能不怨恨？巴不得能寻个机会栽赃于你，既掩护了那真正的通敌之人，又能离间皇上与你。"

听得此言，卫兴忙道："长公主大可放心，太子殿下也是不信小侯爷通敌，所以这才扣下了这些衣裳，遣卫某来给小侯爷送来，顺便问几句情况。现在既已问清了，我这便进宫回禀殿下。"

商易之那里早已料到卫兴前来定是有人授意，闻言却还是面露激动，道："多亏太子明白，知道我不会是那通敌之人，若真上了鞑子的当，才是叫人寒心，想我在那乌兰山里吃苦度日，多么艰难……"

"住嘴！"长公主低喝，又斥道："你身为臣子，为君效力乃是本分，有何苦可诉？"

商易之面上虽不服气，却也闭上了嘴。

卫兴那里不愿多看他们母子争执，笑了一笑，便起身告辞。

商易之亲自送了卫兴出门，待到大门外，这才拉住卫兴，低声道："实不相瞒，我这次从江北带回个妾侍来，我母亲本就极为不喜，得知那丫头昨儿又出了那事，更是要我把人送走，可那丫头现在就是我的心头肉，我哪里舍得。"

商易之在盛都早就有风流之名，卫兴听了并不觉意外，却不好说什么，便只垂目听着，就听那商易之又道："此事瞒不住皇上，也不敢瞒皇上，但是还请大统领替我向太子求个情，将那丫头的事情给隐下来，千万莫要再叫他人知晓。"

出了这样的事情，商易之却只惦记着自己小妾，果然是不负风流之名。卫兴心中暗嘲，面上却不敢显露，闻言只是含混地"嗯"了两声。

商易之又叹一口气，道："说来也是倒霉，偏偏还是漂去了林相庄上，你也知晓，林相与家父一向政见不合。"

卫兴心道他们两个交恶哪里是因着政见不合，分明是你对人家闺女始乱终弃，这才惹得林相恼恨报复，处处与定南侯府作对。他拱手向商易之告辞，上马而走，自去皇宫向皇帝复命。

商易之立于门外，直等卫兴身影不见这才转身进去，从贵顺口中得知母亲已经回了落霞轩，便径直往那边去了。

"已是把人送走了？"长公主早已恢复了平日的娴静从容，问商易之道，"没借机向你表一表功？"

商易之摇头，"什么也不曾说，便是我要他帮忙向太子求情，他也只是含混应了两声，不曾说些什么。"

"卫兴此人武功虽高，脑子却不够灵活，难堪大用。"长公主轻笑，抬眼瞥向商易之，又道，"倒是与你那个阿麦姑娘截然相反，待那姑娘醒了，你真该好好问一问她是如何遇到的常钰青，又是如何从他手上逃脱。"

商易之默了一默，却是换过了话题，问道："太子叫卫兴前来是何用意？难道只是为了卖好？"

"自然是要卖好的。"长公主嘲弄地笑笑，又道，"太子与二皇子已势如水火，早晚得有一争，齐泯紧着拉拢林相等权臣，太子自然便要向将门勋贵示好，不过就是各自施展手段笼络势力罢了。"

商易之微微皱眉，道："他不急着抓那奸细，却先来咱们这里卖好。"

"为什么要急着抓奸细？"长公主反问。

商易之愣了一愣，却是一时被她问住。

长公主便又笑了一笑，问道："他不急着抓奸细，自然是也不想揪出朝中那暗通奸细之人，你可知这是为何？"

商易之稍一思量，面色忽变，道："难道是他也有议和之心？"

长公主道："为什么他不能有这议和之心？朝中现在无力双线作战，先以议和稳住北漠，暂停他们南下步伐，为朝廷争取喘息之机，这不只是一些朝臣的想法，便是齐景那里，怕也是这样想的。"

"可是——"

"可是什么？"长公主微笑，抬眼看着商易之，从容说道，"你当太子调派禁军搜翠山就是为了抓那奸细吗？不过是借着奸细之事，抓齐泯的错处罢了！争权夺势，从来便是这般，没有百姓，只有利益。"

阿麦再次睁开眼时已是深夜，心道这次倒是多睡了几个时辰。听到她翻身的动静，立刻有长相甜美的侍女凑了上来，一脸惊喜地冲着外面叫道："醒了，姑娘醒了。"

阿麦闻言不禁一怔，脑海中猛地冒出来母亲曾经讲过的那千篇一律的故事，下意识地去摸自己的头脸。

那侍女笑着对她说道："姑娘可是醒了，一连昏睡了几日，可是把小侯爷也吓着了。"

听她说出小侯爷，阿麦终于放下心来，又倒回到床上长长地松了口气，这才问道："我睡了几日？"

"足足有四日了，"侍女答道，"小侯爷每日里都来，只是姑娘一直睡着不曾知道……姑娘，姑娘？"

阿麦总觉得哪里不对劲，有些呆地看那侍女，直到那侍女连唤了她几声，这才回过神来。难怪会觉得不对，这侍女竟然叫她姑娘，似乎还从未有人这样叫过她，以前是她年纪小，亲近之人只叫她阿麦，顶多会偶尔喊她声小丫头，后来穿了男装，更是再无人叫她姑娘了。

那侍女还叽叽咕咕地说着小侯爷如何如何，阿麦却突然觉得烦躁，忍不住出声说道："你能不能少说些话？"

那侍女见阿麦不悦，忙低下了头不敢再出声。

阿麦见她如此小心的样子反而有些过意不去，又放缓了声音说道："可有吃的？我饿了。"

侍女忙叫外面的人端了清淡的饮食上来，阿麦正吃着，又听得屋外的人唤小侯爷，便知是商易之来了。她心中猜测商易之必要细问常钰青之事，便也提了十二分精神等着，谁知商易之进来后只看了她一眼，便在一旁坐下了。

商易之这样沉默，阿麦反觉得不自在起来，心里正合计怎么开口，就听商易之问道："吃饱了？"

阿麦看看眼前还剩大半的米粥，极诚实地摇了摇头。

"那为何还不吃？"商易之淡淡问道。

是啊，那为何还不吃？阿麦干脆也不回答，直接端起碗来接着吃了起来。商易之静静坐着，待阿麦吃完才又状似随意地说道："匕首的事情我已让人去办了。"

阿麦一怔，下意识地说了声："多谢。"

屋内又是一阵沉默，商易之只是打量阿麦，阿麦被他看得心里发毛，正惊疑不定时，忽听得商易之问道："你那日被禁军误认作了奸细？"

"是。"阿麦点头，半真半假地解释道，"我被禁军一路追到翠山山顶，仓皇之下落入山壁缝隙。那缝隙沿着山体往下一直通到清水河边，我渡河而过，刚在对面上岸就撞见了常钰青。他应该也是与我一般渡河过来，见面便要杀我，幸好他的同伙赶到催他快走，我这才寻到机会，跳了清水河逃生。"

商易之眉头微皱，却是问道："既被误认作奸细，为何不做解释，只知逃亡？"

"禁军突然在庙会上抓人，都是和我一般穿着青色衣衫的年轻男子。我一时心惊，顾不上细细思量，只顾逃走。"她垂目，顿了一顿，又轻声说道，"前些年四处流浪，已是被人逮怕了，瞧见有抓人的，就只想着先逃了再说。"

商易之微怔，眼中难掩异色。

阿麦又抬眼去看商易之，犹豫了一下又说道："元帅，我想回江北军。这些年来，唯有军装在身时我才会觉得稍许安全。"

商易之默默看她片刻，缓缓低垂了眼帘，回答道："好。"

听商易之答出"好"字来，阿麦一颗心才算落了地，她早已在这侯府待够了，只恨不得能立刻插了翅膀飞回乌兰山去，营里的秋季练兵尚未结束，回去得早些兴许还能赶上最后的武技竞赛。

谁知商易之这一个"好"字之后却再无动静，匕首倒是让人给阿麦送了回来，可回江北军的事情却没了下文。阿麦又搬回了书房去住，商易之依旧是整日见不到踪影，她不敢再随意出府，每日里只是翻看些兵法阵法之类的书籍打发时间。

这日天色已晚，阿麦不习惯就着烛火读书，正欲洗洗睡下的时候，管家贵顺却急匆匆地寻上门来了，身后还跟着两个捧了衣衫首饰的侍女。

"快，快，快……"贵顺连说几个"快"字，阿麦被他说得迷糊，还未来得及发问，贵顺身后的两个侍女已是疾步上前，一个来解阿麦衣带，另一个却是举高了手要来拆阿麦的发髻。阿麦闪身躲开那两人，急道："这是做什么？"

贵顺连忙解释道："二殿下来了府里饮酒，还给小侯爷捎了两个番邦女子过来，长公主叫你过去搅搅局，莫要小侯爷把那两个女子留了下来，以免成患。"

阿麦奇道："那为什么让我去？"

贵顺答道："你是小侯爷宠妾，那二殿下也是知道的，自然是要你去。"

"宠妾？我？"阿麦一时颇觉哭笑不得，说道，"那日小侯爷如此说不过是权宜之计，我哪里是他什么宠妾啊，难道老伯还不清楚吗？侯府里自然还有别的姬妾，让她们去不就成了？"

贵顺却正色说道："我是知道，可二殿下却不知道，所以你必须去，小侯爷待你不薄，难不成这点事情你都要推托？"

这点事情？他说得倒是简单。阿麦咂舌，这分明就是赶鸭子上架，她面露难色，推托道："我真做不来这些，只能坏了事情，还是让别人来的好。"

"简单，你只先上去扇那两个番邦女子几巴掌，叫她们滚蛋。小侯爷如若斥责你，你就哭哭啼啼撒泼要赖就好。"贵顺把事情说得极简单，一边交代着，一边招手让那两个侍女上前把阿麦推入里间换装打扮。

阿麦心中暗暗叫苦，也只得任那两个侍女围着自己忙活，男衫换宫装，棉布裹胸变成丝绸抹胸，就连不够长的头发都被那巧手的侍女给盘成了惊鸿髻……直到被贵顺推到花厅之外时，她还不敢相信自己竟然要穿成这个样子来做这么荒唐的事情。

"不行，我真的做不来这个。"阿麦转身便要往回走。

"撒泼就好，进去只管撒泼。"贵顺嘴里说道，手上却暗使了力道，一下子把阿麦推了进去。

厅中酒宴正酣，当中坐了二皇子齐泯，商易之陪坐在侧，再往两边都是些阿麦不认识的面孔，不过看那穿戴便知是这盛都城里的豪门子弟。众人见一个美貌女子突然从外面冲了进来，不禁都是一愣，唯有齐泯是见过阿麦的，见状只嘴角含笑地看向商易之。

阿麦心知这时再无后退的道理，只得让自己不去注意别人的目光，面上做出怒气冲冲的样子奔着商易之的桌案而去，可等到了桌前她却又傻眼了，撒泼，撒泼，她只打过架又哪里撒过泼，谁知这泼要如何撒？

商易之一时也有些发怔，只是抬头静静地看着阿麦。

阿麦记起贵顺交代的话，说是要先扇那两个番邦女子几个耳光，可转眼一看商易之身侧那两个娇滴滴的美人，她那手却如何也不忍落下去。厅中一片寂静，众人的视线都投在她的身上，阿麦脸色涨得有些红，干脆一咬牙伸手掀翻了面前的桌案，从席上扯了商易之便走。

众人这才醒过神来，随即便哄笑起来，更是有人在后面大声笑道："小侯爷哪里寻了个母夜叉回来？这下可有得受了。二殿下，我看你这两个美人还是送与我好了，小侯爷怕是无福享用了。"

齐泯也笑道："瞧这样是留不下，等他回来你自去向他讨吧。"

厅中笑声阵阵。

阿麦扯着商易之绕过花廊，就听见商易之轻声说道："阿麦，你走慢些，我饮了酒，头有些昏沉。"

阿麦回首看他，这才惊觉自己竟然还拽着商易之的衣袖，吓得急忙松了手。商易之面上却带了微笑，看着她问道："怎么穿成了这个样子？"

听闻商易之如此发问，阿麦不禁低头，骇然发现自己的衣领竟然开得如此之低，心中陡然一惊。她强自忍住了到嘴边的惊呼，敛一敛心神，自动忽略了商易之的问话，向商易之恭声说道："阿麦奉长公主之命，前来通知元帅，那两个番邦女子绝不可留。"

她说完，便眼观鼻、鼻观心地站在了那里，不言不语。

商易之轻轻地"哦"了一声，脸上的微笑却渐渐散了下去。

阿麦久久听不到商易之的动静，一抬头正好和商易之的视线对了个正着，见他的确是饮多了酒，就连眼中都带了层朦胧之色，便又说道："元帅，如若无事吩咐，容卑职下去更换衣物。"

商易之不说话，只是静静地看着阿麦的眼睛。

阿麦心道，这可是醉大发了，估计都听不懂官腔了，得，还是说大白话吧。于是干脆也不躲避商易之的目光，直愣愣地说道："元帅，没别的事，我就先回去换衣服去了啊！"

商易之面上的神情终于有了些许的变化，好半天才又轻轻扯了扯嘴角，"你去吧。"

此话一出，阿麦如遭大赦，连忙抱拳冲商易之草草告辞，转身便沿着原路往回走，正统的军人步伐。身影虽然和婀娜多姿靠不上边，但因为走得太快，衣服又属于飘逸风格，倒是有了那么点衣袂翻飞、袖舞飘飘的味道。

商易之手扶廊柱，视线送出去很远。

阿麦步子大，走得也快，一会儿便又绕回到了后院之中，江南园林，曲径幽幽景深层层，她一层层走下去，渐渐地就走不到头了。阿麦终于意识到一个现实，那就是身为职业军人的她，乌兰山那种深山老林都闯过的人了，竟然会在侯府后院里迷了路，着实不可思议，也着实……丢人！

其实迷了路也怨不得阿麦，虽然在这侯府里住了有些时日，可她向来奉行的是话少说，地少去，唯独饭可以多吃的原则，每日里早睡早起，从未在侯府的后院里闲逛过。这次去前面宴席，又几乎是贵顺一路上扯着她去的，哪里有心思记路！

为了避免胡乱闯到什么不该去的地方，阿麦很老实地在小径边上的青石上坐下了，心里合计接下来该怎么做。正苦恼间，突见前方一盏灯笼飘忽忽时远时近，一会儿工夫后，竟然到了眼前。

阿麦定睛看去，不过是这侯府里寻常的小侍女，打了一盏灯笼沿着小径行来，见到有人坐在青石之上倒也不慌，只举着小灯笼照了照，看清了阿麦，笑道："果然是姑娘，小侯爷就说姑娘可能走不到书房，特命小婢前来看看。"

阿麦也不知道怎么想的，张口便说道："没事，转悠得有些累了，坐下歇会儿。"

小侍女抿嘴笑笑，这才又问道："那姑娘这会儿可歇过来了？天黑不便行路，小婢送姑娘回去吧。"

阿麦老脸忍不住有些泛红，从青石上站起身来，习惯性地拍了拍屁股上的灰尘，说道："走吧。"

小侍女含笑在前打着灯笼引路，片刻工夫便绕到了阿麦居住的小院，阿麦这才发现，其实自己也没迷多远，不过是隔了道爬满绿萝的院墙，只是天黑，绕过来的路又有些曲折罢了。其实当时要是想透了，直接翻过墙去，也就用不着在凉丝丝的石头上坐半天了。

小侍女替她打开门帘，阿麦急忙进门，只想着赶紧把身上这身别扭的衣服换下来再说，总觉得这身衣裙在身，脑子比平日里笨了不是一星半点儿。她换下了衣裙，又让屋里的侍女赶紧把头上的钗钗环环也都除了下来，头发刚打散，还来不及束成发髻，便又听得贵顺在屋外唤"阿麦姑娘"。

阿麦只一听这四个字便觉得头大，阿麦便是阿麦，姑娘便是姑娘，还从未有人能把这四个字连在一起叫过她。她随手扯发带，把头发在脑后一束，出得屋来，问道："贵顺管家唤我何事？"

贵顺一听到如此称呼，脸上不禁也是一怔，估计也是从未被人这么称呼过，叫他"贵顺"的人从来不会带上"管家"，称呼他"管家"的人也不敢再多加"贵顺"二字。

贵顺一双小眼直愣愣地瞅着阿麦，阿麦扬了扬眉毛，毫不退让。

片刻之后，倒是贵顺先避开了阿麦的视线，面无表情地交代道："小侯爷已把二殿下他们送出去了，那两个番邦女子还是留下了，长公主十分不悦，让我过来问问，你是如何办事的！"

阿麦一时无语，心道这长公主着实不讲道理，你自己儿子贪恋美色，你老找我的事干吗？她看着贵顺，脸上突然笑了，说道："管家您也看到了，席上我去了，也把小侯爷扯出来了，话也带到了，小侯爷非要留下那番邦女子，我又能有何法子？我本是小侯爷的亲卫，这小侯爷房中之事，岂是我一亲卫该管的！"

贵顺脸上不急不怒，听阿麦说完，只是淡淡说道："小侯爷独自一人在后园饮酒，瞧着心情甚是不好，长公主想知道你和小侯爷是怎么说的。"

阿麦闻言一怔，"我只说长公主嘱咐两个番邦女子切不可留，别的我什么也没多说啊。"

贵顺暗道：坏就坏在你什么也没说上！

虽然这样想，贵顺却依旧面无表情地说道："你还是过去看看的好，别是你传错了话，让长公主和小侯爷母子心生嫌隙，那就是你的不是了。"

阿麦虽然不耐，可贵顺既然把话都说到了这个份儿上，她也没别的法子，只能再跟着贵顺出来，不过这次倒长了个心眼，暗中记着自己走过的亭台游廊。在园中绕行了一会儿，果然见前面曲廊中有个白色人影，对月饮酒悠然自得，正是这府里的小侯爷商易之。

商易之听得脚步声，扭头往这边望来，见是贵顺与阿麦，剑眉竟然皱了一皱。见商易之皱眉，贵顺只觉心中一凉，可阿麦却是心中一喜，这样的商易之，才是江北军中的那个总是对她挑剔嫌弃的冷面将军。

商易之转回了头，轻轻晃动着手中的酒杯，说道："贵顺，你回去禀告母亲，我心中自有打算，让她放心便是。"

贵顺低声应是，小心地退下。倒把阿麦留在原地，一时不知是进是退。像是窥破了她的心思，商易之突然说道："阿麦，你过来。"

阿麦又向前走了两步，在商易之身旁立定，恭声问道："元帅有何吩咐？"

商易之嘴角挑了一挑，转头看向她，"可会饮酒？"

阿麦怔了一怔，随即大方地承认，"会。"

商易之却笑了，将放于栏杆之上的酒坛提起，拎到她面前，问道："可敢陪我喝酒？"

阿麦看了商易之片刻，爽快地接过酒坛，"这有何不敢的！"

她左右看了看，见除了商易之手中的白玉杯之外便无其他可盛酒之物，一时不禁有些犯难，轻轻晃了晃那酒坛子，还有多半坛子，总不能让她一口气都灌下去吧？阿麦疑惑地抬头看商易之，见他只是含笑不语，干脆也冲着他咧了咧嘴，举起酒坛，仰着脸，将酒缓缓地往口中倒入。

直倒了少一半，商易之突从她手中又把酒坛夺了过去。她颇感疑惑地转头看商易之，见他浅浅笑了笑，道："总得给我留下些。"

说完，竟然把手中的白玉杯丢入园中，也学着阿麦的样子，举着酒坛直接将酒倒入口中。阿麦可不敢从他手里夺酒坛，于是这一倒，便倒了个底朝天。

看着酒坛内的酒滴滴流尽，阿麦心中才是一松，也不说话，只是默默地站在一旁。

商易之本就在宴席之上喝了不少酒，刚才又被阿麦一激，半坛子酒又一股脑儿地灌入腹中，顿时觉得天旋地转起来，不由得往后退了半步，倚住栏杆才稳住身形。

阿麦见此，忙说道："我去唤人过来扶元帅回去吧。"

商易之手抚着额，还未开口，阿麦就听得贵顺的声音又从旁边响了起来，"小侯爷，长公主吩咐老奴给您送些绵软的酒过来。"

阿麦心中大怒，心道这贵顺真是阴魂不散，着实讨厌。

商易之轻轻"嗯"了一声，贵顺连忙躬身上前，把一小坛酒放到栏杆之上，又放了两个碧玉小碗在一边，弓着身子退了下去。

过了片刻，商易之头晕稍轻，这才转头看向阿麦，眼中露出询问之色。

阿麦轻轻撇了撇嘴，干脆上前拎起酒坛席地坐下，怀抱酒坛用手拍开封口，自言自语道："长公主未免太小瞧人，区区一坛小酒，能奈我何？"她说着，又抬眼看商易之，问道："区区一坛小酒，能奈我何？元帅，这回咱们怎么喝？"

商易之怔了一怔，转头看向廊外，片刻后再转回头时，眼角眉梢俱还带着笑意。他也倚着栏杆缓缓坐下，轻声说道："慢点喝吧，快了上头。"

"好！"阿麦爽快地应声，将两个碧玉碗中都倒满了酒，先端了一碗递给商易之，自己才又端起一碗来。这次，她却未急着入口，只是细细端详着，突然出声说道，"元帅，我想回江北军！"

商易之刚低头抿了一口酒，闻言动作稍显一滞，片刻后才将酒缓缓咽下，抬头看向阿麦，"盛都不好？"

"好，"阿麦答道，略一思量又接道，"但是，我不喜欢。"

商易之默默地看阿麦半晌，直看到阿麦手心都冒了汗，才终于轻轻笑了笑，把手中酒碗放到地上，答道："好，我放你回去。"

阿麦咧开嘴笑了笑，随后便又肃了神色，用双手端起碧玉碗来，郑重地敬商易之道："元帅，江北军第七营麦穗敬您！"

商易之眼中光芒一闪即逝，突然伸手盖住了阿麦的酒碗。阿麦不解地看商易之，商易之却只浅浅地弯了弯嘴角，说道："这酒喝起来太绵，不合你的性子。"

从没听说喝酒还要看合不合性子的，这个借口实在太烂。阿麦看看商易之，又低头看那酒碗，商易之的手仍在上面覆着，指尖就轻轻地抵触在她的虎口处，修长的手指在碧色的映衬下竟透露出玉般的温润来，看着随意，却又似坚定无比。

正犹豫间，商易之已把阿麦的酒碗拿了过去。

"回去吧。"商易之轻声说道，眼睛直视着阿麦，"收拾一下，过不几日，许就可以回江北了。"

阿麦心里很清楚自己现在应该表现出狂喜的神色，可不知为何，看着商易之的眼睛，她竟做不出那些虚假的表情来。她缓缓地低下头去，从地上站起，对着商易之一揖，说道："多谢元帅成全，此情此恩，永世不忘。"

说完第一次不等商易之应声便转身离去。

曲廊百转，只拐一个弯便可挡住身后那道目光，阿麦在心中告诫自己不可回头，可真走到转弯处，却又不由自主地停下身来，顿了一顿回过身去，也不看商易之，只敛一敛衣袖，郑重地向商易之弯下腰去，一揖到底。

第四卷

伤别离草木亦惊心

第一章

回归 冤家 箭法

　　南夏历盛元三年秋，唐绍义率领一万骑兵偷袭北漠置于豫南跑马川的粮仓，不仅将两营守军尽数剿灭，还一把火将北漠军大半年的口粮烧了个精光。粮草焚烧冲起的漫天火光映红了半个夜空，远在豫州城都清晰可见，气得北漠小皇帝当时就砸了手中的茶碗，直命北漠骑兵连夜出击，围追堵截唐绍义的骑兵。

　　从跑马川到乌兰山谷口，八百里豫地一路血染，到退入乌兰山中时，唐绍义的一万骑兵已折损过半，但这仍无碍于唐绍义成为南夏新的全民英雄。

　　消息传到盛都时已是十月底，南夏朝中顿时一片沸腾，据说正在盛都的江北军元帅商易之立刻上书，洋洋洒洒一大篇，说得那叫一个慷慨激昂壮怀激烈。说白了就是这次唐绍义的军事行动虽然是在江北军副将李泽的指挥下完成的，但是，也离不开他商易之的指导，为了更好地抗击北漠鞑子，他强烈要求回到江北战场第一线去。

　　谁知这份上书却如同石沉大海。

　　明眼人都知道朝中既然把商易之从江北召回来就没打算再放他回去，可惜这商易之偏不识趣，见上书久无音信，便又求着母亲盛华长公主进宫向皇帝舅舅好好说和说和。

十一月初六，长公主一身盛装入宫面圣，兄妹两人关门谈了许久。

十一月初九，朝中诏令嘉奖，升唐绍义为骑郎将，拜江北军左副将军。升江北军原副将李泽为骠骑将军，拜江北军右副将军。免去商易之江北军元帅之位，封永昌侯。卫兴除禁军大统领一职，拜大将军，总督江北诸路军马。

传闻此令一出，商小侯爷在朝堂之上差点当场就翻脸走人，沉着一张俊脸强忍到下朝，出了朝堂直奔侯府长公主住处，母子之间谈了些什么旁人无从得知，只是小侯爷从落霞轩出来后，当夜就宿在了盛都城外清水河上的温柔乡中。

小侯爷这样明着宿柳眠花自然惹得长公主大怒，可还没等长公主有所行动，侯府后宅那位被宠得敢和小侯爷掀桌子的小妾却先沉不住气了，带着两个家奴直奔清水河上的画舫，把正在和盛都最出名的清倌人喝酒谈人生理想的小侯爷堵了个正着，上前就要砸了人家名妓的画舫。

如若平时，风流多情出了名的商小侯爷自然不会和个小妾计较，可现今他刚经受了人生一大打击，心里正烦着呢，如何容得这小妾如此撒泼，一怒之下扬手给了小妾一个耳光。谁知那小妾也是性子刚烈，一气之下干脆就跳了河。

扑通一声水声，惊得小侯爷的酒立刻醒了过来，再怎么泼也毕竟是自己宠出来的，如何舍得？小侯爷连忙叫人下水去救，可黑灯瞎火的，又赶上河面上有风，哪里还找得到人影？直到第二天天亮，那小妾也没能捞上来，早不知被水流冲去哪里了。

好好的一个美娇娘，就这样葬身于清水河中，世人有诗为证：

> 清水潋滟映晴空，画舫日暮对娇娘，
>
> 可怜香闺花柳质，欢情倾尽赴黄粱。

当然，以上都是坊间流传的版本，至于真实版本，老百姓无从知晓。

十一月十二日，卫兴从盛都起程赴任江北军大将军。卫兴，江东楚邑人，三十许年纪，身量不高，瘦削精悍，可就是这样一个其貌不扬的男人，却是原禁军大统领，天子眼前的红人。

清水岸边，原本早就应该投了河的阿麦一身戎装英姿勃发地出现在码头之上，已然恢复了江北军第七营主将麦穗的身份。

大将军卫兴对阿麦并未太在意，商易之回京，身边带上几个心腹军官本就不是怪事，再说这次卫兴就任江北军大将军，商易之心中虽不情愿，面子上却也做得过去，非但把这几名得力干将都给了卫兴，就连那以俊俏闻名盛都的三十六卫都送了卫兴一半。至于商易之这是安的什么心，卫兴不想深究。

阿麦拜见过卫兴之后便退回了后面的副船，也未在外面多作停留，径直钻入舱中，直到船过翠山时她才从舱中出来，站到甲板之上看着清水河侧壁立千尺的翠山山体愣神。

正出神间，船只行进的速度明显慢了下来，阿麦有些疑惑，抬头看前面卫兴的主船已是停下，船侧一叶小舟缓缓贴近，主船上放下条软梯来，一个锦衣青年从小舟舱中走出，抓住软梯向主船上攀爬，边爬边回头冲那小舟叫道："则柔，早些回去！"

小舟之上并无人应声，阿麦心中一动，向前走了几步，站在船头看向那叶小舟，见除了一个划船的舟子并无他人，但是透过舱侧竹帘依稀可以看到个女子倩影，只在舱间静静坐着。

锦衣青年已爬上主船，身后小舟缓缓荡去，青年又冲那小舟挥手良久这才转回身来。阿麦此时才看清那人面貌，心中陡然一惊，想不到他竟然会登上卫兴的主船。

那人转头间也已瞧到了阿麦，不觉也是一愣，怔怔地看着这边，似乎有些不敢确认。片刻之后，他才突然咧开嘴露出个极灿烂的微笑，扬臂冲阿麦大力挥起手来，高声叫道："小兄弟！"

阿麦顿时恨不得再跳一次这清水河，想这世间怎还会有如此不记打的人，那日的一顿狠揍竟似打在了旁人身上一般。那人还在前面船上挥着手兴奋地高声叫着，阿麦无语，唯有转身默默地进了船舱。

夜间，船在清湖边停靠，阿麦尚在舱中便嗅到了阵阵香气，正皱眉间，门外已有敲门声响起，听有人唤道："麦将军可在舱中？"

阿麦无奈，知道躲不过去，只得前去开门，刚一打开舱门，迎头便有一阵浓香扑面而来，熏得阿麦不禁往后仰了仰身子，微眯了眼看向来人。

那人依旧是一身锦衣，一把折扇，双手抱拳冲阿麦一拱，自作风流地笑道："卫大将军帐下参军林敏慎，久仰麦将军大名，今日得以相见，幸会幸会！"

阿麦见他丝毫不提那日翠山之事，也只好装糊涂，抱拳道："林参军，幸会。"

林敏慎见她并未甩脸子给自己，心中顿时大喜，好容易装出的几分正经顿时无影，伸了手便欲去拉她手腕，"麦将军，咱们……"

阿麦手腕一沉一翻，便把林敏慎的手臂压在了门框之上，淡淡说道："不知林参军找麦某何事？"

林敏慎尴尬地笑笑，讪讪地收回了手，答道："家仆给做了几样小菜，想请麦将军一同去饮酒赏这清湖月色。"

阿麦见他是卫兴帐中的参军，不愿过于得罪于他，只是说道："多谢林参军好意，不过军中不许饮酒，麦某不敢违反军规。"

"哦，这样啊。"林敏慎面上略现失望之色，眼睛却还直愣愣地瞅着阿麦。

阿麦忍不住微微皱眉，冷声问道："林参军还有何事？"

"没，没事。"林敏慎答道。

"那就请回吧，麦某想要休息了。"阿麦冷冷地下了逐客令。

林敏慎见阿麦说得如此直接，实在找不出借口再多作停留，心不甘情不愿地转身离开，走出两步却又听得阿麦在后面唤"林参军"，林敏慎一喜，急忙回身，脸上堆笑地看着阿麦，问道："麦将军唤我何事？"

阿麦迟疑一下，开口问道："不知林参军和林相有何——"

"那是家父！"林敏慎连忙答道，脸上难掩得色。

阿麦心道：难怪他只一个小小的参军却敢不随大将军卫兴一同登船，而是专乘一叶小舟从林家庄园登船，除了背景深厚之外，想是也得到了卫兴的默许，可见此人与卫兴的关系也非同一般。思及此，阿麦脸上的寒冰稍有松动，微微扯了扯嘴角。

那林敏慎顿时有些受宠若惊，抬脚就要回来。

阿麦见状连忙抬手止住了他，说道："林参军还是早些回船休息去吧。"

林敏慎虽有不甘，却也不好再继续纠缠，于是笑笑说："也好，在下就不打扰麦将军休息了，告辞。"说着虽向阿麦拱手告辞，眼光却仍不肯离开阿麦。

阿麦心中恼怒，面上却不动声色，道一声"走好"便关了舱门。回到床边坐了片刻，实在忍不住，只得又站起身来走到门口去开舱门。果然，那林敏慎仍在原地站着，看到阿麦突然又开了门，脸上顿时满是喜色，张口正要说话，阿麦已抢先说道："林参军，麦某有句话不知当讲不当讲。"

林敏慎连忙说道："请讲，请讲。"

阿麦犹豫了下，说道："林参军，军中少有人熏香，林参军既然入了大将军帐中，这熏香还是——"说到这儿，阿麦停了下来，只看着林敏慎不语。

林敏慎也愣愣地望着阿麦，直到阿麦眉头微皱，这才回过神来，急忙答道："明白了，在下明白。"

阿麦道一声"多谢"，然后便直接关了门。

林敏慎仍呆呆地站在那里，压根儿没有想阿麦这句"多谢"是谢从何来。过了一会儿有别的军官下来，有些惊讶地看他，林敏慎这才似回过神来，恋恋不舍地离开。他回到主船，还未回自己舱房，就有兵士过来传大将军的话，说是要他过去一趟。林敏慎跟着兵士过去，见卫兴正在舱中等他，劈头问道："大将军寻我何事？"

卫兴已从旁人口中得知林敏慎四处寻人打听第七营主将麦穗的事情，笑了笑，说道："听人说你找人问麦穗，可是认得？"

林敏慎大咧咧地往椅中一坐，回道："曾在翠山见过一面，算是相识，只是不知其姓名，更想不到竟会是江北军。"

卫兴看向林敏慎，沉声问道："此人如何？"

"妙！实在是妙！"林敏慎用折扇一击掌心，应声答道，待看到卫兴脸上实在掩不住的怪异之色，才惊觉这"妙"字实不能来形容一个战功累累的将军。

林敏慎扯了扯嘴角，赶紧补充，"初见惊艳，再见依然！"

卫兴脸上仍是皮肉不动，林敏慎赶紧又低头想了想，抬起头看着卫兴，试探地问："才绝惊艳？"

见卫兴的脸皮终于松了松，林敏慎这才又乐起来，用折扇一拍大腿，叫道："对，就是才绝惊艳！"

林敏慎摇着头念叨着"才绝惊艳"这几个字，也不知道是在品味这个词还是那个人。卫兴无语，虽然早知道这林公子是个草包，可这草包在远处看着和放在自己身边的感觉毕竟不同。他这里正思量怎么把这个二世祖打发回去，林敏慎已是先开了口："大将军，咱们此去乌兰山人生地不熟的，干吗不把麦穗等几位将军召到这船上来住，一来询问一下江北军中的情况，二来也可让他们多和咱们熟识一下，免得以后再生嫌隙。"

卫兴自然看出林敏慎心中的小算盘，嘴上却不说破，只是说道："此话有理，不过还得待明日早议时听一听大伙的意见才好，如若被人误会是对他们的控制反倒不好，再说都要挪到这船上来住，少不得拥挤。"

林敏慎听卫兴这样说，也不好说别的，只得道："还是大将军考虑周到，待明日问上一问，也可让他们明白大将军的为人。"

卫兴点头不语，林敏慎看样子也没心思再待在这里，又和卫兴闲话了几句便起身告辞。回到自己舱中便让人烧水沐浴，非但把身上的香味搓得干干净净，就连那随身携带的熏了香的衣裳都让人直接丢到了清湖之中，做事倒也干脆利落。

翌日清晨，阿麦随同其他军官从别船上过来，一抬头看到也换了一身军装的林敏慎，不禁一怔，心道这小子去了身上的香气再洗净了脸上的脂粉，肩宽背直的，在军装的映衬下倒也算得上英挺。

林敏慎显然也注意到了阿麦的愣怔，瞧着甚是得意，冲着阿麦挤眉弄眼起来。

阿麦顿时移开视线，权当没有看到。

前一日初登船时，阿麦这几个江北军中的老将已是见过了卫兴，知这人虽然没有带兵打过仗，却是由一名普通的殿前侍卫一步步升为禁军首领的，必是有过人之处，所以也不敢怠慢，言行之中甚是恭敬。

见阿麦等人如此，卫兴自然也做出礼贤下士平易近人的模样，一顶官轿两头抬，船舱之内倒显得很是融洽。

话到过半，卫兴提出让众将搬来主船上住，阿麦等人相互看了看，其中官职最高的张副将从椅中起身，躬身说道："大将军好意原不应辞，只是咱们不几日就要进入宛江，鞑子虽未攻下泰兴，可宛江中已有鞑子的船只出没，属下等和大将军共乘一船虽能方便聆听大将军训导，但也怕是会招鞑子瞩目，不若分散开来，反而可以混淆鞑子视听，如遇敌情也好有个应变。"

"宛江之中已有鞑子船只出没？"卫兴转向阿麦这边，问道。

"正是，"阿麦连忙起身回答，"那周志忍早在围困泰兴之初便开始造船训练水军，此刻虽未有能力封锁整个宛江，但是江北处却已被其控制，我军船只来时便是贴了南岸航行，这次回航为了以防万一，大将军也须换乘他船才好。"

卫兴点头称是，倒是一旁的林敏慎难免露出失望之色来，突然出声说道："麦将军，那我去你船上可好？正好有些军事不太熟悉，还想请教麦将军。"

阿麦的屁股刚碰着了椅子面，闻言几乎蹦了起来，只强忍住了，深吸一口气，道："不敢担林参军'请教'二字，麦某只是军中一个营将，于全军之军务并不熟识，林参军若是想了解军务，还是请教张副将的好。"

林敏慎顺着阿麦的视线看一眼那一脸大络腮胡子的张副将，再看向阿麦时，眼中便似有了一丝哀怨，毫不顾忌在座的其他诸位。

卫兴这边的人都知道林敏慎的性子，只是肚中发笑，面上却不动声色。可张副将等江北军中之人并不知林敏慎的来历，见他只不过一个帐中参军，便有如此大的胆子，不但在大将军卫兴面前随意说话，甚至在阿麦说了让他可向张副将请教军务之后，此人面上仍是如此神情，分明是没把张副将看在眼中。

众人心中难免不悦，只淡然地坐着，并不理会林敏慎。

卫兴哪里又看不出张副将等人的不悦，只得出来打圆场道："既然这样，那就有劳张将军带一带敏慎吧，他初入军中，诸多不懂，还请张将军多多教导。"

张副将不敢扫卫兴的面子，心中虽有不愿，却仍是站起身来应道："遵大将军令。"

林敏慎原本只想着近阿麦的身，现如今非但没能达愿，反而和一个五大三粗的络腮胡子绑在了一起，心中难免不悦，被卫兴狠狠瞪了一眼，这才极不情愿地站起身来冲着张副将潦草地一抱拳，说道："多谢张将军。"嘴里虽这样说，眼睛却仍是不住地看向阿麦。

江北军这边几人都是沙场上厮杀出来的汉子，军中人心思虽然都粗些，可毕竟不是傻子，见这林参军的眼神总是不离阿麦左右，张副将等人这才恍然大悟，忍不住都看了一眼阿麦。

阿麦心中恼怒至极，面上却不愿带出分毫来，只暗暗磨着后槽牙，恨那日没能下手再狠些，直接废了这个林敏慎该有多好，又求哪天月黑风高的时候能遇到林敏慎落单，直接打死了往水里一丢了事。

卫兴见林敏慎为了一个麦将军如此失态，忍不住也暗中多看了阿麦两眼，见她眉目清朗五官隽秀，面容身姿均是男人中少见的秀美，却又不若京中豪门权贵豢养的男宠般一脸柔媚之色，反而处处透露出勃勃英气。

卫兴心中不禁暗自惊疑，心道这样的一个少年郎如何能在军中生存下来，又升到了一营主将的位置？

林敏慎那里还发呆般地瞅着阿麦，阿麦脸上却已是要显恼怒之色。卫兴见状，忙轻咳两声，宣布早议结束。阿麦等告辞回船，林敏慎见她要走，竟要在后面跟了过去，唬得卫兴连忙唤住了他，待众人都散去之后，才冷下脸来训道："敏慎，这是军中，不可胡闹。"

谁知这林敏慎却毫不避讳地看着卫兴，语气中透露出忧伤，"卫大哥，你不知道，自从我在翠山第一眼看到他，就知道他是我这辈子一直要寻的人。"

卫兴顿时无语，几欲用手抚额，心道你这辈子过了才短短二十余年，怎么要寻的人如此之多？而且有男有女还掺着花样呢？他心中虽这样想，嘴上却说不出什么来，只得摆摆手示意林敏慎退下。

此后几天，卫兴对林敏慎约束甚严，一是林敏慎乃林相独子，既然交到了他的手里，必然还要交一个完好的林敏慎给林相；二是阿麦虽然相貌俊美，但毕竟是江北军一营主将，卫兴也不想把这人给得罪死了，寒了江北军上下将士的心，毕竟人家才是土生土长的江北军，他们，暂时只算外来户。

就这样行了几日，船终于转入宛江，卫兴也换了船只，逆水向上。这次卫兴赴任江北军大将军，阜平水军专门派出了战舰给卫兴护航，船过泰兴城外时正是阴雨天气，因船是贴着江南阜平一侧航行，对面的泰兴城看起来影影绰绰不甚清楚，但远远看到城外北漠的水寨竟已是初具规模。

阿麦等军官都在卫兴船上，众人一同站在甲板之上看向江北，阜平水军统领将军柳成站在卫兴身侧，指着江对岸的北漠水寨介绍道："周志忍用大军围困泰兴，不攻城墙却先练水军，不足一年时间已有小成，鞑子船舰现在虽还不能过江来骚扰阜平，却不时过江中线来操练，更有赤马舟敢到江南岸晃荡。"

卫兴只看着对面的泰兴不言，身边的林敏慎却突然出声问道："都到了江南岸了，阜平水军为何还不出船阻击？"

柳成解释道："赤马舟行速很快，疾如马驰，因此得名。他们来人不多，待我军发现，尚不及追赶，已是又回到了江北，我军怕是鞑子的诱敌之计，不敢轻易追击。"

正说着，江心水雾之中突然闪出几艘轻疾快舟来，柳成忙指着说道："看！那就是赤马舟！"

众人忙看过去，见那几艘小船尽被涂成红色，其上只十余人，正是北漠军士打扮。对方看似并不惧怕己方的战船，只在江心附近和战船并排而行，时近时远，如同在故意戏弄南夏的战舰一般，甚是猖狂。

有那脾气急一些的江北军将领看不过眼，把话直问到柳成脸上去："鞑子如此猖狂，我军难不成就没有赤马舟了吗？"

柳成脸上略显尴尬，说道："有，但是等再从战舰上放下去，鞑子早就跑得无影了，根本追他不上。"

众人见水军统领都这样说，那必然是无法了，可是看着北漠人的战船就这样明目张胆地在自己眼皮底下晃悠，均是气愤得紧。张副将眯着眼瞄了瞄北漠战船的距离，小声问身侧的阿麦："若有强弓，不知能不能射到鞑子？"

阿麦估量了一下双方的距离，轻轻地摇了摇头，赤马舟靠得最近时也有二百余步的距离，又在江面之上，时有风浪，颠簸不停，何人能在这么远的距离保持这么高的准度？除非是商易之在这里。

张副将也觉得用弓箭给鞑子点颜色看看有些不太实际，便也不再多说，倒是卫兴听入了耳中，心中一动，转头低声吩咐身边的亲兵回舱取他的弓来。亲兵急忙退下，卫兴刚回过头，突然听人指着江心一处叫道："江中有人！"

众人闻声连忙顺着方向看去，果然见江水之中似有一人在沉沉浮浮。片刻之后，一艘赤马舟驶近那人，舟上有士兵向水中人伸出手去想要拉那人上去，可水中人并未理会舟上的军士，只用手攀了船舷从水中一跃而出落入舟中。众人这才看清楚那人，年纪看似不大，身上只着一条军裤，身材远远看上去甚是精壮结实。那赤马舟上早有军士张开了披风在一旁候着，那人却不着急披上，只从容不迫地擦着身上的水珠。

张副将看着稀奇，忍不住又偏头对阿麦说道："这人真是个怪胎，如此季节，竟然还会来江中游水。"

阿麦在一旁却早已是心惊肉跳，刚才那人在水中时还看不太真切，现如今他到了船上，离着虽远，却仍看了个清清楚楚，那正在慢条斯理穿衣服的人不是常钰青是谁！

亲兵已把强弓取来交给卫兴，众人皆知卫兴乃是殿前侍卫出身，身手必定不凡，见他取弓便知他这是要射人立威，一时皆沉默不语，只想看看这新任江北军大将军到底有何手段。

卫兴搭箭拉弓，箭尚未离弦，对面常钰青似乎便已有了感应一般，竟转头向楼船这处看来，看得众人心中皆是一惊。唯有卫兴嘴角噙一丝冷笑，手中将弓略略抬高，放箭向常钰青方向仰射出去。

箭镞劈开空气发出尖锐的呼啸声，在半空中划出优美的弧线，越过高点后仍声势不减，挟着雷霆之势直奔常钰青所在的赤马舟而去，片刻之间便已经到了常钰青身前。常钰青脚下不动侧身疾闪，那箭将将贴着他的肩头擦过，当的一声钉入船身，入木极深。

旁边的几名军士早已是吓呆了，待反应过来后急忙拿起盾向常钰青身前挡去。常钰青侧头看一眼肩头，刚上身的衣衫却是已被箭气划破，他伸手推开了身前的军士，抬头冷眼看了过来。

卫兴面上不动声色，只从箭囊中取箭搭弦，弯弓仰射，就这样接连几箭射去，俱是瞄准了常钰青一人。

常钰青脚下如同生根，只上身或避或闪，几支箭均是紧贴着身边擦过，钉入四周船身。

船上众人看得心惊，且不论这卫兴的准度如何，只这臂力就足以让人惊叹不已。阿麦忍不住转头看一眼卫兴，见他面色依旧如常，心中更是佩服，心道这世上果真是强中更有强中手，她只道商易之的箭术便已是出神入化，谁知来一个卫兴竟然也有如此本事，虽说论精准差了些，可要说臂力，怕是远在商易之之上。

卫兴射完几支箭，把弓随手丢给了身侧的亲兵。一众将士皆是愣怔，一时也不知道该如何反应，若要叫好吧，自家大将军虽射了这许多支箭，却一支也没能中；若要不叫吧，大将军的臂力的确惊人，这么远的距离竟然也能射入舟中，这已实属罕见。

大伙正你看看我我看看你都傻着呢，独有林敏慎突然大声喊出个"好"来，又高声嚷道："大将军好神力！那鞑子定是都吓得傻了，脚下连动都不敢动了！"

众人一时无语，直直看向林敏慎。阿麦见他一脸兴奋模样也颇感无力，心道那哪里是吓得动不了了，分明是常钰青在故意向卫兴表示轻视之意！

卫兴微微笑笑，并不言语。众人也不知该如何接话，场面一时有些冷。林敏慎犹自不觉，突然又指着江心处的赤马舟高声叫道："裂了，船裂了！"

众人一愣，忙都看过去，只见江心处的那艘赤马舟果然像是被人用巨锤砸过一般突然从中间破裂开来，正是常钰青站立的位置。阿麦最先反应过来，再看向卫兴的时候眼神中已是带了些骇然，原来卫兴这几箭似乎就没打算射中常钰青，而是想要射沉那条船！只几支箭，竟然可以把船射沉，若不是亲眼见了如何能相信！

赤马舟上，常钰青也是一惊，未曾想到这箭上竟然被灌了如此强劲的内力，居然可以把船木震裂。他从小习武弓马娴熟，却并不曾习内家功夫，如今见这个其貌不扬之人有如此本事，也不由得收了轻视之心。旁边早有别的赤马舟赶过来救援，常钰青趁船未沉跃到其他舟上，又指挥着人将落入水中的军士一一捞起，这才站于船头再次看向卫兴。

卫兴见那几艘赤马舟不退反进，也看出常钰青胆识非同一般，问身边柳成道："可知此人是谁？"

柳成看那人无论是身手还是周围军士的态度，绝不是一般军士，可是又不像是北漠水军统领严非，只得答道："据报鞑子水军统领严非已有四十余岁，此人显然不是，末将未曾听闻鞑子水军中有此号人物。"

说话间，常钰青的船已在距楼船百余步外停下，常钰青侧头对旁边的军士低语了几句。卫兴这边看得正奇怪，就听那军士高声叫道："暗箭伤人不算英雄，若有胆量就下来和咱们将军战上一战。"

此言一出南夏军这方群情顿时激愤起来，立刻便有人向卫兴请缨要去击杀常钰青，定不能放这个猖狂的鞑子跑掉。由于双方船只离着不过百步，彼此之间面容都已能看得清清楚楚。常钰青见南夏人吵吵嚷嚷如此激动，忍不住脸上带了笑容，负手站立在船头静静看着。

阿麦突然低声说道："这人是常钰青！"

众人俱是一怔，齐齐看向阿麦。

阿麦见卫兴目光中透露出疑惑之色，沉声解释道："乌兰山之役中，此人曾率军追我第七营千余里，在平家坳时末将曾和他对阵过。"

听阿麦这样一说，张副将也忙转头又细看了看，也叫道："不错，就是那鞑子，当时平家坳一战，我也曾见过这鞑子一眼，可不就是他嘛！"

本来阿麦一说是常钰青，船上众将已然沉默下来，现在再经张副将这样一确认，众人的嘴更是闭得严实起来，全无了刚才一个个撸胳膊挽袖子恨不得立马上手的模样。想想啊，谁都不傻，那船头之人要是员普通的鞑子将领也就算了，大伙下去赌一把没准儿还能赚个勇武的名声回来，可这是谁啊，这是常钰青，名动天下的杀将，这要下去单挑了，能活着回来都得庆幸，还妄想要什么名声啊！

于是，大伙就都很识相地沉默了。

卫兴面色淡淡的，只是瞥向阿麦，问她道："麦将军可敢下水与常钰青一战？"

阿麦微怔，随即淡淡笑了笑，答道："单打独斗，末将不是他的对手。"

卫兴听阿麦如此回答，非但不怒，反而喜她实诚，不禁也跟着笑了笑。

林敏慎突然在一旁接口道："和这鞑子还讲什么单打独斗，要我说不如大伙一起动手，先取了这鞑子性命再说！"

此话一落，众将都积极响应起来，有的甚至嚷着干脆用船上的弓弩把这伙子鞑子都射成刺猬算了。

阿麦转头，见林敏慎不知什么时候竟站到了自己身边。

林敏慎看到阿麦看他，忙讨好地冲阿麦乐乐，又接着说道："谁让他没事来咱们面前晃悠，大冷天的还游什么水，这不就是来找死的嘛！你说是不是，麦将军？"

阿麦闻言心中一动，又瞥了那站在船头的常钰青一眼，走到卫兴身边低声说道："大将军，末将觉得此事蹊跷，小心鞑子有诈。"

卫兴能做到禁军大统领，自然也非寻常人物，听阿麦这一提醒，心中顿时也警醒起来，转头对柳成低语几句，听得柳成面色微变，抬头看了看卫兴，不及告退便转身离开。不消片刻，楼船指挥台上便打起旗语，船队很迅速地变换了队形，就连各船上的弓弩手也都就位，进入了战斗准备状态。

那边赤马舟上，刚才喊话的那军士见此情形，低声向常钰青问道："将军，看样子南蛮子已有防备了，咱们怎么办？攻还是不攻？"

常钰青刚从人群中认出一身盔甲的阿麦来，见她竟然也在船上不禁微微一怔，听这军士询问，微微抿唇，略一思量后吩咐道："让后面的战舰都退回吧，南蛮子的战舰本就胜于我方，现在又有了准备，胜算太少的事情咱们不做。"

那军士低低应一声，手在背后对后面的船只做出几个手势，那几艘赤马舟立刻散向四处，暗中变换了位置缓缓向后退去。

卫兴虽然不懂水战，但是看到北漠的几艘赤马舟突然无故变换位置，便猜是传信之用，忍不住道："鞑子果然有诈。"

阿麦沉默不语，又默默退回到众人之间。

林敏慎紧紧跟在后面，一脸奉承地赞道："若不是麦将军心思敏捷，咱们非得中了鞑子的奸计不可！麦将军果然是……"

"林参军谬赞！"阿麦打断林敏慎的话，冷冷看他一眼，冲着卫兴方向抱拳说道，"是大将军果敢，柳将军练兵有方，这才让鞑子奸计难成。"

卫兴做殿前侍卫多年，这种官话听得多了，见阿麦如此识趣，只是含笑不语。

谁知那林敏慎却不识趣，见阿麦如此自谦，忍不住张了嘴又要说话，忽听人叫道："鞑子要跑了！"

阿麦抬头看去，果见常钰青的船正快速向后退去。

常钰青在船头立着，高声笑道："南夏果然都是怯懦之辈，竟然无人敢与我一战，既然如此，我也不再强人所难。不过，来而不往非礼也，刚才既然受了你们几箭，我如今就还回去吧。"说着，从身旁军士手中接过弓箭，弯弓向卫兴射来。

卫兴身形动都未动，手往身前一抄便已把那支箭抓入手中。常钰青一箭快似一箭地向卫兴射来，箭箭不离卫兴周身要害之处。卫兴双手齐动，如同接暗器一般将箭一一纳入手中。常钰青箭射得迅疾无比，卫兴接得更是精彩绝伦，一时之间，众人均瞧得呆了。

常钰青挑着嘴角笑了一笑，突然一箭射向卫兴身左，卫兴怕伤到他人，身形向左一晃将箭拦下，谁知常钰青下一支箭方向猛地一换，竟直奔着站在人群右端的阿麦而来。

卫兴心中一惊，想要回救已是不及。

船上的诸将都已然傻了，尤其是站在人群右端的那几位，见常钰青突然引弓向自己射来，一时没反应过来，竟然也齐刷刷地做到了纹丝不动。唯有阿麦，却是一直盯着常钰青的，见到这箭突然奔自己而来倒是没太过意外，瞳孔微收间，心中只闪过一个念头：避还是接？

正犹豫着，羽箭已经到了跟前，阿麦急忙侧身，伸手迎向羽箭，尚不及触到箭身，忽闻得“啊”的一声惨叫，身后一股大力猛地向她撞来，阿麦身体顿时失去平衡，向前一扑，竟迎着箭头就去了。一刹那，阿麦脑海中只冒出一句话来：“林敏慎，你个老母的！”

哐的一声，阿麦被林敏慎整个地扑倒在地上。阿麦痛得闷哼一声，只觉得浑身骨头如同散了一般，一时连话都说不出来了。

“麦将军！”

“林参军！”

周围有人惊呼出声，众人这才从震惊中惊醒过来，急忙握剑挡上前去。张副将凑过来弯下腰急切地问道：“林参军，麦将军，你们如何？”

阿麦还未答言，忽又听得船舷处有人叫道：“鞑子中箭了！大将军射中常钰青了！”

张副将再顾不上阿麦，急忙起身向江心望去，果见在箭雨之中，常钰青所在的那艘赤马舟正飞快地向江北退去，船上的军士用盾挡住了船头，原本立在船头的常钰青已不见了身影。

楼船上的将士欢呼起来，张副将极兴奋地转回身来，正欲和阿麦说上两句，却没有看到阿麦身影，低头一看，见阿麦和林敏慎俱还趴在甲板上。他这才记起两人还不知生死如何，忙四下里寻着血迹，急切地叫道：“你们谁伤了？伤到哪里了？”

林敏慎紧闭着双眼，嘴里犹自“啊啊”地惨叫着。

阿麦忍住了痛，回头看林敏慎，冷声问道：“林参军可还能起身？”

林敏慎这才睁开眼来，撑起身看一眼身下的阿麦，颤着嗓音问道："麦将军，我是不是要死了？"

阿麦嗤笑一声并不答言，只用力撑起身体，把林敏慎从背上掀翻过去，将压在身下的那支羽箭拾起来丢到林敏慎身上，这才默默地站起身来。

张副将先怔后笑，见阿麦起身困难，伸手拉了阿麦一把，哈哈笑道："你小子运气就是好，要不是林参军这一撞，你非得被常钰青射个透心凉不可！"

阿麦听得微微冷笑，低头看自己胸前，原本锃亮的护心甲上被划上了深深的一道划痕，那支羽箭竟是擦着护心甲而过，如果林敏慎撞得再早片刻，那支箭还真得把自己穿个透心凉了。

正说着，林敏慎也从地上爬了起来，张副将随手又给了他肩膀一巴掌，拍得他一个趔趄，取笑道："林参军受累了，回头让麦将军好好请你一顿，要不是你，麦将军今天非得挂彩不可！不过你救人也便救人了，一个大老爷们儿，你惨叫什么？吓得咱们兄弟还以为那箭射中你了。"

林敏慎干笑两声，答道："见箭向麦将军射过来了，一时有些慌急，让张将军见笑了！"

众人听了均笑，林敏慎却并不恼，只偷眼去瞧阿麦。

阿麦这次却没躲闪，脸上带着笑意冲林敏慎抱拳谢道："多谢林参军救命之恩！"

见阿麦如此爽快地致谢，又罕见地向他露了笑容，林敏慎脸上的表情倒有些微滞，随即又掩饰过去，只对着阿麦傻笑道："应该的，应该的！"

那边卫兴已经收了强弓被人簇拥着过来，看到林敏慎好生生地在那儿站着，心中顿感一松，这才转头关切地问阿麦道："可有受伤？"

阿麦连忙躬身答道："末将无事，谢大将军关心。"

卫兴又看向林敏慎，不及他开口，林敏慎便嘿嘿笑了两声，大咧咧地说道："没事，没事，就是摔了一下子。"

见林敏慎如此莽撞，卫兴虽有意训他几句，但当着这许多人又不好说什么，只淡淡点了点头，说道："以后万不可这样！"

阜平水军统领柳成从下层甲板上急匆匆地赶过来，来到卫兴面前禀道："鞑子赤马舟均已退往江北，我军是否追击，还请大将军示下。"

卫兴知自己只是在赴任途中，又不属水军，这一追要是大获全胜还好，万一中了鞑子的奸计，怕是要得不偿失。他略一思量，沉声说道："常钰青中箭生死难料，剩下的只是几艘赤马舟而已，不必追了，还是向前赶路吧。"

柳成心中其实早已有了计较，过来请示卫兴不过是尊他大将军的身份，见卫兴如此说正中下怀，忙领了命下去吩咐部属加快航速，尽快脱离北漠水军的控制范围。

舰队一路逆流向上，过泰兴之后水道虽然稍显难行，但却不用再担心北漠水军的骚扰，航行速度反而加快。如此一来，前后几艘船上的人员来往却是大大不便，卫兴也因此免了每日的早议，诸将心中暗喜，唯有林敏慎心中不甘，几次三番要过船去寻阿麦，少不得挨了卫兴几次训斥。

第二章

名将 脸面 叔丈

十一月二十七日，船至宜水，江北军左副将军、骑郎将唐绍义率五千骑兵早已等候多时。柳成护卫任务完成，带着舰队向大将军卫兴辞行而去。唐绍义迎得卫兴上岸，直待他行完礼起身之时，卫兴才伸手作势虚扶了一扶，不冷不热地说道："唐将军辛苦了。"

唐绍义虽全副铠甲在身，动作却依旧敏捷如常，站直身体不卑不亢地答道："职责所在，不敢称苦。"

卫兴笑笑不语，诸将见如此情形，均知卫兴是有意立威，也不好有所表示，只默默立于卫兴身后。那张副将却是个粗人，哪有这许多心思，见到唐绍义只觉亲切，不等卫兴说话便走到了唐绍义身前，双手紧紧握住唐绍义肩膀，大声笑道："好将军！跑马川一把大火，真真是给咱们兄弟出了口恶气。"

唐绍义只是笑笑，视线越过张副将肩头扫向他身后，在划过阿麦身上时稍稍停顿了下，脸上的笑意更多了些。阿麦再见唐绍义心中也是欢喜，嘴角忍不住微挑了挑，看过来的目光中也带上了笑意。唐绍义心神一晃，不敢多看她的笑容，不露痕迹地转回视线，转过身恭请大将军卫兴上马。

亲卫牵过卫兴的坐骑来，卫兴上马，由唐绍义伴着向乌兰山区行去。阿麦跟在后面也翻身上马，行了没多远，林敏慎却拍着马从一旁凑了过来，趁四周无人注意，嘿嘿笑道："好几日不见麦将军，着实想念！"

阿麦没有答言，只浅浅弯了下唇角了事。

林敏慎见她表面上并无恼色，胆子越发大了起来，竟伸手扯住了阿麦手中的缰绳，低声央道："好兄弟，你再与我笑一个吧！"

阿麦心中恼怒异常，面上却不肯显露，只将缰绳从林敏慎手中扯过来，问他道："林参军可曾进过这乌兰山？"

林敏慎目光只在阿麦脸上，摇头道："没有。"

阿麦淡淡笑了，故意驭马远远落在众人之后，抬眼看了看前方纵横起伏的群山，转头对林敏慎闲谈道："人人都道盛都城外翠山风景甲天下，却不知这江北的乌兰山脉深处却也是处处风光，参军这次来了，定要好好看看才好。"

林敏慎忙点头，"看，要看！只是无人相伴，独自一人着实无趣！"

阿麦爽快笑道："待大军扎营，参军自可来寻在下，别的尚不敢言，陪参军看看这山间风景自是可以做到的。"

林敏慎先是微微一愣，随即便又大喜，当下追问道："此话当真？"

阿麦笑道："自然。"

她说完又瞥了林敏慎一眼，笑了笑，拍马向前赶去，留下林敏慎愣在原处，看着她的背影怔怔出神。阿麦纵马跑不多远，却看到唐绍义立马等在前面，忙双腿一夹马腹迎了上去，叫道："大哥！"

唐绍义含笑看她，点了点头。

阿麦奇道："大哥不用陪大将军了？"

唐绍义掉转马头和她缓缰并行，淡淡答道："大将军那里有张副将陪着，不用我陪着。"

阿麦今天也已看到卫兴对唐绍义不冷不热的态度，想了想说道："大哥这次立了大功，军中将士皆都信服，大将军许是怕大哥不安于下，所以才故意给大哥些……"

唐绍义笑笑，打断她道："日久自见人心！"

阿麦见唐绍义如此也笑了，说道："大哥能如此想自是最好！"

唐绍义看她一眼，又赶紧移开了视线，转头看向别处。

阿麦连叫他几声均不见他反应，心中诧异，顺着他的目光看了看，见并无什么特别之物，当下问道："大哥，你在看什么呢？"

唐绍义这才又回过头来，笑了笑，却是问她道："你这次去盛都，觉得那里可好？"

阿麦极干脆地答道："不好。"

唐绍义奇道："不好？盛都不是世间最繁华之处吗？城外又有翠山清湖相拥，都道我国风流灵秀均集聚于此了。"

阿麦想了想，说道："盛都确实繁华，翠山清湖景色也极佳，但是，那些又怎及得上咱们乌兰山的雄险奇秀！"

唐绍义点头道："的确，那等温柔富贵之所不是我等军人该待的地方。"

阿麦笑笑，突然问唐绍义道："大哥，你这次偷袭鞑子粮草大营，将周志忍的粮草烧了个干净，可是又要引鞑子来打咱们江北军？"

唐绍义沉默片刻，答道："这是其一。"

"其一？"阿麦问道。

"不错，除了想要引鞑子再次入乌兰山之外，烧周志忍的粮草也是想解泰兴之围，粮草既无，周志忍大军必不能久困泰兴。"

阿麦略一思量，说道："可是，鞑子只追大哥到棒槌沟，并不肯轻易入乌兰山，而且……此次行船过泰兴城，周志忍的水军依旧在操练，似乎并未受到影响。"

"鞑子此番不为我所激怒，显然是另有谋划，现如今咱们也只能先见机行事。不过，"唐绍义沉默下来，过了片刻才低声说道，"大军阵前易帅，不知还会有何变动。"

阿麦抿了抿唇，突然说道："我在盛都遇到常钰青了。"

唐绍义一怔，看向阿麦，惊愕道："在盛都？"

阿麦点头，"嗯，翠山福缘寺外，好像还和朝中的什么人有关系，禁军在抓他，后来却也是禁军中的人把他救走的。"

唐绍义听了骤然变色，愤然道："咱们在江北和鞑子拼命，朝中却有奸人和鞑子勾勾搭搭，真是可恨。"

阿麦只是沉默，因为她也不知常钰青为何会出现在盛都，而且还被禁军所救，救他那人既然能在禁军中都安排进人手，可见身份背景必然不会简单。可是，朝中有谁会和一个杀了南夏十五万边军的北漠杀将牵扯到一起呢？阿麦真是想不明白，又想到那给她灌药的林家小姐、看上去和商易之关系融洽却又相互试探的二皇子齐泯、从未露面却又让人感到无处不在的盛华长公主……盛都的水太深了。

唐绍义见阿麦久不出声，忍不住出声唤道："阿麦？"

阿麦这才回过神来，转过头看向唐绍义，"大哥，怎么了？"

唐绍义已看出阿麦刚才在走神，却没说什么，只是问道："刚才听人说船过泰兴时大将军射死了常钰青，可真是常钰青？"

"的确是他，被大将军射中了，不过，死没死却不知道，总觉得常钰青如若这么容易便死了，也就不是常钰青了。"阿麦停顿了下，又问道，"不是说常家已领兵东进了吗？不知这常钰青为何反倒四处逛了起来。"

唐绍义答道："听说是鞑子小皇帝嫌他杀了十五万边军，杀戮太重，所以目前正赋闲着。"

阿麦听了失笑道："嫌常钰青杀戮太重？这鞑子小皇帝倒是可笑，如若不是他要侵占咱们，常钰青又怎能有机会杀我边军？自古名将如名剑，挥剑砍杀了人，不怨那挥剑的人，倒是怨起那剑刃太过锋利了，如若当初便不想杀人，拿根烧火棍不就得了，还要使什么宝剑！这些上位者倒是无耻至极，真是既做娼妓又要牌坊！"

唐绍义听到阿麦这一套言论顿时一怔，愣愣想了片刻后才问道："如此说，常钰青却是无错的？"

阿麦想了想，答道："他下令屠城自然是错，可若是把我们南夏所有的死伤都记在他一个人头上，却是不对了。"

唐绍义脸色微沉，问道："难道杀我江北百姓辱我妇人的不是他常钰青统率的兵马？"

这话却叫阿麦突然想起陈起来，他当初不就是把南夏军的所作所为尽数记在了她父亲头上，并以复仇之名杀她父母、屠她乡人吗？阿麦转头默默看唐绍义片刻，突然问道："大哥，如若有一天我死在了战场之上，你可会与我报仇？"

唐绍义脸色微变，立刻斥道："浑话，哪里有这样咒自己的！"

阿麦一笑，依旧问道："大哥莫急，你且说你是否会与我报仇？"

唐绍义气得无语，干脆不理会阿麦。

阿麦却不肯罢休，笑嘻嘻地看向唐绍义，追问道："大哥快说，报是不报？"

唐绍义很是恼怒，却拗她不过，只得闷声答道："自然要报，你若有事，我定不会轻饶了鞑子！"

阿麦笑了，又问道："那大哥要向谁去报仇呢？"

唐绍义闻言一愣，不解地看向阿麦，"自然是向鞑子！"

阿麦却笑道："这世上的鞑子千千万，你找哪个鞑子？杀我的那个？可他自己也可能已经死在了战场之上，你还去向谁报仇？他的长官？常钰青？周志忍、陈起，还是鞑子小皇帝？"

唐绍义被阿麦问得一时愣住了，只怔怔地看着她，说不出话来。

阿麦收了笑意，正色说道："大哥，你我皆是军人，死在咱们手上的鞑子也算无数，他们也有父母兄妹，不知有多少人惦记着向我们报仇。你杀我，我杀他，这本就是一本糊涂账，你如何去报？"她停了下，思量片刻又说道，"说到底，军人，不过是把刀罢了，若没有上位者的野心与贪婪，刀又怎么会无故伤人？"

唐绍义沉默下来，只低着头看着身下的坐骑，过了片刻才轻声问道："阿麦，你从军已一年有余，军中可有你要好的兄弟？"

阿麦笑道："军中有大哥啊！"

唐绍义听了不禁微笑，但仍问道："其他人呢？可还有脾气相投的？或是走得较近的好友？"

阿麦想了想，答道："张士强算一个吧，还有张生张大哥、王七、李少朝等人，徐先生虽然人狡猾一些，不过对我还算不错。"

"他们可还都活着？"唐绍义又问道。

阿麦一怔，不明白唐绍义为何会问这些，疑惑地看向唐绍义，答道："自然活着。"

唐绍义涩然笑笑，"你从军时日尚短，他们都还在你身边活蹦乱跳着，你自然不觉如何，可当这些人渐渐地离你而去，一个个都死在鞑子的手上时，你就不会认为我们军人只是把刀了。"唐绍义抬头看向远处，轻声说道，"待你在军中待久了，你便知道，我们也不过是平常人，有血有肉，有爱有恨，也有舍不开放不下！"

阿麦怔怔地看着唐绍义，一时说不出话来。

唐绍义转回头看看阿麦，又说道："所以，以后莫要说什么常钰青无错之类的话了，被别人听到了又要招惹祸端。"

阿麦垂头不语，只默默地在马上坐着，过了一会儿才突然没头没脑地问唐绍义道："大哥，我们在鞑子心中是不是也是一般？"

唐绍义想想，点头道："自然一样。"

阿麦又垂下头去，眉头微微皱着，不知在想些什么。

唐绍义也不说话，只默默地在一旁陪着。两人一时都无话，因前后和人都离得有些距离，山林中更显安静，唯有战马踏在地上发出的踢踏声，扰得阿麦的心神更有些乱。唐绍义这番话和她的认知显然不同，可是，却又说不出什么错来，难道错的不是别人，而是她自己吗？

阿麦思绪尚未理清，林敏慎却从后面追了上来，看到阿麦在和唐绍义缓缰并行，动作稍顿，略一思量后便用马鞭轻轻抽了一下身下坐骑，笑着赶上前来，叫道："唐将军，麦将军，等在下一等！"

唐绍义闻声回头，阿麦却是眉头又紧了一紧。

林敏慎已然到了跟前，向唐绍义抱拳笑道："在下大将军帐下参军林敏慎，仰慕唐将军已久，今日得见，实在是三生有幸。"

唐绍义笑笑，也冲林敏慎回了一礼，寒暄道："原来是林参军，久仰久仰。"

林敏慎这才笑着和阿麦打声招呼，又转头问唐绍义道："唐将军和麦将军可是旧识？"

唐绍义尚未答话，阿麦在一旁却抢先说道："林参军此话问得奇怪，唐将军与我同在江北军中，如若以前都不识得，岂不惹人笑话？"

林敏慎被阿麦呛了一句，非但不恼反而连忙赔笑道："我又没别的意思，只随口一问，你莫要多心。"说着又看向唐绍义，显得颇有些不好意思。

唐绍义见他如此神情，心中稍感怪异，不过还是解释道："去年鞑子南犯之时，我与麦将军均在汉堡城中，城破后一起辗转去了豫州投入商元帅麾下，后来进这乌兰山成了江北军，所以也算得是旧识。"

林敏慎恍然道："噢，原来如此。我刚才从后面看着，见两位将军离众而行，还道两位为何看着比别人亲厚些，原来还有此层关系。"

阿麦突然打断道："林参军莫要如此说，我江北军中人人皆亲厚，都是同生共死的弟兄，哪里有厚薄之分！"

林敏慎似笑非笑地盯着阿麦，问道："那我既已入江北军，麦将军是否也能待我如待唐将军一般？"

唐绍义听了心中更觉不喜，目光微沉看向马前，暗忖此人言行太过轻浮，哪里像是个军人，却听阿麦笑道："在下待林参军与唐将军自然不同。"林敏慎微怔，还未开口，又听阿麦接道，"唐将军已是江北军左副将军，岂是你我身份能比的？林参军说这些胡话，唐将军心量宽大不与你计较，传到别人耳朵里却是不好了。"

林敏慎听阿麦如此说，忙向唐绍义赔礼道："唐将军恕罪，末将口无遮拦，还请唐将军不要怪罪。"

唐绍义淡淡笑笑，道："不妨事，同在军中，没有那么多讲究。"

正说着，前面又有一骑军士飞马转回，驰到三人面前，先向唐绍义行了个军礼，才又向林敏慎传令道："大将军在寻参军，还请参军速去。"

林敏慎应了一声，转头向唐绍义抱拳告退，视线又在阿麦身上兜兜转转绕了好几圈，临走时还不忘回头叮嘱阿麦道："麦将军，千万不要忘了和在下的约定！"

阿麦笑笑，答道："自然记得。"

林敏慎又冲唐绍义一笑，这才拍马离开。

唐绍义眉头微皱，转头看阿麦，问道："什么约定？"

阿麦不答，却问唐绍义道："大哥觉得此人如何？"

唐绍义想了一想，答道："口无遮拦，看似心思简单，不过却有故作之态。"

阿麦听唐绍义如此说，颇感意外地看他一眼，笑道："大哥也这样觉得？我还以为以大哥的忠厚，必定会把他认作好人呢！"

唐绍义笑了笑，并未说话。

阿麦看着林敏慎渐远的背影，突然说道："此人是林相独子。"

唐绍义一愣，惊奇道："他是林相之子？"

阿麦点头,冷笑,"如若林相真生个这样的儿子,怕是不会送到咱们江北军来的。"

唐绍义沉默片刻,又问道:"你和他约了什么?"

"约他扎营之后在山里转上一转。"阿麦答道,"自从翠山开始,他屡次欺我,在船上更是差点害了我的性命,我怎能轻易饶他!不管他是真蠢假蠢,我先揍他一顿出气再说!"

唐绍义听了却沉下脸来,训道:"不可任意妄为,这种人躲着他便罢了,惹他做什么!"

阿麦低头不语,只随意地转动着手中的马鞭耍着。

唐绍义见她如此,怕她不肯听从,又厉声说道:"卫兴新来,你惹他帐下参军,岂不是给他没脸?再说你既已看出此人多半在装傻,何必又去招他,只暗中防备着他便是了。你只想去揍他泄恨,如若不是他的对手,岂不是要自己吃亏?"

阿麦见唐绍义严词厉色,只得应了一声"知道了",心中却想就是因为他是在装傻,才更该抓着机会收拾他一顿,让他有苦说不出,不然以后他若是不装傻了,怕是反而没了机会。

阿麦这句话答得心不甘情不愿,唐绍义又怎么看不出来,于是又唤道:"阿麦!"

阿麦抬头,向唐绍义露出一个极灿烂的微笑,答道:"大哥,我知道了。"

唐绍义看阿麦半晌,最终只得长叹一口气,无奈道:"他既惹了你,我想法与你出气便是,你不得自己去招惹事端!"

阿麦大喜,看一眼四周无人,突然驱马贴近唐绍义,从马上探过身来凑到了他耳边,低声说道:"大哥,等晚上咱们偷偷用麻袋装了他,揍他个鼻青脸肿如何?"

唐绍义被突然靠近的阿麦惊得一怔,眼中只看到阿麦脸上的肌肤细腻光滑,别说胡须,就连毛孔都微不可见,一时瞧得呆了,至于阿麦说的什么则是全然没有入耳。

阿麦那里还浑然不觉,犹自说着心中计划,半晌不见唐绍义反应,这才诧异道:"大哥?"

唐绍义一下子惊醒过来,顿时觉得脸上火烧一般,忙移开视线看向别处,斥道:"胡闹!"

阿麦一怔,不知这唐绍义为何会突然翻了脸,见他不言不语竟然独自向前而去,只道他是真火了，忙追了上去赔着小心说道："大哥，我错了，我不去寻他麻烦便是了。"

唐绍义听阿麦如此说，脸上更觉火辣起来，又不好解释什么，只得继续沉默不言。阿麦见他如此，心中更觉奇怪，不知哪句话得罪了他，明明刚才还好好的，现如今却跟少年人一般耍起脾气来。

其实这也怨不得阿麦，若是以前的唐绍义如此表现，阿麦或许还能往男女之别上想上一想，毕竟那个时候的唐绍义就算不白净，但心里若是有了什么念头，脸上好歹还能看出些面红耳赤的迹象来。而如今唐绍义几乎整日里长在马背之上，那脸色早已被太阳晒得黑中泛红了，他这里虽已觉得脸上火烫，可在阿麦看来，他那张黑脸丝毫没有变化，又怎么会想到别处去。

两人一路沉默，没话说自然就不由自主地加快了行路的速度，不一会儿便已能看到前面的大队人马，唐绍义这才勒住缰绳，回头看向一直跟在后面的阿麦。

阿麦见他回头，忙说道："大哥，你先走，我等一等再追过去。"

唐绍义见自己尚未开口阿麦便已知他的心思，心中不禁一暖，声音也跟着柔和起来，轻声说道："你先去吧，我在后面。"

阿麦知他好意，爽快地说道："也好，那我先过去了，大哥在后面快些上来。"

唐绍义点头，阿麦冲他笑笑，扬鞭策马向前面大队追去。唐绍义在后面默默看着，直待远远看到她的身影融入远处人群，这才不慌不忙地策马前行。

当夜，卫兴将大营扎在一处山谷之中，而唐绍义则领五千骑兵驻扎于谷外居高向阳之地。许是怕阿麦还要找林敏慎麻烦，唐绍义干脆就请示卫兴，给阿麦等几个江北军将领派了警戒、巡查等军务。阿麦虽有不甘，可既已答应了唐绍义，也说不得别的出来。幸好林敏慎也不知因为什么事情受到了大将军卫兴的训斥，很是老实了几天，再顾不上招惹阿麦，倒是让她眼前清静了很多。

大军经泽平、柳溪入乌兰山，到达江北军大营时已是十二月初。江北天寒，此时已是寒风凛冽如刀刺骨的时节，阿麦等江北军诸将已受过乌兰山中的冬天，倒还不觉如何，却苦了林敏慎等一众初来之人。虽说每人身上都披着大氅，铠甲内却仍是夹衣，风一吹只觉得从内到外凉了个透，连牙关都止不住哆嗦起来。

留守于江北军大营的原江北军副将，现今的江北军右副将军李泽率领江北军各营主将迎出大营三十里外。卫兴众人尚不及进入大营，天空中突然有片片雪花飘落，乌兰山中的第一场雪就这样飘飘扬扬落了下来。

大营议事厅中，新任的江北军大将军卫兴当中正坐，唐绍义与李泽分坐两旁，往下诸将按着位次一一坐下。阿麦身为步兵营第七营主将，虽然也有个座位，不过却几乎排到了最后，离着卫兴等人甚远，也幸得卫兴乃是武人出身，身量虽不高大，说起话来却是底气充足，在后面也听得十分清楚。

卫兴初来乍到，对于军中情况并不了解，说的不过是些场面话，阿麦表面上虽听得认真，脑中却有些走神，只合计为何一直不见军师徐静的身影。待到议事结束，唐绍义与李泽送卫兴去住处休息，阿麦仍不见徐静现身，心道这老匹夫的架子也摆得太足了些，只不知道这卫兴是否也像商易之一般买他的账。

她跟着众人向外走，刚出院门听得身后有人唤麦将军，阿麦停身回头，见张生从后面慢步走过来，忍不住惊喜道："张大哥，你也在这里？为何刚才在议事厅里不曾看到？"

张生笑笑，说道："你只听得专注，又怎会看到我。"

阿麦脸色一赧，见四处无人，低声道："张大哥莫要笑话我了，我刚才是有些走神了。"

张生听了哈哈大笑，笑道："我说你听大将军讲话怎听得恁入神呢，原来不是入神，是走神了。"

阿麦更觉不好意思，张生见她如此，忍住了笑，岔开话题问道："你这是要往哪里去？"

阿麦答道："大将军既吩咐我等回营，我就想尽快回去，走了也有些时日了，心中也是一直惦记着。只是已经到了大营，不去见过徐先生怕是他会挑理，便想着先去看一眼徐先生，然后尽早回去。"

张生听了奇道："你还不知道吗？先生已不在大营了。"

阿麦听了一愣，问道："不在大营了？去了哪里？"

张生摇头道："这却不知了，徐先生本不是军籍，听得军中换帅，不等大将军来便先走了。"

阿麦一时有些愣怔，万想不到徐静会离开江北军，不过又想徐静虽为军师，实际上不过是商易之的幕僚而已，现如今且不说卫兴自己带有好几个参军，就是徐静身为商易之心腹的关系，怕是卫兴也不敢随意用他。这样走了，未必不好。不过虽这样想，但一思及那总是爱捋着胡子装模作样的半老头子从此便不在军中了，阿麦心中难免还是有些遗憾。

张生知阿麦和徐静关系颇好，见她许久不语，怕她伤心，便劝道："徐先生那样的人物必定不是池中之物，以后总会见到的，莫要多想了。"

阿麦淡淡笑笑，说道："也是，那老头子必然不会甘于寂寞，只是江北现在这样乱，不知他独自一人可是安全。"

张生劝慰道："徐先生足智多谋，不会有事。"

阿麦默默点头，又看看天色，问张生道："张大哥，你们会在大营待多久？"

张生答道："还会待些时日。"

阿麦道："那就好，今天时辰已不早了，我先回营，待我处理一下营中事务，再来与张大哥叙旧。"

张生略感奇怪，问道："你不与唐将军说一声再走？"

阿麦犹豫一下，笑道："你替我转告唐将军一声便好，反正离得也不远，我过不几日便会再来，你们如若无事，也可去我营中寻我，我定会好好招待！"

张生笑道："那好，到时候莫要小气就行。"

阿麦笑着与张生告别，张生送她出营，见她只独身一人，又问她是否需要人护送。阿麦牵得坐骑出来，翻身上马，回身冲张生笑道："我刚抢了唐将军一匹好马，又不用翻山回去，哪里用得着人送！"

说完冲着张生拱手道别，一扬马鞭策马而去。

张生在后忍不住笑道："哪里只一匹！"

阿麦那里却已驰远，一骑绝尘。

第七营离江北军大营不过隔了几个山头，因从唐绍义处讨的马好，再加上阿麦一路纵马狂奔，天色未黑便已到了军营。她在营门外下马，营门卫士见她回来，一时又惊又喜，忙要上前来替她牵马。阿麦笑着摆手，独自一人牵着马向营内走去，离着校场老远便听到李少朝心急火燎地叫道："小心着点！那个小王八羔子，就说你呢，你轻着点！我让你轻着点！"

阿麦心中纳闷，牵着马转过去，见校场上一片热闹场面，几十匹战马在上面或跑或遛，李少朝正站在边上指着不远处的一个骑士大声骂着："你瞅我干吗？骂的就是你，你撒什么欢？你要是再敢给我抽那马，看我不抽你！"

王七骑着一匹体格神骏的战马从远处过来，看到李少朝仍站在校场边上念叨个不停，忍不住骂道："我操，老李你那张碎嘴能不能消停一会儿，你吓唬他们干吗！这骑术不练能出来吗？他娘的，咱们这是斥候，斥候！你知道不？又不是公子哥骑着马逛园子，不跑快点还探个猴的敌情啊？"

李少朝本就一肚子火，听了王七这话更是气大，叉着腰回骂道："滚你娘的！你还斥候呢，我看你马猴还差不多！你可知道我这些战马来得多么不容易，若不是我打着咱家大人的旗号，你以为唐将军能给咱们这许多？你弄这一帮新兵蛋子来祸害我，要是伤了马怎么办？我看你是存心不让我好过！"

王七从马上弯下身来，对着李少朝笑道："伤了就伤了，你再去向唐将军讨，就咱们大人在唐将军那儿的面子，再讨个百八十匹都没问题！"

"我脸可没那么大！"阿麦突然在一旁阴森森地说道。

王七与李少朝俱是一愣，两人齐齐转头，见阿麦正牵着马站在旁边，俊脸上一片冷色。李少朝愣了片刻才反应过来，连忙将手臂放下，冲着她露出讨好的笑容，"大人，您回来啦，怎么也没提前给个消息，好让人去接您？"

王七也赶紧从马上翻身下来，嚷嚷道："就是，怎么就一个人回来了？"

阿麦冷哼一声，也不理会两人，把马缰绳砸到李少朝怀里，转身便走。

李少朝看着阿麦离去的背影，喃喃地问王七道："哎？你说咱们大人刚才听了多少？"

王七咂了下嘴唇，"估摸着是听全了。"

李少朝低声叹道："完了，这回可是把大人给惹火了，你说我多冤啊，去找唐将军又不是我的主意。"

王七瞥一眼李少朝，颇有些瞧不起的样子，说道："行了，你也清白不到哪儿去！"

阿麦沉着脸往营帐处走，未到门口，张士强端着水盆从帐中急急忙忙地出来，冲着她直撞过来。亏得阿麦反应迅速，急闪身间又把张士强向别处推了一把，张士强脚下一个踉跄差点栽倒，一盆洗脚水全扣到了地上，连带着她身上也溅上了不少。

"张二蛋！你做什么呢？！"阿麦喝道。

张士强回头见是阿麦，顿时又惊又喜，也顾不上拾起地上的水盆，结结巴巴地说道："大，大人，你回来了？！"

阿麦点头，低头闻闻身上水渍，又看一眼地上的水盆，皱眉问道："你这是端的什么？"

张士强不好意思地摸摸后脑勺，老实地答道："洗脚水。"

"洗脚水？"阿麦的眉头拧起，正欲再问，却听得自己帐中传来一个略显尖细的声音，"张士强啊，你的水还没倒完吗？快把擦脚巾给老夫拿过来。"

阿麦狐疑地看一眼张士强，转身撩开帐帘进入帐中，只见徐静手中拿着卷书正看得入迷，两只脚光着伸在半空中，正等着人去擦。他听得帐帘掀动，还以为是张士强回来了，目光不离书卷，只把脚丫子抬了抬，道："快点，老夫腿都快僵了！"

阿麦不语，拿了擦脚巾走过去，在床边蹲下身默默地给徐静擦脚，待两只脚都仔细地擦干了，这才轻声问道："先生怎么来我营中了？"

徐静被骇得一跳，手中的书差点都丢了出去，抬头见阿麦还蹲在床边，连忙把脚收了回来，惊道："你这小子什么时候回来的？想吓死老夫不成！"

阿麦笑笑，站起身来，解下身上的大氅，答道："今天刚到的大营，没有宿一夜就赶回来了。"

张士强从她手中接了大氅过去，又帮她把身上的铠甲卸下。徐静趿拉着鞋从床上下来，围着她转了两圈，上下打量了一番，乐呵呵地道："看来还是盛都的水土养人，只去了这么一趟就显得水灵不少。"

阿麦笑得无奈，"先生莫要笑我。"

张士强又从外面端了清水进来给她净面，阿麦本已用手捧了水，要向面上撩的时候又突然看到了那水盆，这水便有些撩不上去了。

徐静何等人物，哪里会看不出阿麦为何洗不得脸，嘿嘿笑道："你帐中只这一个盆，老夫就不客气地用了，你且放心用，老夫不常洗脚的，大多都只用来洗脸。"

阿麦手一抖，手中捧的水几乎都漏了个光，这脸更是洗不下去了，心道你那脚还不如每天都洗呢！张士强那里偏没眼色，见她仍愣怔着，连忙加了一句道："大人，我刚刚已经仔细地洗过盆了。"

阿麦哭笑不得，只得甩干了手，装作无事地问徐静道："先生还未说为何到我营中了，在大营时只听张生说你走了，也不知你去了哪里，还道先生要避世了呢。"

徐静习惯性地去捋下巴上的那几根胡子，答道："我是走了，不过当今乱世，我一个手无缚鸡之力的老头子能到哪里去，只能来投奔我的侄儿！"

阿麦一愣，随即便想到了徐静所说的子侄便是自己了，想当初两人一同赶往青州时，被商易之的斥候抓了，当时便是商量了要扮作叔侄的。可当时他们两人一个是刚刚出山的酸腐秀才，一个是整日里只想着保命的无名小卒，别说扮叔侄，就是扮父子也没人会说什么，而现如今他们身份已大不相同，再说是叔侄，这不是明摆着糊弄人嘛！

见徐静扬扬自得的模样，阿麦颇有些无奈地问道："先生，你姓徐，我姓麦，你见过不同姓的叔侄吗？"

徐静被问得一怔，转头看阿麦。

阿麦无辜地看着他，拉了拉嘴角。

徐静捋着胡子思量半天，又转头试探地问道："要不就是侄女婿？"

阿麦一脸平静地看着徐静，问道："可您有侄女能嫁给我吗？"

徐静那里尚未答言，张士强已是闷笑出声。徐静翻着小眼睛横一眼张士强，转头对阿麦沉声说道："权当有吧！"

就徐静这一句"权当有吧"，阿麦便从单身汉升级为了有妇之夫，待营中其他将领从张士强那里听得这个小道消息时，脸上莫不露出了恍然大悟的神情，心道难怪麦大人从一开始便得军师徐静的青眼，原来人家是亲戚啊！阿麦又怎么会看不出众人暗中的心思，不过为了徐静能名正言顺地留在营中，也只得认了。

她离营的这段时日，营中的形势一片大好，军事训练在黑面的主持下进行得有条不紊，后勤军资在李少朝的操持下那是衣丰食足，就连一向短缺的战马都凑出了一个队的数。

阿麦看着那些膘肥体壮的战马，只要不去想它们的来处，心里也很欢喜，可是一想到这些都是李少朝拿着自己的面子从唐绍义那里讨来的时候，她的脸便露不出喜色来了。为此，李少朝专门向阿麦解释了一番，无非是什么没有直接讨啦，只不过是侧面提了一提啦，这些战马都是唐将军派人主动送过来的啦……

他的话说得多上一句，阿麦的脸便又黑上一分。到最后，李少朝干脆就极没义气地交代了，这些都是徐先生的主意，见了唐将军话怎么说也是徐先生提前一句句教好的。

阿麦黑着脸离去，李少朝不由得松了口气，颠颠地又去寻徐静讨妙计，看看怎么能再要些马刀回来。阿麦气得大怒，却被徐静一席话便浇灭了怒火。

徐静极无耻地说道："脸面这种东西不用就是浪费，再说了……"他捋着胡子，又不紧不慢地说道，"只有提前把斥候队装备好了，年后你才好用。"

阿麦听得一怔，下意识地问道："过了年要有战事？"

徐静神秘地笑笑，瞅向阿麦，问道："你怎么看呢？"

阿麦思量片刻，答道："卫兴新来，眼下又要大雪封山，年前是不会有动作了，过了年，怕是会有布置。只不过，唐将军那里烧周志忍粮草都不能引靼子西进，还能想什么法子？"

徐静笑笑，说道："你可知卫兴脾气？"

阿麦摇头道："不知，只是在船上见过几次，看着像是还算稳重，不过他曾在泰兴城外和常钰青较量箭法，却是过于争一时意气了。"

徐静笑道："你既已看出这点，你想他还会甘于伏在乌兰山等靼子进山吗？"

阿麦吃惊道："难不成他还要出乌兰山？"

徐静捋着胡子道："且等着看吧，不过年后，自会有信了。"

阿麦素知徐静脾性，见他如此说知道再问也是白搭，干脆也不再问，只默默地把营中的训练强度又加强了不少。

营里那些士兵每日里累得要死要活，可要抱怨却也无从抱怨，麦将军都以身作则地跟着大伙一起操练呢，你一个小兵还能说些什么？你见过每日里跟着士兵一起操练的将军吗？没见过吧？那就得了，接着练吧！用第四队第八什的某个曾读过半年私塾的士兵的话来讲，那就是"咱们将军把大伙当狗一样训呢，打起仗来像野狗，跑起步来像细狗，等晚上收操入了帐就如同死狗一般了"。

当时第四队的队正王七正离着不远，听了上去就给了那士兵一脚，骂道："浑蛋玩意儿，这话你也敢说，也就是咱们将军脾气好，换了别人，你屁股都得给打熟了！"

那士兵捂着屁股老老实实地去训练了，王七却转头对身边的同僚解释道："你不是咱们第四队的，你不知道，想当初咱家大人还是第四队队正的时候，就和咱们说过当兵的两条腿最重要。胜，咱们追鞑子跑，追上了才能杀敌；败，鞑子追咱们跑，咱们也只有跑得快才能保命。"

那同僚听得一个劲儿地点头称是。

王七却又满脸疑惑地自言自语道："他奶奶的，你说他咋知道咱家大人跑起来跟细狗一样呢？"

这回，同僚没敢点头。

阿麦这么卖命，也让营里的其他军官很不适应，虽然都知道自家大人就是靠拼命拼出来的，可是这都一营主将了，怎么说也得注重个人形象了吧，犯不着再整天跟着一伙新兵蛋子舞刀弄枪外带负重越野跑的吧？

看着阿麦在校场之上把一把大刀舞得虎虎生风，王七不无惋惜地叹道："唉，真可惜了咱家大人这副儒将的身板了。"

李少朝却没把王七的话听入耳，只是远远地看着仍打着赤膊带着士兵操练的黑面，自言自语地道："如若都像他这般不怕冻就好了，得省我多少棉布啊。"

徐静袖着手站在两人身后，听到两人驴唇不对马嘴的谈话，冷哼一声道："两个小子，不知好好操练，站在这里闲磨牙！"

王七与李少朝忙回头，见是徐静，都咧着嘴笑笑，齐道："徐先生。"

徐静倨傲地点了下头，仍看着远处校场上的阿麦，道："燕雀安知鸿鹄之志！"

王七与李少朝彼此对望一眼，李少朝油滑，欠身冲徐静笑笑，颇为不好意思地道："我帐中还有笔账没算清，我得去核一下，徐先生，我先走了！"

王七张着个大嘴看着李少朝走得急匆匆的背影，一时说不出话来，过了半晌突然从地上蹿了起来，叫道："哎呀！大人交代了要将斥候队的暗语整理改进一下的，我怎么忘了，徐先生，我赶紧去了啊！"

王七说完，竟也溜了。

阿麦收操带着张士强回来时，校场边上就只剩下了一个依旧袖着手的徐静还站那儿看着。她练得一头热汗，用汗巾胡乱地抹了几把，随手丢给身后的张士强，上前问徐静道："先生过来寻我？"

徐静微微颔首，转身与阿麦一同向营帐处走着，道："大营里送来消息，卫兴命各营主将于腊月二十二齐聚大营议事。"

"又要去大营？"阿麦脚下一顿，诧异道，"大伙不是才从大营散了吗？怎么又要齐聚？咱们近的还好说，可是有的营却离着大营好几百里地呢，大冬天的来回折腾个什么劲儿啊！这卫兴到底想做什么？"

徐静淡淡说道："不管卫兴想做什么，你都得去。"

阿麦自嘲地笑笑，"那是，我一个小小营将岂敢不去。"

徐静撩着眼皮看一眼阿麦，犹豫片刻嘱咐道："这次你去大营，万不可私下去寻唐绍义。"

阿麦笑道："先生过虑了，莫说这次不会寻他，就是我上次在大营时也没私下去寻他。"

唐绍义正遭卫兴忌惮，阿麦又怎会不知，岂能在这个时候去做那落人口实的事情，而且，从张生本已说好了要来寻她喝酒却未曾来过的事上看，唐绍义怕是心里也清楚得很。

徐静捋须不语，过了半晌突然说道："阿麦，你很好，"他停了一下，又重复道，"很好。"

阿麦微怔，随即笑道："多谢先生夸奖了。"

徐静淡淡笑笑，没说话。

第三章

入网 分离 伏击

　　腊月二十一，阿麦带张士强从营中出发再次前往江北军大营。这一天依旧是雪后放晴天，大雪将乌兰山装扮得晶莹剔透，分外妖娆。山间的道路被大雪盖了个严实，幸好阿麦与张士强两人都骑着马，虽不能放马奔行，但总比用两条腿翻山的好。

　　张士强骑马跟在阿麦身侧，看着那被大雪压住的群山，不知为何却想到了豫州城，去年的今日，也是这样的大雪，而两人却是在去豫州的路上，生死难料。

　　"大人，你说豫州那边的雪也这样大吗？"张士强突然问道。

　　阿麦闻言抬头，面容沉静地看向远处重重叠叠的山峰，许久没有反应。张士强心中正暗暗后悔自己不该胡乱讲话，好好的提豫州做什么，阿麦却已回头冲他轻笑道："山中的雪应比豫州大些吧。"

　　豫州，也是雪后初霁。

　　城中的街道尚是一片素白，崔衍府中青石板路上的积雪却早已打扫干净，一个青衣侍女怀抱着一件紫貂皮的大氅由远而近匆匆而来，裙角在青石板上面轻轻扫过，不留半点的痕迹。那青衣侍女径直走到一座院落外，只向门口的侍卫微微点了点头便径直向院中走去，直到正房门外时才稍稍停顿了下，将怀中抱的大氅换到一只手上，腾出另一只手来去掀那厚重的门帘。

房中，崔衍和常钰青对着一个小小的沙盘正演习着对战。崔衍听见门口响动，抬头见那青衣侍女已抱着大氅从外面进来，哑声吩咐道："先放一边，待我常大哥走时与他换上。"

崔衍嗓音嘶哑得厉害，阿麦的那一刀虽没能要了他的性命，却伤到了他的嗓子。后来，喉部的伤虽好了，可原本意气风发的少年校尉脖颈处却多了一条黑巾，话也少了许多。

那侍女轻轻地应了声："是。"垂着头退至一旁。

常钰青的脸色还有些伤后的苍白，视线从沙盘上抬起，扫了一眼那侍女手上的大氅，漫不经心地问道："好好的给我换大氅做什么？"

崔衍简短地答道："天冷。"

常钰青不禁失笑，却引得肺部丝丝作痛，忍不住轻轻咳了起来。

崔衍见状忙叫道："徐秀儿，快些……"

不及他话说完，刚才那青衣侍女已端了杯温茶过来，递给常钰青，轻声道："将军快些喝两口茶水压一压吧。"

常钰青却没接茶，只摆了摆手让徐秀儿退下，压下了咳嗽转头对崔衍笑道："哪至于就这样冷了，让我裹着那东西出去，少不得让人笑话。"

崔衍恨恨说道："若我遇到卫兴，必不让他好死！"

常钰青闻言笑笑，说道："若你遇到卫兴，必要小心才是，此人一身内家功夫不容小觑。"

"那又能如何？"崔衍不服道，"可敌得过我们万千铁骑？"

常钰青嘴角微微挑了挑，低下头看着沙盘不语。

崔衍又道："大哥，我年后就要去泰兴。元帅已有安排……"

常钰青突然抬眼看了下崔衍，把崔衍的下半句话堵在了嗓子里。崔衍转头看向徐秀儿，徐秀儿不等他吩咐，微低下头对着崔衍和常钰青两人屈膝行了一礼，轻悄悄地退了出去。

待她下去，常钰青才轻声问道：“她便是石达春送与你的侍女？”

崔衍点头道：“正是她。当时我伤重难动，元帅怕那些亲兵手脚粗笨误了事便要给我寻个侍女，石达春就把她送了来，人倒是聪慧灵巧，也懂人心思。”

常钰青淡淡说道：“再懂人心思也是南夏人，不得不防。”

崔衍点点头，说道：“我记下了。”他顿了一顿，又忍不住问道，“大哥，卫兴真会如元帅所说攻打泰兴？”

常钰青轻笑了笑，说道：“如若是以前的商易之怕是不会，而今换了这新晋的大将军卫兴，十有八九是会的了。跑马川粮草被烧，他欺周老将军无粮，又想在人前露回脸好立足于江北军，怕是要去做援救泰兴的英雄呢。”

崔衍想了想，语气坚定地说道：“这一次，定要让江北军有去无回，一个不留！”

听他这样说，常钰青脑中突然晃过了那个高挑瘦削的身影，眉梢忍不住扬了扬，嗤笑道：“未必！”

崔衍一愣，颇为不解地看向常钰青，常钰青却不肯说破，只挑着嘴角笑了笑，道：“只记得再遇到那个麦穗莫要大意就是了！”

崔衍默默地盯了常钰青片刻，突然问道：“我若杀了她，大哥可会怪我？”

常钰青一怔，再看崔衍一脸认真模样，失笑道：“你不杀了她，难道还想生擒她？”

崔衍这才放下心来，也跟着笑道：“我还怕大哥对她有意思，正为难若在沙场上遇到她，是杀与不杀呢！”

常钰青缓缓敛了脸上的笑意，正色说道：“阿衍，你要记得，我等是军人，沙场之上只有国别，没有私情！”

崔衍看着常钰青片刻，重重地点下了头。

常钰青猜得果然没错，卫兴赶在年前召集江北军诸营主将齐聚江北军大营便是为了商讨来年解救泰兴之围的事情。作为江北军新任大将军，在唐绍义奇袭北漠粮草大营之后，卫兴是真的太需要一个显赫的军功来证明自己了。

南夏盛元四年二月，卫兴不顾唐绍义等人的反对，颁下军令，命江北军分布在乌兰山的各部悄悄向乌兰山东南聚集。

三月，江北军各步兵营、弓弩营并唐绍义的骑兵营共计八万余人聚集完毕，经柳溪、汉堡一线援救泰兴之围。

泰兴，在被北漠围困近两年之后，终于迎来了最大的一支援军。

城内尚有守军三万余众，再加上八万江北军，已是可达到十一万之众，内外夹击北漠大军便可达到事半功倍的效果。而周志忍的八万北漠大军，在粮草大营被唐绍义烧了个干净之后，已是缺粮近半年，只靠着北漠从占领的各城调配的粮草勉强维持着，只要断了他的粮道，那么，北漠大军不攻自乱。

所有的一切看起来都似卫兴在做一个只赚不赔的买卖，殊不知，前方正有一张巨大的网在等着江北军扑入，而陈起，织这张网已经织得太久了。

三月十七日，江北军出乌兰山至汉堡。盛元二年，北漠杀将常钰青领军攻下汉堡之后曾下令屠城，城中南夏军民死伤殆尽，从那后汉堡便成了一座空城。卫兴命大军临时驻扎于汉堡城内，同时派出多路斥候打探泰兴军情。

阿麦的第七营担任了大军警戒的任务，奉命驻扎于汉堡城北。待营务安排完毕已是日落时分，她独自牵了坐骑走上城北一处土坡，默默地看着汉堡城出神。从这里望过去，正好是汉堡城那只存了半个的北城墙，那一日，她便是站在这低矮的城墙之上，手里紧紧握着一根木棍，看着城下黑压压的北漠军阵发抖。闭上眼，那些撕心裂肺的叫喊声似乎就响在耳边，还记得那一日明明是艳阳高照，空中却飘舞着猩红的雨丝。

张士强半天不见阿麦，从后面寻了来，见她犹自出神也不敢打扰，只默默地在土坡下守着，直到天色全黑了下来，才见阿麦牵着马从坡上慢慢下来。

阿麦看到张士强在土坡下等着，也不问何事，只淡淡说了一句："走吧！"

张士强忙牵着马在后面跟了上去，见她一直沉默也不敢出言，只默默地跟着。直到快到营地时，阿麦才回头看了张士强一眼，突然问道："张士强，你今年多大了？"

张士强一愣，反应了一下才答道："十八了！"

"十八了……"阿麦低声重复道，眼神中有片刻的空远，轻声道，"还记得在豫州时，你不过才十六，一晃两年都过去了，我都二十一了。"

二十一岁了，这个年龄的女子应已嫁人生子才对。张士强突然间心中一酸，只觉得眼圈有些发热，忙转过头强行把眼中的泪水压了下去。

两人正默默行着，前方突然传来一阵马蹄声，阿麦借着月光看去，却见是唐绍义独自一人骑马过来，直到她马前才停下，唤道："阿麦。"

阿麦微微笑了笑，叫道："大哥。"

张士强在后面恭声叫了一声"唐将军"，唐绍仪仔细看了看他才将他认出，不禁笑道："是张士强吧？又壮实了不少，都快认不出了。"

张士强颇有些不好意思，也不知该如何应对，只咧着嘴角对唐绍义憨厚地笑了笑，又转头对阿麦道："大人，我去前面等你。"

阿麦点点头，待张士强打马走了，才上前问唐绍义道："大哥过来寻我？"

唐绍义策马和阿麦并行，过了一会儿才答道："过来看看你。"

阿麦心思灵透，只一转念间便已猜到唐绍义为何深夜过来看自己，不禁问道："卫兴安排大哥去哪里？"

唐绍义听她如此问，知她心中都已想透，眼中露出既欣慰又骄傲的神色，笑了笑，轻声说道："明天绕过山林之后便要领骑兵营北上，截击鞑子的骑兵，绝不可放鞑子铁骑南下。"

阿麦闻言大吃一惊，脸上也不禁露出惊愕之色，唐绍义骑兵营现在不过五千余人，而北漠屯于豫州的骑兵不下大几万，泰兴与豫州之间又正是江中平原的千里沃野，可以说毫无遮挡之物，藏无可藏躲无可躲，用五千骑兵去截击北漠的铁骑南下，岂止是以卵击石！

"大哥！"阿麦忍不住叫道，"你……"

"阿麦！"唐绍义出声打断阿麦的话，淡淡说道，"军令如山。"

阿麦终将口中的话咽了下去，默默地看了唐绍义片刻，转过头去看着前方不语。唐绍义也不说话，只安静地伴在她一旁。两人沉默地行了一会儿，阿麦突然出声问唐绍义道："你心中可有对策？"

唐绍义摇头道："还没有，卫兴命我只需挡鞑子骑兵十天即可。"

"十天？"阿麦冷笑，愤然道，"他说得轻巧，你拿什么去挡十天？就你手中的那五千骑兵，骑术箭术再好又能怎样？能挡得住鞑子几次对冲？"

唐绍义见阿麦如此，反而笑了，说道："能不能挡十天我不知道，不过我会尽量为你们争取时间，早日剿灭周志忍围城大军，一旦进入泰兴城，鞑子前来救援的骑兵便拿你们无法了。"

阿麦想了想，问道："大哥，为何不分些步兵营与你同去？"

唐绍义笑了笑，说道："阿麦，你不曾在骑兵营待过，可能对骑兵还不太了解。若在野狼沟，还能利用地形来限制骑兵的进攻方向，让他们不得不冲击我军步兵阵的正面，而在江中这地方根本就无法限制骑兵的速度和灵活性，以步兵对抗骑兵只是送死。"

阿麦听了皱眉，却也想不出什么法子。

唐绍义见阿麦眉头紧皱，便劝解道："莫要再担心我，你自己也要小心，周志忍手中八万精兵，泰兴一战就算胜了，我们江北军怕是也要付出极大代价。"

阿麦自是知道这些，忍不住问道："大哥，我真想不明白卫兴这是为何，就算解了泰兴之围又能如何？一旦进入城中，鞑子大军再至，不还是落个被困的下场吗？"

唐绍义面色凝重起来，想了想答道："周志忍围泰兴而练水军，一旦水军有所成必会进攻江南阜平，到时泰兴、阜平齐齐被周志忍拿下，鞑子便可顺江东下，江南唾手可得。"

"所以，必须解泰兴之围？"阿麦问道。

唐绍义点头，"不错，解泰兴之围重在摧毁周志忍的水军，解除对阜平的威胁。泰兴之围当解，只是……"唐绍义看向阿麦，道，"时机不对，怕是难有所成，卫兴太过心急了。"

阿麦认同地点了点头，低声说道："他一人心急，却要我江北军万千将士拿命去换！"

唐绍义沉默下来，脸上神色更是沉重。两人均是无话，又行了片刻见阿麦的营地已然不远，唐绍义便将马勒住，转头看向阿麦，说道："你回营吧，我就不过去了。"

阿麦知他是怕被人看到惹自己遭卫兴忌惮，当下点头道："好，大哥，你多保重！"

唐绍义默默看了阿麦片刻，突然说道："阿麦，你一定要活着！"说完视线又在阿麦脸上转了两圈，这才猛地掉转马头沿来路而回。没跑出多远却又忽听阿麦在后面唤他"大哥"，唐绍义忙停了马，转回头看向阿麦。

阿麦拍马追了上来，看着唐绍义一字一句地说道："大哥，不是你一定要活着，也不是我一定要活着，而是我们，是我们一定要活着！"

唐绍义静静地听着，忽地笑了，黝黑的脸上露出一口极不相称的白牙，用力点了点头，道："好！我们！我们一定要活着！"

三月十八日，江北军从汉堡奔赴泰兴，在绕过汉堡城东那片山林之后，唐绍义领骑兵营由东折向北，阻击可能由豫州南下的北漠骑兵。

三月十九日，江北军至泰兴城北五十里处，大军择地扎营，同时命步兵营第七、八两营并一个弓弩营暂由第七营营将麦穗统领，继续向东阻击北漠东路援军。

泰兴城东侧不同于城北，乃是属于丘陵地带，多有山岭和矮山，虽无乌兰山那样的险峻，但却比江中平原一马平川要好得多了，有很多地形可以利用，也算是进可攻退可守。不用去参加正面战场上的厮杀，而去阻击那不知什么时候才能来到的援军，其实这真可算是个美差了。

阿麦听到卫兴的这个军令时很是愣了一愣，心道自己什么时候也能有如此好的运气了？待这三营主将齐聚，随军参军林敏慎也跟着过来的时候，她这才恍然大悟，原来如此。

林敏慎也已穿了一套铠甲在身，一反平日里笑嘻嘻的模样，对着阿麦等三个营将郑重地拱了拱手，正色说道："大将军命林某与三位将军一同前往阻击鞑子东路援军，林某初入军中，诸多不懂之事还请三位将军多多指教！"

见林敏慎如此正经模样，阿麦一时颇不习惯，不禁多看了他两眼，心道难道他又是一个深藏不露的商易之不成？谁知另外两名营将刚刚转身离去，林敏慎脸上又恢复了笑嘻嘻的神色，凑近了阿麦，涎着脸道："自年前一别都几个月了，大将军不许我去寻你，你为何也不肯来看我？"

阿麦脸上不动声色，只是淡淡道："林参军此话说得奇怪，我是一营主将，你是大将军帐下参军，各有军务在身，岂能交往过密，这等话以后还是不要说了。"

林敏慎听了不以为然，笑了笑正欲张口，阿麦却不等他开口便又冷声说道："林参军，麦某有句话想问。"

林敏慎问道："什么话？"

阿麦问道："戏做得太过了便会无法收场，到时候参军若是下不了台，这一脸油彩如何能净？"

林敏慎一愣，看着阿麦接不上话来。

阿麦轻轻笑了一笑，不再理会林敏慎，转身去分派营务。待三营开拔，林敏慎才从后面追了上来，只问阿麦道："你欲在哪里阻击鞑子，心中可是有数？"

阿麦见他态度改变并不觉意外，只是答道："大将军临时命我领军东进，只说怕有常家人马自东而来，可他们到底来不来、来多少、又究竟什么时候来却全然不知，我怎知道在哪里阻击鞑子？"

林敏慎听了一怔，问道："你营中军师呢？"

阿麦已猜到他所指的军师便是徐静了，只是徐静早已不是军师身份，所以此次并未随军而行，而是留在了乌兰山中，现听他如此问，便故意做出惊奇模样，说道："参军又说笑话，我一个小小步兵营，何来军师一职？"

林敏慎面色微变，果然问道："那徐先生现在何处？"

阿麦笑道："哦，参军说的是家叔啊，家叔不是军籍，岂能参与我军的军事行动，现在自然是在乌兰山中了。"

林敏慎一时说不出话来，只盯着阿麦看，看了片刻见她神情不似在撒谎，终于接受了徐静并不在军中的这个现实。

阿麦也只是静静看着林敏慎，想看他会是如何反应，谁知他在瞅了自己半晌之后倏地笑了，连叹几个"妙"，又拊掌笑道："麦将军，如此说来这东侧战场就指着我们两个的了！"

阿麦也跟着淡淡笑道："若有战，就得指着你我了！"

林敏慎脸上的笑容微僵，瞥了阿麦一眼，拨了拨马头退至道路一旁，说道："麦将军先行吧。"

阿麦也不和他客气，一抖缰绳向前而去。林敏慎独自立于后面，待阿麦背影渐渐远了，这才策马慢慢地跟了上去。

从泰兴城向东，行军路线起初还都是平原，但一进入襄州境内，地势便开始有了起伏，越往东地势起伏越大，不少地段道路在峡谷中穿行。就这样又行了两日来到一处峡谷，阿麦命大军于峡谷外停下择隐秘处扎营，并派出斥候向东打探消息，看样子似乎已决定要在此地驻扎一般。

林敏慎这两日一直在研究泰兴与青州之间的地形图，见阿麦突然择了这么个地方安营扎寨，便寻过来问道："为何要在这里停下？"

"设伏。"阿麦答道。

"前面已有鞑子踪迹？"林敏慎又问。

阿麦正和李少朝交代今日要多做足三日的口粮分发下去，随口应道："没有。"

林敏慎听得一愣，追问道："既无鞑子踪迹，那为何要在此处设伏？前方是否还有更好的伏击地点？"

"可能有吧。"阿麦回答。

林敏慎更是愕然，颇感不可思议地看着阿麦，重复道："可能有？"

阿麦不再理会他，只是嘱咐李少朝以后几日均不得开伙，不论是士兵大灶还是军官的小灶。李少朝听了点点头，领命去了。阿麦这才回过身来看向林敏慎，答道："从此处向东还有两千余里才到青州，我又没走过此路，仅凭着几张地图，我怎知道前面还有没有更好的伏击地点，难不成林参军知道？"

林敏慎被阿麦问得一噎，差点半天没喘上气来，深吸了口气才说道："大将军命我等东阻鞑子援兵，你行军却不过五日，离泰兴只二百多里就要坐等敌军，到底是设伏还是畏战不前？更何况此处并非是设伏的最好地点，如此大意地选定此处，林某实在不能苟同，还请麦将军给林某说个一二。"

阿麦静静地听着，直到林敏慎停了话来，才平静地问道："林参军都说完了？"

林敏慎不语，点了点头。

阿麦轻笑一声，说道："既然林参军问，我自然要答，不过在这之前我有几个问题先要问问林参军。"

听她如此说，林敏慎虽有些疑惑，却还是淡淡说道："麦将军请问。"

阿麦不急不忙地问道："林参军既为大将军帐中的参军，那么请问我们现在的三个营人数几何？装备如何？粮草多少？从此地到青州之间相距多远，地形如何？

道路如何？有多少地点适合伏击？我军行到那里又需几日？这些时日天气又会如何？粮草又需多少？军中士气如何？鞑子可会援救泰兴？会来多少人？步兵还是骑兵为多？谁人带兵？何时出发？几时又会与我军相遇？"

阿麦笑笑，见林敏慎只半张着嘴说不出话来，嘲弄道："林参军，这些兵书中可都有讲过？"

林敏慎本就被阿麦问得怔住，又听她如此讥讽，眼中再也掩不住那一丝恼羞。

阿麦嗤笑一声，又说道："鞑子小皇帝还在豫州，那里屯有鞑子铁骑不下十数万，而豫州离泰兴不过八百里，林参军自己可以算算鞑子骑兵几日可达泰兴。再说林参军既从大将军帐中出，自然知道大将军给唐将军定的时限是多少，十日，不过十日，在此之内，周志忍的大军破便破了，破不了，咱们大将军也就只能让人包了饺子。林参军说我们这几千人马应该再往东走几日才可设伏？走远了，你还走得回来吗？"

林敏慎被阿麦问得哑口无言，只愣愣地看着阿麦，连目光都有些迷茫起来。

阿麦懒得再与他多说，转身去吩咐张士强请另外两名营将前来议事，又向身边的几名军官布置一些伏击细节。林敏慎自己站着无趣，想要走却又想要听听阿麦到底是如何布置伏兵，只好冷着脸在旁边默默站了一会儿，等阿麦身边的人都一一领命走了，这才又蹭上前去，开口问道："你刚才说的那些，可都是徐先生讲的？"

阿麦被问得怔了一怔，笑了笑答道："算是吧。"

林敏慎心中顿时一轻，一时书生气上来，不禁叹道："徐先生果真高人也。"

阿麦看着林敏慎，挑着唇角笑了一笑，说道："嗯，他是高人，朝中只需养上几个他那样的高人，鞑子便可自己滚回老家去了，还养什么兵嘛！"

林敏慎听出她话中的嘲弄，颇为不解地看了阿麦一眼，正欲再问，帐帘一掀，另外两营的主将已跟着张士强过来了。那两人看到林敏慎也在此，只当他也是阿麦请过来议事的，并未多想，阿麦也未多说，只与他们商量如何在峡谷内设伏。林敏慎一直沉默听着，直到议事结束也未曾插一句话。

待那两名营将离去，林敏慎也跟在后面向外走，到帐门口时却又停下了，回身看向仍在低头看沙盘的阿麦，出声道："麦将军——"

阿麦闻声抬头，看向林敏慎。

林敏慎犹豫一下，才问道："不知刚才的那些问题，可否告知林某答案？"

阿麦眉梢一挑，反问道："什么问题？"

林敏慎道："鞑子可会援救泰兴？会来多少人？步兵还是骑兵为多？谁人带兵？何时出发？几时会与我军相遇？"

阿麦笑笑，说道："哦，这些我也不知。"

林敏慎一时无语，只是看着阿麦。

阿麦又笑道："我又不是鞑子皇帝，怎会得知？等来了，自然就知道了。"

林敏慎这才察觉自己又被阿麦耍了，脸上那张好面皮再也维持不住，冷哼一声道："多谢麦将军如此指教，林某领了！"

林敏慎说完转身便走。

"回来！"阿麦突然喝道。

林敏慎身影顿了一顿，终转回身来，似笑非笑地看着阿麦，问道："麦将军还有何赐教？"

阿麦静静看他片刻，正色道："三天，我们只能在此等三天，三天后不管是否能伏击到鞑子都必须掉头回泰兴，大将军就是击溃周志忍而进泰兴，也会被鞑子赶去的援军所围。鞑子骑兵虽然不能攻下泰兴城，却可以截杀我们，若是我们不能赶在他们之前进入泰兴，等待我们的只有……全军覆没。"

林敏慎心中一凛，默默站了片刻，转身一挑帐帘出去了。

待第二日一早，阿麦领军进入峡谷设伏，按计划将三营人马分伏于道路两侧山林之中，传令下去严禁士兵随意出声走动。她自己则挑了峡谷内视野最佳的一处高地，也不安置营帐，只带着张士强等几个亲卫默默地坐于树下，手中拿着根短树枝在地上随意地划拉着。

这样一伏就是两日，峡谷内毫无动静，只偶尔有斥候骑了快马从峡谷外赶回，带来的消息均是未发现鞑子军队。阿麦听了却不急躁，默默啃完了面饼，将身上的披风裹了一裹，干脆倚着树睡了起来。张士强怕她受寒，忙把自己的披风解了下来也给她盖上了。

阿麦闭着眼把身前的披风甩回给张士强，嘴里低声嘟囔道："不用守着，你也去和他们倒班睡觉。"

张士强默默将披风系好，走到一旁坐下，却未睡觉，只摘下佩剑用衣角慢慢擦拭着。

待到天蒙蒙亮林敏慎过来寻阿麦时，阿麦还裹着披风在树下睡着。林敏慎见她睡得沉，迟疑地站了站才轻步上前，不及走到阿麦跟前，突听得张士强在一旁轻声唤道："林参军。"

林敏慎停下，转头见张士强已从一旁站起，对着他行了个军礼，小声道："您过来了。"

林敏慎颔首，再回过头时见阿麦已是坐直了身体，正抬头看向自己，眼神中不见一丝惺忪，只是问道："何事？"

他走过去在阿麦身前蹲下，默默注视阿麦片刻，缓缓说道："这已经是第三天了。"

阿麦不语，只静静地看着他。

林敏慎又低声道："如若今日再等不到鞑子，我们真要去泰兴？"

阿麦眉头微皱，眼睛不由得眯了眯，冷声道："难不成林参军认为我在开玩笑？"

林敏慎看她半晌，嘴角突然弯了一弯，说道："那好，我就再等你一日！"说完站起身来，却也未离开，只是走到距离阿麦几步远的地方，也倚着棵树坐下，抬头默默看天。

见他如此反应，阿麦却觉有些好笑，一时也不理会他，只倚着树闭目养神。就这样又等了少半日，王七突然从下面跑了上来，走近阿麦身侧才低声而急促地说道："斥候回报，往东四十里有鞑子大队兵马出现，打的帅旗正是'常'字！"

阿麦眉梢一扬，尚不及开口，却见不远处的林敏慎噌地坐直了身体，目光如炬地看向这边。阿麦淡淡地扫了他一眼，沉声交代王七道："撤回谷外斥候，万不可让鞑子察觉。"

王七低低应了一声急忙去了。

阿麦又吩咐身侧通信官道："传令下去，从即刻起，各处伏击人马绝不可出一点声响，违令者斩！"

那通信官走到一旁招了招手，守在外围的几个通信兵便迅速向他凑了过来，通信官低声交代几句，那些士兵便极快地消失在了树林之中。

林敏慎一直关注阿麦处，见她只吩咐了这两句便又闭上眼倚回了树上，心中不觉有些焦躁，想要过去细问却又怕惹她笑话，只得强自按捺住心情，默默地在一旁坐着。谁知就这样一直等到天黑，也未曾等到鞑子进谷的消息，林敏慎终于忍不住了，出声问阿麦道："将谷外的斥候都撤回，我们岂不是成了瞎子？如何得知鞑子动静？就连鞑子此时在何处都不知了！"

阿麦淡淡瞥他一眼，漫不经心地答道："鞑子没有入谷，自然是在谷外扎营了，这还用斥候探吗？"

阿麦话音刚落，一个人影摸黑从下面上来，走得近了才看出是王七，就听他低声说道："鞑子在谷外扎营了，不断有鞑子斥候进谷来探路，咱们也不敢离得太近，远远地看不真切，像是人数不少。"

阿麦轻轻点了点头，转眼看林敏慎仍注视着自己，嗤笑一声道："林参军还是好好睡上一觉吧，明日一仗卜去，得不得睡还难说呢。"

林敏慎明知她是在取笑自己却也顾不上恼，心中只想着翌日这一仗会是如何情形，鞑子不知是否已有提防？是能全歼鞑子还是只是重创而已？想着想着又怨阿麦将谷外斥候全部撤回，也不知鞑子有多少兵马，又思及这一仗阿麦均是与另外两名营将商议的，自己这个参军竟然连边儿都没傍上，不觉有些恼恨，想干脆不如明日也冲下峡谷将鞑子杀上一杀，落得个"勇"字倒也不错……

这一夜，林敏慎思绪万千，而阿麦却只是闭目养神。

待等到次日天亮，驻扎在谷外的北漠军终于拔营而动，前锋骑兵打头最先进入了谷中，过去后才是步兵及打了"常"字帅旗的中军卫队。林敏慎知阿麦已把兵力分作了三部分，以作侧击、堵击、尾击之用，却见她久久不下进攻命令，不由得心急，忍不住出声提醒道："鞑子中军已经入谷了，此时不击还待何时？"

阿麦沉默地看着谷中鞑子行军的情形，却是不理。

林敏慎虽然心中急躁却是无奈，只在原地绕了几个圈，也跟着看向谷内，待北漠的粮草辎重等也已进入谷中时，他再也忍耐不住，几步走到阿麦身旁，气道："堵头头已过，斩腰腰已走，现在连尾巴都要溜了，难不成麦将军就这样放鞑子出谷？"

阿麦视线一直放在谷中，听林敏慎如此说，也不与他争辩，只冷声吩咐左右道："把林敏慎给我绑了！"

林敏慎一怔，阿麦旁边的几个亲兵已是向他扑了过来，林敏慎下意识地沉了沉肩膀，错开摁向他肩膀的一只手，手指迅疾地搭上那人的手腕，正欲发力时却又变了主意，不露痕迹地松开了手，象征性地挣了挣便任由那几个亲兵把他摁倒捆上，嘴上只是低声怒道："麦穗！你想做什么！"

阿麦却没回头，只是低声喝道："把嘴也给我堵上！"

亲兵又上前随意找了块破布将林敏慎的嘴堵了个严实，林敏慎只闻得口鼻间满是恶臭，几欲熏晕了过去。

阿麦只是专注地注视谷中，直到那些粮草辎重都快出谷也未发出进攻命令。这样一来，莫说是林敏慎，就连其他人也不由得又惊又疑，暗忖阿麦是否真的要放鞑子出谷。可这些鞑子不过数千，还不及三营人数，阿麦何至于畏战如斯？

众人正疑惑间，忽觉得脚下土地隐隐震动，过了片刻，这震动不减反增，直大得仿佛连这峡谷都要被撼动了。众人均是又惊又惧，齐齐看向阿麦。阿麦只静静站着，脸色也有些苍白，连唇色也淡了三分，却更衬得她那双眸子漆黑幽深。

王七满面惊色地从东边跑过来，气息不稳地说道："鞑，鞑子，又有兵马入谷了！"

其实不用他说，众人已能看到那北漠铁骑踏起的遮天黄尘，一时之间，众人均是愣了。要知大军行军均是以前锋开路，中军及其卫队当中，而粮草辎重在后。大家见鞑子粮草都已过了，都以为鞑子人数不过如此了，谁知后面竟会又出现如此数量的骑兵！

北漠前面通过的粮草辎重虽已是大半出谷，但因谷口狭窄路况不好，行进的速度十分缓慢，等后面进谷的北漠铁骑前锋到达谷口时，那些粮草仍有少半堵在谷口，将后面的大队步兵也堵住了。

骑兵越聚越多，队形也有些散乱，原本屯与屯之间留有百余步的距离，到此也越压越小，快挤挨到了一起。

阿麦一直默默看着，这时才转回身走到林敏慎面前蹲下，平静地看向他，沉声道："鞑子步骑不下三万，我们打是不打？"

林敏慎嘴里仍堵着破布发不出声，只能瞪大了眼睛看着阿麦。

阿麦看似是来问林敏慎的意见，却不肯把他的堵嘴布撤掉，只平静地和他对视，手指下意识地轻轻敲击着腿侧。片刻之后，她忽轻轻地笑了一笑，站起身来，向张士强伸手道："鸣镝！"

张士强将长弓递给阿麦，复又将一支鸣镝交到她手中。阿麦深吸一口气，将鸣镝搭在弦上，抿着唇用尽全力将弓拉满。林敏慎双瞳骤然一紧，不及反应，阿麦手中的鸣镝已经出手，带着尖厉的呼啸之声冲上云霄。

顿时，峡谷之内呼啸之声骤起，各处均有鸣镝响应，紧接着，闻得峡谷两端谷口处轰轰作响，无数的巨石滚木从峡谷两侧倾下，片刻便将峡谷两端道路堵得死死的。箭雨从天而降，北漠军队一时大乱，想要冲出峡谷，无奈前后左右均是自己的人马，半寸也动弹不得，幸得那北漠将领也算老成，逢此剧变只一会儿工夫便又镇定下来，一面组织人马快速清除谷口堵塞，一面令士兵引弓反击。

阿麦等人藏于草木之中山石之后，又占了居高临下的地势之利，那些箭矢如何能伤得了他们。而谷底的北漠兵马却恰恰相反，尤其是先锋骑兵，随身并未携带盾甲等遮挡之物，对于箭雨只能眼睁睁淋着，却是无计可施。

苦挨了一会儿，箭雨非但未停，反而变成了火箭而来。北漠骑兵虽然有铁一般的纪律，但身下的坐骑再训练有素也不过是个畜生，是最最怕火的，谷底四处火起，那些坐骑再也不受骑士控制，四下里横冲直撞起来，顿时，山谷内处处人仰马翻，相互践踏者无数，死伤远甚于被箭矢射中者……

这样一战一直持续到夜间方毕，峡谷出口虽然被北漠军队从外面强行打开，可峡谷内的北漠数万人马已死伤了十之八九，北漠人不敢恋战，慌忙引着幸存的骑兵出谷，连夜向西奔逃而去。

"真真可惜了！"阿麦用脚尖踢了踢地上尚微微颤动着的战马，忍不住叹道。如若西侧再埋有伏兵，又或者她手中有骑兵可以追击，那么定可以将这些鞑子全部拿下。

跟在后面的李少朝只道阿麦是惋惜这些死伤的战马，不由得连连点头，痛心无比地说道："这么多上好的战马啊，就是咱们江北军全加起来也凑不出这些啊！"

众人听得无语，默默对望一眼，各自又沉默下来，只恭敬地跟随在阿麦身后。

林敏慎已被张士强解开了绳索放了过来，一时顾不上拍打身上的泥土，只是拦到阿麦面前，压抑着声音里的激动，问阿麦道："你如何知道鞑子辎重后面才是骑兵主力？"

阿麦淡淡瞥了他一眼并不理会他，只是四处随意地看着。

林敏慎却不肯罢休，紧跟在阿麦身后追问道："麦将军，你是不是早已知道鞑子如此安排行军？"

阿麦依旧是不理。

林敏慎想了一想，猛然间失声"哎呀"一声，惊问道："难不成你早在伏击之前就知道鞑子骑兵会在今日路过？"

阿麦终忍不下去了，回头好笑地看着他，说道："林参军，麦某只一介凡人，不是神仙。"

听她如此回答，林敏慎便知阿麦提前是并不知道的，可心中更是疑惑，幸得阿麦又接着解释道："鞑子从东而来，打的又是常字旗，自然是常家领军东进的人马。如说咱们援救泰兴引得他们回顾不是说不过去，只是常家远在此处千里之外，从得到消息到领军西回，只这几日便到了此处却有些说不过去了，除非……"阿麦顿了一顿，脚下绕过一个北漠骑兵的尸体，又缓缓说道，"鞑子早就有准备，在我们出乌兰山之时，这队人马便已西归了。所以，林参军，咱们能在此伏击到他们只是凑巧而已。"

林敏慎仍目不转睛地盯着阿麦，问道："这样说来，你并不知鞑子会于今日在此路过？"

阿麦笑笑，答道："我原本只想在这里待三天的，三天满了就赶紧带军回泰兴，谁想到今日能撞到鞑子，认便宜就好了。"

林敏慎又问道："那你又怎知鞑子骑兵会藏在粮草之后？"

阿麦觉得他问得好笑，问道："林参军，难道你会在千里之外只派几千援兵回救吗？"

林敏慎一怔，心中顿时亮堂，既是鞑子早有防备，何至于不辞辛苦地让几千士兵远救周志忍，思及此林敏慎对阿麦的分析已是信服，可嘴上却仍不肯就此认输，只是问道："如若就是只这几千援军呢？难道你就要把他们放了过去？"

阿麦似笑非笑地看着他，说道："就只这些人马，放过去了又如何？他既过得险谷，出去后必然防备松懈，到时候我在他身后趁夜袭营，灭他岂是难事？"阿麦见林敏慎仍欲张嘴，不等他问又接着说道，"参军若非要问我是如何得知鞑子粮草之后才是骑兵主力，那自然是在看到鞑子粮草之后才做的推断，只不过这点人马，何须带这么多粮草，更何况是已行了大半路程，眼见着就要到达泰兴之时，何至于剩下如此之多！"

阿麦说完轻轻一晒，转身去看人收拾战场。林敏慎却是早已听得呆了，怔怔地站在那里，失神般地站着。

阿麦其实心中还有一个因由没有说出口，那就是她在汉堡时是见识过北漠骑兵的真正模样的，放眼看去的那一片肃严漆黑给她记忆烙下了不可磨灭的印象，又怎么是开头那些骑兵先锋松散模样可以更改的！那不过是惑敌之计罢了！

暂且不提阿麦在后收拾战场，只说那连夜西窜的北漠军，此部正属常家领军东进青州的人马，提前得了北漠元帅陈起之令暗中西来，带军的乃是常门第十一子常钰宗，正是"杀将"常钰青的堂弟。

从青州一路西来常钰宗本一直小心谨慎，因时间充裕，主力骑兵并不急于赶路，只是远远地跟在粮草辎重之后，一路行来甚是平顺，前面为遮人眼目而设的援军也丝毫未受到袭击，这一切让常钰宗的戒备难免松懈下来。

眼看着泰兴在即，他不由得加快了行军速度，不知不觉中就压近了骑兵与前部的距离。这次见粮草辎重都已快通过峡谷，只道是谷内安全，这才让后面骑兵主力跟进，谁知会在峡谷之内逢此巨变！三万人马只救了四千出来，他自己也是在卫队的拼死救护下才冲得出谷，一条性命险些就丢在了谷内，这一仗，常家又是败得惨不忍睹。

常钰宗一边收整残部继续西行，一边遣人将战况飞报豫州。

阿麦待战场清理完毕已是第二日过午时分，北漠三万步骑在此损耗了九成，死去的士兵和战马几乎堵塞了整个峡谷，而阿麦一方只伤亡不足千人，其中还有不少是冲下峡谷时自己跌伤的。敌我伤亡比例的悬殊表明了这一战一反战场上骑兵与步兵的地位，实现了步兵对骑兵的虐杀。

这条原本默默无闻的峡谷也就此扬名，世称白骨峡。

阿麦手下诸将被此战绩激荡得壮怀激烈，当下纷纷请命去追杀西逃的鞑子残军，却被阿麦一句"穷寇莫追"轻轻巧巧地打发了。经此一战，军中不论上下皆对阿麦信服得五体投地，她既然说不追，那自然是有不追的道理，只是自家将军向来话语少，不大同大家说透罢了。

王七的话更是直白，那就是"咱家大人心中有九九八十一个弯，岂是你一个粗人能转得过来的？老实地听着就行了！"

阿麦整顿完军队，跟在北漠军身后也向西而返，却不予以追杀，只在后面远远跟着。林敏慎见此难免又心生疑惑，问阿麦道："既然鞑子是早有谋划，那大将军带军援救泰兴岂不是正中了鞑子奸计？我们更应快些赶回泰兴援助，将鞑子奸计告知大将军，你怎么能如此不急不忙？"

阿麦却反问道："你可知陈起布的何局？"

林敏慎微怔，想了一想还是摇了摇头，老实说道："不知。"

阿麦嗤笑道："既然你都不知他布的何局，为何还急于跳入他的局中？"

林敏慎被问得无言以对，又听阿麦说道："你我既歪打正着地跳出了局，且在局外静静看上一看再说吧！"

而战局，就在阿麦身后沉默地变换着。

三月二十三日，江北军于泰兴城北与周志忍的围城大军接战。同日，宛江南岸阜平水军出战，进攻周志忍水军营寨。

三月二十四日，周志忍败退三十余里，缩至泰兴城外。

三月二十五日，江北军与阜平水军齐头并进，将周志忍团团围在城外，泰兴城内被困了两年的守军士气顿时高涨，打开城门从后攻打周志忍大军，北漠军顿时陷入腹背受敌之境，看情形挨不过一日便要溃败。

胜利，仿佛就在江北军触手可及的地方。

可世事难料，江北军眼看就要冲破周志忍军阵与泰兴守军会合之际，阵后突然大乱，北漠一支精锐骑兵突然从江北军身后插入，利刃一般直插江北军中军，所到之处无不鲜血淋淋。战况顿时逆转，江北军阵形顿散，不及卫兴收拢部众，又有惊天回报，江北军外围不知从哪里突然又冒出鞑子大军来，又将江北军给堵了个结实！

泰兴守军一看形势不妙，急忙鸣金收兵，迅速地关上了城门，不只是把鞑子关在了城外，更是把深入北漠军阵欲与泰兴守军会合的江北军第五营挡在了城门之外。江北军第五营一千七百余人，全数战死在泰兴城城墙之下，率军将军张副将就背靠着城门战至力竭而亡，至死未能叫开泰兴城门！

只不过半天时间，胜负之势已逆转过来。周志忍一反败军之势命大军反扑，江北军腹背受敌眼看就要全军覆没，幸得江北军左副将军唐绍义带骑兵营及时从豫南赶回，强行打开北漠的包围圈，将卫兴一众救出。

原来唐绍义奉命去阻击豫州的北漠骑兵，等候几日后，唐绍义见北漠骑兵虽从豫州而出，却并不急于南下，唐绍义当下心中生疑，想了半日后果断地带兵南下，果然在泰兴城外赶上了北漠内外夹击江北军。

待唐绍义率骑兵护着卫兴余部出得北漠包围圈，收拢完残部不过剩了两万余人，立于泰兴之北竟然无处可去！

向西，回乌兰山的路径已被北漠大军堵死；向南，阜平水军已退回江南，宛江的浩浩江水拦在面前；向北，是豫州的数万铁骑……

如今看来，竟只有东方是暂无鞑子大军的方向。

盛元四年春，麦帅从卫兴出乌兰击北漠，过泰兴二百余里，于无名谷设伏三日，辨其狡计，妙使箭矢火黎，破胡虏步骑三万，谷中余白骨累累，始称白骨峡。

——节选自《夏史·麦帅列传》

| 第四章 |

受命 对峙 落水

盛元四年春，豫州城。

天空中飘着细密的雨丝，把整个豫州城都染上些许江南的朦胧。按理说豫州地处江北，是不该有这样连绵的细雨的，可今年偏偏奇怪，雨量较往年丰沛了许多。这样的雨连下了几日，虽然于出行造成了极大不便，可却喜得农人们直念叨菩萨保佑，田里的麦子正在抽穗，恰是需要雨水的时候，有了这样一场雨，今年的年景就看到了一半。

这样的天气实是不适合出门的，街道上人很少，只偶尔有两三行人撑着伞从青石街面上快速地走过，袍角被脚跟带起的泥水打得湿了，斑斑点点的，显得有些狼狈。街上本是极静的，偏被一阵急促的马蹄声打破了这难得的静谧，不一刻，几个披甲的北漠骑士便从街角处转了过来，纵马疾驰到城门处才一勒缰绳急急地停住。只见为首那人玄衣黑甲，马侧挂一杆长枪，俊朗的脸庞淡淡地笼罩着一层杀气，赫然是北漠杀将常钰青。

守门的小校急忙迎上前，刚叫得一声："常将军——"

常钰青身侧的侍卫已是掏出了令牌，在空中亮了一亮，喝道："奉令出城，速开城门！"

那小校不敢耽搁，急忙跑去指挥着兵士将城门打开，不及回身回禀，那一行人已然纵马出了城门。

一出城门，入目便是满眼的翠色。绿油油的麦田延伸向远方，仿佛看不到边际。斜风细雨之中，那绿更显油亮，浓得沁人心脾。不过，常钰青此刻却没心情欣赏这美景，只是不时地挥动马鞭催马疾驰。

卫兴于泰兴大败后果不出陈起所料地奔东而去，谁知本应拦在东行路上的常钰宗三万步骑却意外遭伏，只不足四千的人马逃出生天，不及休整又和唐绍义的骑兵碰了个正着。前有强敌后有追兵，也幸得常钰宗机警，连夜向北让开东西道路，任由江北军两部合兵，这才暂时保住了手中的几千人马以待援兵。

说起来常钰青倒不怎么担心常钰宗这个堂弟，因知他年岁虽轻却向来稳重，这次遭伏怕也是一时大意，真正让常钰青担心的却是那带兵追击唐绍义的崔衍！就他那急躁性子，没了周志忍的压制怕是要吃大亏！思及此，常钰青的唇角不由得抿得更紧，扬鞭将身下的照夜白催得更紧。

江北军，中军大帐。

帐中隐隐透着一股血腥气，大将军卫兴并未披甲，只穿了一件宽松的战袍坐于桌前，看着桌上的地图沉默不语。唐绍义与阿麦对视一眼，俱都跟着沉默下来，倒是林敏慎见几人都无动静，忍不住出声说道："如今常钰宗虽然北遁，手中却仍有数千精骑不容小觑，崔衍又在后紧追不舍，他们这显然是想迫我们继续东行，如若我们继续向东，岂不是正中了鞑子诡计？"

帐中诸将听得缓缓点头，众人皆知江北军的根基在乌兰山，向东行得越深便与乌兰山离得越远，陈起此次分明是要断了江北军的根基。

卫兴却未表态，只又默默看了地图片刻，突然抬头问阿麦道："麦将军如何看？"

阿麦被问得微怔，想不到卫兴会突然问到自己头上。

泰兴一战，江北军损失惨重，八万余人只剩两万不足，军中诸将也折损大半。

右副将军李泽、副将张泽等悉皆战死，营将战死得更多。可即便如此，排在她前面的将领还有好几位，卫兴怎么也不该第一句就问到她的头上来。

阿麦抬头，看到林敏慎正冲着自己眨眼睛，心中顿时明了。略一思量，她答道："禀大将军，末将认为眼下我们只能继续向东。"

此言一出，帐中诸将均感诧异，不禁都看向阿麦。阿麦却不慌张，只用手指着桌上的地图道："陈起在泰兴、汉堡、秦山一线埋有重兵，更何况崔衍四万追兵就在身后，此时西归显然不行；向北则是常钰宗，人数虽然不多，又是新败之军不足为虑，但是若要一击而中却不容易，更何况常钰宗并无与我们决战之意，看样子只会缠住我们以待豫州援军；而南侧是宛江，若是效古人背水一战怕是只能引陈起笑话，所以，也只有向东了。"

众人皆知阿麦设伏三日击溃了常钰宗三万步骑，只道她智谋超群，谁知她竟然也无良计，不由得大感失望。帐中一名将领当下就反驳道："鞑子东侧援兵虽然已破，可青州距此有千里之遥，我们怕是逃不到青州就已被崔衍追上。更别说青州现被常家所困，纵是到了那儿，也需先攻破常家兵马才能进入青州城内。"

阿麦并不答言，只看向卫兴。

卫兴见此知阿麦是待自己开口允许，便说道："麦将军但讲无妨。"

阿麦道："向东，却不一定是为着去青州，而是为了示弱于敌，解决掉崔衍追兵。"

有将领追问道："敌强我弱，如何解决掉崔衍追兵？"

阿麦笑了一笑，答道："崔衍此人，勇武有余而耐心不足，要败此人并非难事。"说着将手指指向地图上一处，看向卫兴道，"在这儿！"

恰好唐绍义的手指也正滑到此处，见阿麦手指突指向这里，不由得笑了笑，抬头对卫兴说道："不错，正是这里，大将军若要除去崔衍，这里正合适。"

阿麦与唐绍义的手指俱指在一处——陵水，宛江支流，由北向南流入宛江。

卫兴的目光从地图上移开，先是看了看唐绍义，又转向阿麦，沉吟片刻道："如若去此必须尽早，趁着崔衍独立领军之际将其击溃。"

唐绍义与阿麦等皆点头称是，又听卫兴沉声道："李将军新亡，暂将全部步兵营与弓弩营交由麦穗统领，诸位可有意见？"

众人听得皆是一怔，想不到卫兴会有此安排。骑兵营本就在唐绍义手中，现如今卫兴又将步兵营和弓弩营交与阿麦统领，这样一来卫兴几乎已将手中全部兵权交出，再说阿麦虽然大败常钰宗三万兵马，战绩彪然，可她目前官职只是一营主将，就这样把兵权交与其手甚是不合常理。

　　阿麦当下推辞道："大将军，末将……"

　　卫兴冷声打断道："麦将军！你这是想推辞还是推脱？"

　　阿麦默默看卫兴片刻，终将嘴边的话换掉，只朗声答道："末将领命！"

　　卫兴这才缓缓点了点头，又简单吩咐了几句，让诸将出帐去准备。阿麦见卫兴面色不对，心中正迟疑是否要走时，又听得卫兴叫她留下。她知卫兴还有事要说，便默立一旁等卫兴交代，谁知诸人刚出得帐去，卫兴晃了一晃，竟已是坐不稳了。

　　阿麦大惊，林敏慎扑上前去扶住卫兴，嘴中唤道："快叫军医！"

　　阿麦急忙出帐，却听卫兴在身后冷声喝道："慢着！且等片刻！"

　　阿麦心中顿时明白，脚下停了一停，待诸将的脚步声渐渐远去，这才出得帐去，见那军医早已候在了外面，不等阿麦说话，便快速地向帐中行来。阿麦跟在军医身后进帐去，只闻得帐中的血腥之气更浓了些。那军医上前解开卫兴衣衫，露出里面被血浸透的棉布绷带来。

　　阿麦看得惊心，不知卫兴竟然受了如此重伤。

　　卫兴看了阿麦一眼，低低地笑了笑，自嘲道："想我卫兴自诩武功高强，谁知那崔衍天生神力，一把长刀竟然有劈山之威，我挡得几刀，一不留神还是被他砍了一刀。"

　　阿麦想了想，说道："马战不同陆战，大将军虽然武功远高于他，但在兵器上却吃亏太多，再说崔衍一身蛮力皆注于刀上，大将军吃他暗亏也不足为怪。"

　　卫兴默默看了她一眼，又低声道："军中若知我伤重如此必然起乱，此事须死死瞒住，万不可泄露出去。"

　　阿麦低头应诺道："是。"

　　那军医已把旧绷带悉数解了开来，重新给卫兴上药包扎。

　　卫兴停了片刻，突然又说道："我贪功冒进，置江北军于如此险境，本应该以死谢罪，但现在正值江北军生死存亡之际，我若自裁必然会引得军中大乱，还不如留得性命杀几个鞑子再死，反而能激起大伙血性。麦穗，现我将江北军上上下下的性命皆交与你手，望你能让江北军起死回生。"

阿麦见卫兴说得如此直白，一时竟无言可对，只抬头看着卫兴道："大将军，末将……"

卫兴却笑了笑，说道："你莫要推辞，你既能灭常钰宗三万步骑便能引我江北军走出困境。"他顿了顿，又直视阿麦道，"何况，我现在别无选择，只得信你。"

阿麦无言，只单膝跪地向卫兴行一军礼，说道："末将谨遵大将军令！"

当夜，江北军连夜拔营，行一百四十余里，于第二日傍晚过陵水，在陵水东岸扎营。崔衍率军紧追其后，直追到陵水西岸与江北军隔河而对。同时，在北的常钰宗引兵同时东进，依旧悬于江北军之上。

阿麦对常钰宗不予理会，只是命唐绍义领骑兵过河挑衅崔衍。崔衍年轻气盛，立刻派出铁骑迎击，双方在陵水西岸展开激战，江北军不敌北漠铁骑，狼狈而逃，退往陵水东岸。崔衍首战得胜，志得意满，不顾身旁老将劝阻，命全军渡河追击。

有将领提醒崔衍小心有诈，但崔衍此时哪里还能听得进去，只冷笑道："对岸地势平坦，视野开阔，卫兴能有何高计？无非是想半济而击，我军只需以骑兵先行，于对岸占据阵地，他能奈我何！"

隔着河便可看到江北军已在对岸结阵，崔衍不以为惧，命骑兵在前，步兵在后，不等铺设浮桥，就涉水渡河。

此时正值春汛，河水上涨，最浅处也已有齐腰深，加之水温冰冷，骑兵倒还好说，步兵过河却吃尽了苦头。因早上匆忙迎战未来得及吃饭，大伙腹中饥肠辘辘，外面却是单衣重甲，虽勉力涉得河来，但待爬上河岸却已是面色青白一身狼狈了。

不知是不是畏惧北漠铁骑，江北军虽已结阵，却并未趁着北漠大军渡河之时发动攻击，反倒慢慢往后退了几里。崔衍见此更是轻敌，丝毫不给步兵休整机会，仓促列阵后便向江北军扑了过去。

阿麦等的便是此时！

北漠军阵刚刚列好前行，江北军阵中便射出一阵箭雨，北漠军猝不及防，一时损失惨重。崔衍见此令两翼骑兵从侧面进攻江北军阵，把步兵撤到防线后休整。江北军两边的步兵方阵立刻转向，抵挡来自侧面的骑兵攻击。

包抄两侧的北漠骑兵不知有诈，直纵马疾冲，只见那已转过方向来的江北军阵突然变动，几个军阵齐齐跪坐，当北漠骑兵接近至百余步时，阵后一神臂弓手突然起立射之，长箭顿入北漠骑兵阵之中。

北漠骑兵尚未反应过来，江北军阵后侧的神臂弓手齐齐站起，万箭齐发，冲在前面的北漠骑兵立刻倒下不少。亏得北漠骑兵骑术精湛，险险避开前面倒地的战马，继续前冲，谁知还来不及跑几步，江北军阵中又站起一名平射弓手来，也如同那神臂弓手一般射箭测距，待看到箭可入敌阵，军阵当中的平射弓手俱发，于是，北漠骑兵又倒下一茬。北漠骑兵这时才明白，原来人家江北军竟然在军阵两侧列了叠阵等着他们。

叠阵，阵如其名，分为三叠，以最强弓在后，强弓在中，长枪手在最前，是专门针对骑兵的军阵。靖国公早在三十年前就曾用过，当时就把措手不及的北漠骑兵打了个一败涂地，没想到，三十年后在这里又遇到了。

其实，叠阵并不可怕，因为在步骑对抗中，骑兵的机动性远大于步兵，可以很快地变换进攻方向，正面不行那就换侧面好了。问题是，人家北漠骑兵现在打的就是侧面，谁人能想阿麦竟然如此胆大，偏偏就把叠阵布置在了两翼，又给了北漠骑兵一个出其不意。

北漠骑兵逢此变故，不敢再盲目直冲，只得变换方向，队形尚不及聚合，隐藏在江北军战阵后的唐绍义骑兵又从两翼杀出，截住了北漠骑兵的道路，两军骑兵迎头碰上，局面一时胶着起来。

正在这时，却忽有一支数千人的江北军从战场南侧杀出，似是平地冒出来一般，猛攻北漠战阵右翼背后。崔衍见状大怒，急声问身侧副将道："妈的，这些南蛮子是从哪里冒出来的？"

副将也是一头蒙，又哪里答得上来。

原来，陵水东岸往南走不及十里，有条小河从东往西汇入陵水，那河两岸陡峭，长满灌木，最是适宜伏兵。早在前一夜，王七与张生便奉命领兵五千先去埋伏，现得到阿麦信号，立刻领兵从后杀入战场。北漠的步兵战阵抵挡不住前后两个方向的攻击，很快崩溃。

崔衍不顾部将劝阻，带头杀入江北军战阵，正杀得眼红，突见江北军中竖起第七营的战旗，旗下一少年将军横刀立马，长得是面如冠玉目若寒星，正是第七营主将麦穗。崔衍一见阿麦，心中怒火更盛，正欲拍马上前，就听得阿麦高声叫道："崔衍小儿，你本就是我手下败将，今若早早弃甲投降，我或能饶你一条性命。"

只听得阿麦第一句，崔衍胸中的怒火几欲喷薄而出，挥着长刀直奔阿麦而来。

阿麦见崔衍如此，沉声对身旁卫士喝道："都让开！"

按常理，说完这句，那对阵将军便是要一抖缰绳，迎敌而上，可阿麦却不是那"常理"将军，虽然说完此句也是一抖缰绳，却是策马向后而逃。

崔衍不知是计，也不顾其他人等，只是纵马直追阿麦。阿麦知崔衍长刀威力，并不与他交手，只是纵马狂奔，崔衍在后紧追不舍。待追到战场后侧，崔衍身侧侍卫随行之人皆已被江北军拦下，崔衍全然不顾，一门心思只想斩阿麦于马前。

行至战场边缘，四周已是荒草杂丛，足有半人之高。崔衍只听得一声喊起，两旁伏兵尽出，长钩套索齐齐冲自己招呼了来，身下坐骑一下子被绊倒。崔衍翻身落马，身形未起手中长刀已是急急挥出，尚不及碰到人身，一张大网便又兜头而下。崔衍力大，十余名士兵才堪堪将网摁住，又怕崔衍逃脱，连网也不敢摘便将崔衍从头到脚捆了个结实。

阿麦一直在远处观望，这时才驱马回来，笑嘻嘻地看着崔衍，笑道："我说如何，你若早早弃甲投降，我还能饶你不死，你偏不听劝……"

崔衍只气得半死，嘶声道："无耻之徒，只会用奸计害人，有胆在马上与我打一打！"

阿麦却并不恼，只是命人堵了崔衍的嘴。张士强从后面也追了过来，见阿麦无事大大松了口气，不及开口询问便听她吩咐道："将这小子放你马上带回去，咱们还要拿他送人情，可莫要让他跑了。"

张士强应声，将崔衍提到自己马上。

阿麦见北漠军败局已定，也不着急，只带着这些伏兵慢慢向回走，走不多远，突见战场北侧一阵骚乱，一队北漠骑兵竟从北侧飞速而来，虽不过几十人，却如尖刀一般直插入江北军阵中。

"常"字大旗迎风猎猎招展，看得阿麦心中一惊，只道是常钰宗领军从北而来，唯恐中军有变，忙对张士强说道："你带崔衍先回营中，我去大将军处看看。"

　　张士强领命而去，阿麦也拍马向中军而走，谁知那队骑兵却没杀向中军，而是奔着阵后而来，阿麦措手不及碰了个正着。只见当首那人面容俊美，腰细膀宽，手中执一杆长枪，不是常钰青是谁！

　　常钰青身后一骑已看清阿麦，叫道："便是她引走了崔将军！"

　　阿麦周身一紧，脑中瞬时转过几个念头，心知这次若再向阵后逃定然全无生路，当下心中一横，干脆咬牙迎着常钰青一行人直冲了过去。

　　常钰青见阿麦如此，顿时明了她的意图，剑眉一扬，直接拍马迎了上去。

　　阿麦手中长刀虚扬，护住胸前要害之处，只想拼着受伤也要与常钰青对上一个回合，好借机冲回江北军阵中。

　　两匹战马迎面疾冲，就在错身之际，常钰青手中长枪猛地探出，直奔阿麦面门而来。枪尖未到，杀气已至，阿麦双瞳一紧，不及思考，手中长刀便已自动回护，急急削向枪尖。常钰青唇角微弯，手中长枪猛然间换了方向，斜斜挑开了阿麦的长刀，紧接着猿臂微伸，长枪游龙一般忽从阿麦肋下探入，刺入她身侧铠甲之中，然后双臂用力一挑，竟然将她从马上挑了起来。

　　那枪尖几乎是擦着阿麦肌肤而过，骇得阿麦心神均是一滞，尚未回过神来，自己已被常钰青挑在了半空之中。阿麦知他此举定然是故意戏弄自己，一时顾不得许多，紧抿了唇角，非但没有挣扎，反而突然伸手抓握了那枪身，然后将身体用力向下一压，让那枪头穿透另一侧铠甲而出，自己身体也顺着枪杆迅疾地向常钰青马上滑落，就势扬臂挥起长刀，迎面向常钰青直劈下去。

　　常钰青没想到阿麦会出此招，急忙闪身躲避，脸面将将避开那刀锋，肩头却仍是被刀锋劈中。阿麦手中的长刀乃是唐绍义所赠，还是那年从北漠犒军赏赐中劫了来的，也是少有的锋利之器。幸得常钰青肩头下压得极快，将那长刀的劈落之势卸掉不少，肩上又有铠甲挡了刀锋，这才只落了个见血而已，不然常钰青就算不被劈成两半，也少不得要被阿麦卸了个膀子去。

　　阿麦一劈不中，手又扬起，常钰青怎容她再次挥刀，伸手钳了她的手腕将她向旁侧一带，另一只手将长枪向上一送，从她铠甲内穿出，敲掉阿麦手中长刀，然后直接把她摁趴在了马上。

"崔衍何在？"常钰青喝问。

阿麦被常钰青大头朝下地摁在马上，闻声干脆地答道："自是被我擒了，你放我回去，我放了崔衍与你！"

常钰青冷笑道："你当我是三岁孩童？"说着扯着阿麦后领一把将她提起身来，冷声说道，"你放了崔衍，我再放你！"

这次却是阿麦笑了，问常钰青道："你岂非又将我当三岁孩童？"

说话间，常钰青手下亲卫已是又与围上来的江北军交上了手，将常钰青护在了中间。远处，江北军的骑兵也正驰向这里。常钰青扫了一眼四周，冷声笑了笑，对阿麦说道："既然你我都不信彼此，那只能想别的法子了。"

阿麦针锋相对道："不知常将军是否有赵子龙那七进七出的本事，只需一人一枪，穿梭于万人之间，如入无人之境，何愁救不出区区一个崔衍。"

常钰青知阿麦激他，笑道："你莫要激我，有你在手，我何须受那苦力。"

他二人在马上谈笑自若，四周却是杀得甚是凶险。张士强将崔衍送至第七营中又急忙向回赶，远远地见阿麦被常钰青所擒，心中顿时大乱，不顾一切地向这边猛冲过来，口中大喊道："什长！"

阿麦与常钰青听得皆是一怔，常钰青诧异地看向阿麦，问道："叫你？"

阿麦颇觉无语，只得点头。张士强每到急慌了的时候便会叫她什长，说了多次也改不过来，她已是死了心了。

常钰青不禁失笑，望向张士强刚欲说话，眼角突瞥见阿麦的手正偷偷摸向靴子，转回头淡淡说道："你若是再敢偷袭，我就把你衣服扒光了丢入阵中。"

阿麦身体一僵，将手缓缓地收了回来。

常钰青冷笑一声，手一松，阿麦又重新大头朝下地趴回到马上。阿麦虽是恼怒却毫无办法，只得自己奋力抬起上身对直冲过来的张士强喊道："回去！叫唐将军拿崔衍来换我！"

张士强已是与常钰青的亲卫交上了手，闻言架开那亲卫的长刀，只冲着常钰青叫道："常钰青，你若敢伤我什长一根汗毛，我定将你碎尸万段！"

常钰青却笑了，用枪身拍拍阿麦，与她说道："哎！他在威胁我。"

阿麦如何听不出常钰青话中的轻视之意，不过此刻却无心和他计较，只看着张士强和那亲卫战成一团。张士强几次想走，却都被那卫士缠住，不由得心浮气躁起来，几次都险象环生。

阿麦看得心惊，正无计间，突见唐绍义带着骑兵到了近前，心中一喜，立刻放声大叫："大哥，快救张二蛋！"

唐绍义拍马上前替张士强挡开那北漠亲卫的长刀，挥剑将那亲卫打落马下，这才回身看向常钰青。

常钰青也注视着唐绍义，问阿麦："他就是唐绍义？"

阿麦还未答话，又听常钰青轻声问道："为何你要叫他大哥？"

阿麦趴在马背之上，看不到常钰青的表情，听他如此问只觉得莫名其妙，冷笑道："崔衍能喊你大哥，我为何叫不得别人大哥？"说完又抬头冲唐绍义叫道："大哥，崔衍在我营中，取了他来换我。"

唐绍义看着常钰青不语，只轻轻抬手，江北军骑兵顿时从四周围了上来，将常钰青的几十骑团团困在中央。

张士强立即掉转马头回营去取崔衍，一会儿的工夫便将被捆得粽子般的崔衍带了回来，叫阿麦道："什长！"

阿麦闻言又抬头，却是看向唐绍义，不动声色地比着手势。

唐绍义默默看阿麦片刻，沉声道："给他。"

张士强策马向前行了几步，提起身前的崔衍，将他掷于地上，对常钰青叫道："崔衍在此！"

常钰青未动，他身边的亲卫却已拍马而出，来到崔衍身旁翻身下马，用弯刀将崔衍身上绳索一一割断，急声问道："崔将军，可有受伤？"

崔衍不答，只是一把抢过那亲卫手中弯刀，起身跃至马上，挥着弯刀就要向唐绍义冲杀过去。

常钰青在后厉声喝道："崔衍！"

崔衍这才百般不情愿地勒住战马，回身看常钰青道："大哥，待我砍杀了这些南蛮子好出这口恶气！"

常钰青却喝道："又要犯浑！你帐下将士的性命都不要了？"

崔衍心中悚然一惊，望一眼远处已经溃败逃散的北漠军队，乖乖掉转了马头，又将那地上的亲卫拉上马来，这才策马奔回常钰青身侧。

唐绍义依旧挺身安坐于马上，默默注视着场中众人，只冷声道："放人！"

常钰青看看四周围了多层的江北军骑兵，笑道："待我们出了你方军阵，自然会放人。"

唐绍义沉默不语，旁边张生却冷笑道："你盘算的好买卖，放你们出去，你若又不放人了怎么办？"

常钰青笑笑，枪尖轻轻一挑，将阿麦头盔挑落在地上，又用枪尖点在她脖颈处，笑道："现如今你们也只能信我。"

张士强眼见那闪着寒光的枪尖就抵在阿麦颈间，不由得大急，叫道："休得伤我什长，我换给你们做人质，你放了她！"

常钰青挑了挑嘴角，似笑非笑地看着张士强，"你的好意我心领了，不过你的分量可比不过你家什长。"说着又看向唐绍义，轻笑道，"我说的是不是？唐将军？"

"他比我沉多了！"沉默已久的阿麦突然出声，她大头朝下被控了半晌，声音已经有些发闷，齉着鼻子说道，"上个月刚称过的，足足比我沉了十几斤。"

常钰青一怔，随即失笑，"这个笑话真不错。"

阿麦用手撑了马鞍，将上身抬起，侧头看向常钰青，神色从容地说道："我们放其他人离开，但是，你得留下。"

常钰青淡淡地看着阿麦，又听她冷笑道："堂堂杀将，难道连从我阵中独身而走的本事也没有？"

常钰青看阿麦片刻，突然微微一笑，答道："好，就依你。"

说着又将阿麦摁趴在马上，抬头看向唐绍义，问道："这样可行？"

唐绍义早已将麦常二人的谈话听得清楚，听他问也不多言，只伸手轻轻一挥，江北军骑兵自动向两侧分开，让出一条道路来。

常钰青众亲卫纷纷回头看向常钰青，见他轻轻点头，便齐齐策马向外冲去，反倒是崔衍拧着脖子不肯走，只是用破锣一般的嗓音叫道："我不走。"

常钰青气得无语，阿麦倒是失笑道："你看，不是我不肯放他，是他自己都不想走的。"

崔衍又叫道："我留下来陪大哥一起走,我……"

"崔衍!"常钰青喝断他的话,冷声说道,"你若不走就下马,不要占了常岳的马!"

崔衍闻言一愣,那名叫常岳的亲卫在他身后低声说道："崔将军,少爷既然让咱们走就自有他的道理,莫要在这里惹少爷发火了。"

崔衍偷偷瞥一眼常钰青,果然见他剑眉微拧一脸怒气,当下不敢再争,只得恨恨拍马而走。待崔衍过去之后,那条让出的道路立刻又被江北军骑兵堵上,这次,阵中只剩常钰青一人一马。

远处还有着两军交战的喊杀声,可这阵中却是一片肃杀的寂静。几百骑兵团团将常钰青围在中间,却闻不见半点马嘶人沸,就连常钰青心中也不禁暗叹,这唐绍义治军果然有些手段,只不到两年工夫竟然就给南夏带出这样一支骑兵来,此人假以时日必成气候!

见崔衍一行人已经远去,唐绍义冷声说道："放人!"

常钰青没有接话,突然出手从阿麦靴中将那匕首摸出塞入自己怀中,不待阿麦发怒,又俯身凑到阿麦耳边低声说道："你莫要以为我揣不透你那点心思,我今日便要你看看,我到底能不能一人一枪穿梭于万人之间!"

阿麦急道："你放我下去,我不拦你就是!"

常钰青却笑道："我若放你下去,你又怎能眼见我如何进出你这军阵如入无人之境?"

唐绍义那里见常钰青仍不肯放人,眼中凌厉之色大盛,提剑策马而出,缓缓向常钰青逼来。

常钰青虽看向唐绍义,口中却对阿麦说道："从现在起你给我老实地趴着,若起一点心思,我必重手杀你于马上!"他声音虽低,却是说得坚定无比,听得阿麦心中一悚,下意识地伸手紧紧握住马鞍边角。常钰青见她如此反应,不由得微微勾了勾唇角,当下一敛心神,挺枪直向唐绍义冲了过去。

阿麦趴在马上不敢抬头,只闻得头上枪剑相击之声频起,一时打得激烈无比。若论武力,自是唐绍义稍逊一筹,可常钰青马上还有一个阿麦在那里趴着,必然影响到了他长枪的灵活。可也恰恰是因阿麦趴在常钰青马上，又成了唐绍义的掣肘，唐绍义长剑几次从常钰青身前划过，唯恐伤到阿麦，半路上又强自收了回来。

他二人打得精彩无比，阿麦一直大头朝下地趴在马背之上却受不了了，于是嘶哑着嗓子大叫："大哥，放他走！"

常钰青与唐绍义二人俱是一愣，策马分开身来，常钰青伸手将阿麦扯起身来，见她已是被控得满脸通红，眼中带了血丝。

阿麦双手一把抓住常钰青胸前铠甲，再不肯俯下身去，只是叫道："我送你出阵，待出了阵你再放我！"

常钰青心中起疑，微眯了眼仔细去瞧阿麦神色，"你送我出阵？不怕被人告你通敌？"

阿麦刚要答话，却突然仰起了头，腾出一只手来捂住了鼻子。

常钰青瞧得奇怪，忍不住伸手去撩她那手腕，见阿麦鼻中竟然流出血来，不禁问道："怎么出了鼻血了？"

阿麦气恼地甩开常钰青的手，将鼻孔死死摁住，闷声道："你大头朝下待半天试试！"

常钰青一时失笑，竟不知该说些什么。

唐绍义也已发现阿麦鼻子出血，急声问道："阿麦，怎么了？"

阿麦用手背胡乱擦了擦，发现那血已是自行停了，连忙回道："没事，大哥，我送他出阵，你赶紧整顿各营人马，以防北边常钰宗生变！"

唐绍义勒马回身，注视阿麦片刻，道："好，我让人假借追击之名护送你出营。"

阿麦应声道："好！寻一些可靠之人送我出去！"

唐绍义点头，目光一转，又凌厉地看向常钰青，说道："常钰青，望你信守承诺，出阵后即放了阿麦！阿麦若有长短，我定屠尽你北漠！"

常钰青听罢冷笑道："你若重诺，我必重诺！"

唐绍义沉声不语，策马缓缓让开，在他身后，列阵齐整的江北军骑兵分向两边，让出一条通路来。

常钰青笑笑，将长枪往地上一扎，忽地抓住阿麦手臂将她甩向马后，让她跨坐于自己身后，又将她双手从自己腰侧扯过来用衣带牢牢缚在身前。如此一来，阿麦对常钰青成了紧抱之势，连脸颊都已是紧贴到了他后背，当即怒道："你这是做什么？"

常钰青这才取枪，笑道："只是用你防一防冷箭而已，他们若是重诺，你自然会毫发无伤。"

唐绍义早已看得怒极，若不是阿麦一直用眼神压制，他早就挥剑砍过来了。现如今，唯有用力攥紧剑柄，沉默地坐在马上。

常钰青含笑瞥一眼唐绍义，双腿一夹马腹，策马向阵外驰去。骑兵阵中果然再无人阻拦，待出得阵来都是步兵交战，如何能拦得住常钰青，阿麦生怕他杀戮普通兵士，急声道："休得伤我兵士！"

常钰青笑了笑，虽未答话，不过下手间已是缓和不少，多是只将拦击的士兵挑翻了了事。后面已有百余骑紧紧围追了上来，常钰青趁着空当回头瞄了一眼，笑道："戏做得倒是像回事。"

却不闻身后阿麦应答，常钰青正奇怪间，突听得阿麦急声叫道："不好，他们搭弓了！"

常钰青还未反应，阿麦已是紧贴他压下身来，两人刚齐伏在马背之上，身后的羽箭已是到了，一连几支均是紧贴着马侧擦过，凶险万分，显然丝毫没有顾及阿麦尚在马上。

如此情形，饶是常钰青一时也有些疑惑，他回身看去，就见阿麦那个叫作张士强的亲卫正挥刀砍向他身侧的青年将领，口中急声叫道："什长快走！张生要趁机杀你！"

话未说完，张生一刀已将张士强击落马下，带着人又向常钰青和阿麦围追过来。

常钰青反手挥枪拦下一支射过来的羽箭，问阿麦道："怎么回事？"

阿麦冷笑一声道："那人便是宛江舟上撞我之人，这次怕也是想要趁机下黑手杀我，既击杀了你这名震四国的杀将，又趁机除了我这个心腹之患，一举两得的事情何乐不为？"

常钰青听她这样说，来不及细想，略一思量，拔出弯刀划断阿麦手腕缚带，将其提到身前坐定，叫道："你来驭马！"

说完转回身用枪护住两人身后，将射过来的羽箭一一扫落。

阿麦也不推辞，扯过缰绳，直接策马向阵外冲去。后面追击的有百余骑，不时地分散聚合对常钰青两人进行围追堵截，箭如雨林凶险万分，阿麦只得不时地策马变化方向，不知不觉中竟弃了最初的北向，转而向东南而走。

那座下的照夜白虽是神骏，但毕竟身上骑了两人，之前又是随常钰青长途奔袭，早已有些疲乏，现如今虽还能勉力支持，却没了往日神勇，跑了半日也没能甩开身后追兵，马力却已渐渐耗尽。

前方已近河道，身后追兵稍远。常钰青心中略静，察觉到两人一马竟是奔了东南而来，心中忽地一动，疑心顿起，伸手便按向阿麦肩膀，却扑了个空。此时身前的阿麦早已转过身形，迅疾地从常钰青腰间抽出弯刀，刀锋一反，就势向他腰腹间抹了过来。常钰青一时措手不及，手中长枪近身又不得施展，只得猛地向后仰身，就势翻落马下，怒道："麦穗！你又使诈！"

阿麦又策马向前冲了一段，这才勒缰转回身来，看着地上的常钰青轻笑道："兵不厌诈！"

常钰青已将怒火压了下去，只是看向阿麦，冷声问道："那张生和你并无旧隙？"

阿麦答道："他若有，唐大哥又怎么会要他来追击？还有什么不甚明白的，尽管问就是。"

常钰青目光更冷，又问道："那日舟上推你之人也不是他了？"

阿麦笑道："难不成常将军未曾听过江北军骑兵之中有个拼命张郎？张生一直跟在唐大哥手下，怎么会同在那舟上！常将军的眼神着实不好。"

常钰青听得又羞又恼，竟觉得胸口早已完好的箭伤也跟着隐隐作痛起来，听得身后又传来阵阵马蹄之声，冷笑一声道："我猜你此刻据实相告也没有存什么好心思，是为了拖延时间吧？"

阿麦笑了笑，坦然承认道："不错。"

常钰青看着阿麦嘿嘿冷笑，阿麦正戒备间，却见常钰青突然解盔脱甲起来，她转头扫一眼旁边河道，激常钰青道："难不成堂堂杀将，竟然要丢盔弃甲遁水而逃吗？"

常钰青丝毫不理阿麦的嘲讽，只是快速地将沉重的盔甲通通脱掉，抬头问阿麦道："我只问你，可是已放了崔衍他们？"

阿麦点头道："一个莽夫崔衍换来杀将常钰青，自是划算。"

常钰青忽地笑了一笑，将两指含入口中打出一个响亮的呼哨。

阿麦心中一惊，身下的照夜白已是向着常钰青奔去，阿麦连忙勒缰，那照夜白却不肯受她驾驭，连连尥起蹶子几乎将她摔下马来。片刻间，阿麦连人带马到了常钰青身前，慌急之中，阿麦俯身挥刀便砍，却被常钰青一把抓住手臂从马上扯了下来。

常钰青朗声笑道："一起下水吧！"说完竟用双手紧抱住阿麦腰身，向河岸下滚去。

此河却不同于河宽水缓的陵水，因地势原因，虽不甚宽却是水流湍急，两人一入水中便被水流冲出去老远。常钰青早非清水河之中的那个旱鸭子，自是无事，可阿麦身上却还穿着几十斤重的铁甲，饶是她水性再好，也被拖得向河底坠去。待后面张生等人赶到河边，再搭弓瞄准，河面之上早已没了阿麦与常钰青两人的身影。

军士在岸边发现了常钰青的盔甲，叫道："只是常钰青的，并无麦将军的。"

张生听得心中更沉，冷声吩咐道："分出一队回去禀报唐将军，剩下的都随我沿河岸去下游搜寻！"

当下有一队骑兵掉头回行，张生带余下几十骑沿河向下游找去，刚行得不远，张士强骑马奔了过来，急声直问张生道："我什长呢？"

张生垂着眼帘沉默不语，张士强嘶声又问道："我问你，什长呢！"

张生这才抬眼看向张士强，见他眼圈俱已红了，瞠目盯着自己，只得答道："阿麦，被常钰青扯落河中了。"

张士强再也控制不住情绪，从马上向张生直扑过去。两人从马上滚落地上，张士强将张生压于身下，用手肘压住张生脖颈，怒声质问道："你不是说会确保她没事吗？你不是说没事吗？"

张生平摊双手并不挣扎，困难地答道："阿麦水性极好，落入河中也不会有事的。"

张士强挥拳给了他脸颊一拳，愤怒道："你胡扯！河水这样急，她身上还有几十斤重的盔甲，落入河中怎会无事，啊？怎会无事！"张士强嘶声喊着，一拳接一拳地向张生打去，眼泪终忍不住滴落下来。

张生不躲不避，任他打，旁边的军士终看不下去了，上前将张士强拉起，又有人去扶张生，问道："大人，您没事吧？"张生一把推开身旁那人，坐在地上默默地擦着嘴角的血。前面有军士骑马奔回，禀道："大人，再往前河岸陡峭，无法行马。"

张生沉声说道："下马！步行！"他转头看向被人钳制住的张士强，道，"放开他！"旁边军士犹豫了下才将张士强放开。张生默默看满面悲愤的张士强片刻，说道："我定会将你的什长还你！如果有失，我拿命偿你！"说完，用手撑着地站起身来，也不上马，只跛着一只脚沿河边向下游而去。

第五章

相处 计破 承诺

张生与张士强领了军士沿河寻找阿麦暂且不提，只说唐绍义在中军得到军士回报说阿麦落入河中生死不明，心中似被重锤猛然捶了一记，只觉闷痛无比，一时竟连声音也发不出来了，耳边只响着那夜在泰兴城外阿麦唤住他说的话："大哥，不是你一定要活着，也不是我一定要活着，是我们，是我们一定要活着！"

一旁的卫兴与林敏慎听得也是心惊，林敏慎看着那军士连声问道："怎会落入河中？那常钰青呢？"

军士答道："远远看着是常钰青将麦将军扯落河中，待我们赶到河边时，岸上只余下常钰青的盔甲。"

卫兴看了看堆在地上的盔甲，精钢而制的锁子甲，正是北漠制式。

林敏慎见常钰青既然卸甲，必是有所准备地落入河中，只是阿麦全身铠甲地下去，怕是凶多吉少了。他知唐绍义素与阿麦交好，现见唐绍义一直沉默无声，不禁转头向他看去。

唐绍义面上不见悲喜，只缓缓将视线从常钰青铠甲上移开，转身对卫兴道："不管常钰青是生是死，我们只对外宣称他已被我军擒杀，再找与他身形相似之人穿上这套铠甲，缚于我军阵前，乱敌军心，激常钰宗、崔衍出战！"

此言一出，众人皆是意外，想不到唐绍义竟只字不提阿麦。

唐绍义未理会众人的讶异，继续说道："当务之急是赶紧休整各营兵马，趁崔衍残部收拢不及，常钰宗又军心不稳之际，一举将鞑子歼灭。"

卫兴点头称是，一面着人去办此事，一面又派人去嘱咐张生，继续沿河搜救阿麦。

唐绍义从卫兴处出来，刚行几步便听身后有人唤他，林敏慎从后面追了上来，看了看他面色，关切问道："唐将军，你没事吧？"

唐绍义淡淡一笑，反问他道："我能有何事？"

林敏慎看唐绍义片刻，犹豫一下，才又说道："麦将军那里……"

"林参军！"唐绍义突然打断林敏慎，说道，"既是军人，战死沙场便是常事，有何好说的？"

林敏慎被他说得无言，唐绍义转身离去，直走到坐骑旁，抬脚踏入马镫，又用双手抓了马鞍，竟几次用力才翻上马背。林敏慎在后面看得摇头苦笑，心中竟也腾起一阵悲凉来。

阿麦再睁开眼时已是深夜，深邃的夜空被繁星映得发蓝，星光透过头顶的枝叶洒下来，显得有些斑驳。她觉察到身下的触感不太对劲，抬了手刚想动，耳边突传来常钰青冷冷的声音，"别动！"

阿麦身体下意识地一僵，没敢动，眼珠却四下转着，很快就意识到自己并没有躺在地上，而是躺在一棵大树的树杈处。只一个枝杈处就能让她平稳躺了，可见这树很粗大。过了片刻，等不到常钰青的动静，她忍不住微微转头向他刚才发声的方向看过去，见他就坐在稍高一些的大树丫上，正埋头包扎肩膀处的伤口。

常钰青抬头瞥见阿麦看他，淡淡解释道："我火折子在水里丢了，我看你身上也没有，夜里没法生火，树上还安全些。"

阿麦轻轻地"哦"了一声，手抓住树干小心地坐起身来。她身上的铠甲早已没了，只穿着南夏军中制式的军装，还半湿着，粘在身上让人感到很不舒服，阿麦微微皱了皱眉头。她看了看四周，像是片山林，耳边还能听到隐隐的水流声，应该是离河边不太远。

常钰青肩上的刀伤已包扎完毕，也不说话，只冷眼瞧着阿麦，见她对自己身体的状况丝毫不以为意，只是默默打量四周的环境，忍不住低低冷笑了两声。

阿麦转脸看向常钰青，见他仍赤着上身，左肩处用白色宽布带缠了个严严实实，上面还星星点点地透着些深色，像是渗过来的血迹。

常钰青顺着阿麦的视线低头看了看自己的肩头，再抬脸时嘴角上已是带了些戏谑，问阿麦："怎么？看着有点眼熟？"

阿麦瞥一眼常钰青，平静地说道："君子不乘人之危。"

常钰青扬眉，挑衅，"谁说我是君子了？"

阿麦不以为意，淡淡笑了笑，说道："多谢你救了我性命。"

常钰青听了此话眉眼却是一冷，冷声说道："我本来没想救你，你不是水性好吗？我就让你直接沉底死在水里。"

阿麦轻声道："可你还是把我捞上来了，所以，我还是要感谢你。"

常钰青闻言一怔，忽地笑道："我救你也没安什么好心，只是觉得就这样淹死你反而太便宜你了。"

阿麦默默看常钰青片刻，突然嗤笑道："活着总比死了占便宜，是不是？"

常钰青也沉默了片刻，只是看着阿麦，忽地咧嘴笑了一笑，坐直了身子说道："你这里总是要记我的救命之恩，我要是再推辞也是不好，既然这样，我就认下了你欠的这份恩情，只是问问，你要怎么来报答我的救命之恩呢？"

阿麦却没想到他突然这样问，略微一愣，正色说道："他日战场之上，你若落入我手，我必留你一命。"

常钰青听了嗤笑道："你的话，我若再信便是傻子。"

阿麦淡淡道："信与不信在你，说与不说在我。"

常钰青不置可否，阿麦也不再说，只用手扶住了树身往下探头，见这棵树既粗又直，树杈离地甚高，不知常钰青是如何将她弄上来的。常钰青只道阿麦想要下去，出声说道："你若是不怕摔，直接跳下去便可。"

阿麦转头看常钰青一眼，手下反而将树身抓得更紧。常钰青见她如此反应，不禁想笑，唇角刚勾了一勾却又收了回来，只抿着唇默默看着阿麦一举一动。

阿麦那里虽抓紧了树干，却仍觉得有些眩晕，心中暗觉奇怪，往日站于悬崖之上都不觉如何，今日怎么只在这树上便有些畏高了？林中有风，她身上衣服又是半湿，小风一吹只觉得冷，转头看常钰青，见他依旧是赤着臂膀，忍不住问道："你可觉得冷？"

常钰青被问得一怔，答道："还好，怎么，你觉得冷？"

阿麦点了点头。

常钰青想了想，说道："许是你湿衣穿在身上的缘故。"他指了指晾挂在树枝上的衣衫，又调笑道，"本想把你衣服也一起晾上的，可又怕你醒了以后害羞，就又给你穿上了。你现既觉得冷了，不如像我一样脱光了晾一晾好了。"

阿麦听了也不反驳，反而是闭上了眼。常钰青瞧她奇怪，生怕她再要诈，心中又提防起来，可等了片刻也不见阿麦动静，反而见她身体隐隐晃动起来。

"阿麦？"常钰青出声叫道，见她依旧没有回音，不由得从树丫处站起身来，戒备地向前探了探身，嘴中却说道，"阿麦？你休要使诈，小心白白摔了下去。"

阿麦终有了些反应，缓缓抬头看向常钰青方向，喃喃道："常钰青，我……"

常钰青扬眉，"嗯？"

阿麦却再无下言。常钰青正奇怪间，突见她身体猛地往后一倒，竟直直地向树下栽去。常钰青心中一惊，下意识地伸手便去拽她，谁知非但没有将她拽住，反而被她带得也向树下栽了下去。他不及思考，急忙将阿麦扯入怀里抱紧，同时腰腹用力一拧，翻过身来以自己背部着地，又带着阿麦在地上滚了两滚，这才卸去了下落的势道。

肩上刚刚包好的伤口再一次被扯裂，常钰青这才后悔起来，心中只念："坏了！又着了这丫头的道！"

谁知伏在他身上的阿麦却仍是没有动静，只听得呼吸声甚是急促，常钰青心中诧异，伸手去摸她的额头，果然触手烫人，竟是高烧起来。难怪会从树上栽下，原来不是使诈，而是烧得失去了意识。

常钰青将阿麦从身上移开，俯身看了看她，略一思量便将她从地上扶起，他一侧肩膀受伤，若要将她抱起已是有些吃力，干脆就将阿麦往另一侧肩上一扛，转身疾步向河边走去。

离河边不远零零散散地住着几户人家，常钰青早在上岸之前便已看到，只是因不想被人发现才带着昏迷的阿麦进了山林。现如今阿麦烧得如此厉害，再也宿不得林中，他也只能带着她过去投宿。

山林边上，常钰青停了停，先把阿麦身上的军衣脱了藏好，只留她身上中衣，又将她的发髻打散放下，这才又重新扎了起来，拣了家最靠山林、房屋也很破旧的庄户，上前拍门。直拍了半天，院中的狗也跟着叫了半天，屋中才有动静，一对老夫妇打着灯笼相携着出来，走到院门处却不开门，只问是谁。

常钰青的瞎话早已编好，只说是一对访亲的夫妻，在船上遭了水贼，非但财物被抢了一空，人也被贼人扔下了船。他还好，只是受了些伤，妻子却因呛了水发起高热来，野外天寒，妻子实是撑不住了，只得来求借宿一晚。

那老夫妇听常钰青说话温文有礼，便给他开了门，举着灯笼一照，见他虽是赤着臂膀，面貌却是俊逸非常。旁边托抱着披头散发的妻子，头倚在他的肩上，眼睛紧闭，双颊赤红，果然已经烧迷糊了。

那老夫妇连忙将常钰青让进门，常钰青虽说有间柴房便可，可这对老夫妇却心地甚好，不忍心看阿麦如此模样再睡柴房，说家中只他们两人在家，儿子参军未归，屋子还空着，他们去儿子屋中睡即可。

常钰青嘴上称谢，将阿麦抱到屋中床上，又问那老妇能否烧些热水来给妻子喝。那老妇忙去了，过了一会儿便端了一大碗热姜汤来，说是先给阿麦喝了发汗，若要寻郎中，只能等天明去镇上寻了，附近村中并无郎中。

常钰青应了，将阿麦扶起给她灌下姜汤，又用被子给她盖严实了，这才回身向那对老夫妇道谢，说因身上钱财都被水贼抢了去，只得等以后再图报答了。几句话说得老夫妇很是不好意思，反而直说自家穷困，实在没什么好的待客，又替常钰青骂了那子虚乌有的水贼几句，这才回屋睡觉。

常钰青待他们走了，又侧耳听了一听，听那两人的确是回了主屋睡觉，这才在阿麦身边坐下，不时地更换着阿麦额头上的湿手巾，默默等着天明。

阿麦虽然烧得糊涂，却也不是一直全无意识，常钰青和那对老夫妇的对答也是听进去几句，只是哑声嘱咐常钰青道："莫要胡乱杀人。"

常钰青开始并未听清，待凑近了阿麦嘴旁才听得清楚，知她是怕自己会杀了这对老夫妇灭口，不禁低声笑道："你什么时候这样心善了？先别管别人，顾得你自己就好了。"

听他这样说，阿麦心中一松，不再费力提着精神，头一偏，终于沉沉地睡了过去。

阿麦很少能睡得这样熟，因一直是假扮男装，不论是早前流浪时还是后来进入军中，她总是睡得很警醒，稍有动静便会惊醒过来，像这样睡得毫无防备的时候极少，也就是在盛都商易之侯府中有过几日这样的时光。

这样一睡就是两日多，再醒过来时已是正午，常钰青仍在床边坐着，脸上已有了一层短短的青胡楂。看到阿麦睁开眼，常钰青咧嘴笑了笑，却说道："你说你长年都不见长胡须，连喉结也没有，他们怎会看不穿你的身份？"

阿麦久睡乍醒，目光还有些迷离，只安静地注视着常钰青，像是并未听清常钰青的问话。

常钰青低头看一眼自己身上的灰色短衫，笑问道："怎么样？是不是依旧英姿潇洒，气宇轩昂？"

这句话阿麦倒是听清楚了，不禁莞尔，轻声道："土气，像个傻小子。"

外面有人拍门，那老妇端了一碗黑乎乎的汤药进来，见到阿麦醒来，脸上也是一片喜色，说道："小娘子醒了就好，这汤药可就好喂多了。"

常钰青笑着道了声谢，接过药碗来，又将阿麦从床上扶起小心地将药喂下。

那老妇在一旁笑眯眯地看着，向阿麦赞常钰青道："小娘子好福气，嫁了这样一个体贴郎君，真是羡煞老婆子了。"

阿麦听得哭笑不得，神情颇为无奈。

常钰青似笑非笑地瞥一眼阿麦，对老妇笑道："她却总是不肯知足，时不时就甩脸子给我瞧。"

老妇也跟着笑起来，说道："小娘子一准是脸皮子薄，受不得小郎君玩笑。"

阿麦知常钰青定是向这对农家夫妇隐藏了身份，也不便揭穿他，只面无表情地听着常钰青与那老妇说笑。那老妇与常钰青谈笑了几句，忽地一拍巴掌，叫道："哎哟哟，你瞧我这老婆子的记性，只顾着说话了，竟然把要紧事给忘了。"

老妇说着，从怀里摸出两个银锭与一张当票交给常钰青，交代道："镇上只一家石记当铺，石掌柜说小郎君的玉确是好玉，偏这兵荒马乱的年景，实是不愿收这些东西的，如果小郎君非要当，也只能给这些了。俺家老头子和他活说着呢，如果小郎君不满意，三天之内可拿银子将玉换回来。"

常钰青随意地掂了掂那两锭银子，笑道："这样便够了，多谢您二老了。"

那老妇笑笑，又从怀中掏出张纸来递给常钰青，道："这是沈郎中新开的方子，他说小娘子若是今日能退了高热醒来便无大碍了，换了这个方子便可。只是小娘子身子受寒已久，须得日后好好调理。"

常钰青将那方子接过，大略地扫了一眼，笑着收入怀中，又将那两锭银子分了一锭交给那老妇，说道："还得烦您去把沈郎中的诊金和药费还了。"

那老妇叫道："只不过吃了他两三服药，哪里要得了这许多。"

常钰青笑道："剩下的是我们夫妻答谢您二老收留照看之恩的。"

老妇听了很是不好意思，忙推辞道："救人之急是俺们的本分，哪里能收您的钱财！"

无奈常钰青坚持要给，那老妇这才万般感谢地收了，忙又要出去杀鸡给阿麦补身子，常钰青笑笑便由着她去了。

阿麦一直怕自己的嗓音露马脚，待那老妇出门，才颇感意外地打量着常钰青，说道："看不出你竟如此通晓人情世故。"

常钰青失笑道："你当我如何？难不成在你眼中我就是个只知嗜杀的莽夫？"

阿麦移开目光，淡淡答道："看你在汉堡的行事，还以为你会先杀了他们灭口。"

常钰青闻言一怔，脸上的笑意缓缓收了起来，冷着脸默默看了阿麦片刻，这才说道："不错，我是有杀将之名，可你阿麦也不是手指纤白的闺中弱女，之前的暂且不说，只说你伏杀钰宗三万步骑，又将崔衍几万大军引入死地，你的手上就能比我干净多少吗？"

阿麦转过头看向常钰青，只见他目光锐利。

阿麦镇定答道："我早前的长官陆刚曾说过这样一句话：既来从军，便要有马革裹尸的准备。军人战死沙场是本分，沙场之上，我杀人不悔，被杀不怨，可你却纵兵掠杀手无寸铁的平民百姓，汉堡百姓何辜，要受灭城之灾？"

常钰青冷笑道："我只道你是个不拘世俗的奇女子，不想也这样妇人之仁，亏你还为一军将领。我领军千里孤入，疾战则存，反之则亡。战场上以气势为先，屠城，不但可以激发军队士气，还可以使自己的军队没有后顾之忧。有如此多好处，我为何要惜敌国之民？"

阿麦应声接道："只望他日你北漠百姓被屠，你还能如此看待！"

常钰青听得恼怒，眼中杀机一闪而过，阿麦正全神戒备，却见他忽又笑了，只说道："你终究还是个女人而已。"

阿麦并不争辩，只转开视线不再看他，常钰青也是无话，屋中顿时静寂下来。院中那老妇赶鸡抓鸡的热闹声音却是清晰地传了进来，像是那鸡在老妇的追赶之下飞上了墙头，老妇气得直喊丈夫上墙去捉，那老汉上得墙去却将鸡轰到了院外，引得那老妇一阵骂。

不知怎的，常钰青和阿麦均一时听得有些入神，似是忘了刚才的争执。

晚上，那老妇端来的饭菜中果然多了一大碗鸡肉。

阿麦虽在病中，胃口却好，足足吃了大半碗，直把常钰青看得目瞪口呆，终于忍不住也伸筷夹了一块尝了尝，只觉那滋味实算不上如何，不知阿麦为何会吃得如此香甜。

阿麦吃饱放下碗筷，用手背抹了抹嘴巴，看向常钰青，问道："夜里可是要离开了？"

常钰青看阿麦一眼，笑问道："怎么？还没住够？"

阿麦并未答言，过了片刻，突然说道："若是要我这样装扮，你还不如直接在这里杀了我好。"

她身上的军装早已被常钰青脱下藏在了林中，现在身上穿的是那老妇给找出的一些旧衣裙，这样一身农妇打扮看起来多少有些别扭。

常钰青沉默片刻，出言问道："只是因为这身衣裙？"

阿麦道："我落入河中，军中必然会派人沿河搜寻，你让我穿这样一身衣裙，若是被人看到，我该如何解释？"

常钰青却是笑了笑，说道："这岂不是正好？你我皆不愿遇到江北军中之人，行起路来便要少许多麻烦。"

阿麦不言，只是把木筷往桌上一放，默默走到床边坐下。

常钰青见此，又问道："当真不走？"

阿麦坚定答道："不走，你以此辱我，不如杀我。"

常钰青耐性将近耗完，冷声道："阿麦，你当我真舍不得杀你？"

阿麦扬眉看向常钰青，挑衅般说道："那你就杀我。"

常钰青冷冷看着她，虽未言语，心中却显然已经动怒。

阿麦却是嗤笑一声，说道："杀不杀随你，我却是死也不肯穿这身衣服出去的！"

说完，竟然一掀被子躺下了。

常钰青看着阿麦躺在床上的背影，忍了又忍才将怒气压下去，问她道："你要怎样？"

阿麦头也不回，只是闷声答道："我要换回男装。"

常钰青指着屋角衣柜说道："那里面便有这家儿子留下的衣衫，你找一身穿上便是！"

阿麦却使性说道："不管什么人穿过的也要我穿！你明日叫那老头去镇上给我买身干净衣衫，我自会同你走。"

此话说出，身后常钰青久无动静，阿麦正等得忐忑，身上被子猛地被撩开，她大惊回身，见常钰青已立在了床头，瞅着她问道："麦穗，你这是向我撒娇？"

阿麦尚未及回答，常钰青已是抓住她身前衣襟一把将她从床上拎起，冷声说道："只可惜你实不擅长这个，难免太过做作了。你这样的女人，就是扒光了你，你也是敢照常出去，今天为何偏偏和一身衣裙较上劲了？嗯？麦穗，你又算计着什么？"

常钰青的语调虽轻，眼神却锐利无比，仿佛能直直看入人的内心去。阿麦努力控制着激烈的心跳，面上只做出平静神色，淡然问道："我性命都已在你手里，还能算计些什么？"

常钰青却是盯着阿麦的眼睛说道："你这女人的话，最不可信。"

阿麦反问道："既不可信，那你还问什么？"

常钰青默默看阿麦片刻，忽地笑了，说道："阿麦，你在故意拖延，是不是？"阿麦心中一凛，又听常钰青继续说道，"从一开始你便在拖延，是不是？你只不过烧了一夜，却足足睡了两天多，你这样的体质何至于此！我也是一时疏忽了，只道你是高热烧得身体虚弱才昏睡不醒，现在想来应是你故意放纵自己沉睡吧？"

常钰青面上虽笑着，可抓着阿麦衣襟的指节却力道十足。他微眯眼睛打量着阿麦，"难怪今日你醒来也老实得很，丝毫没动溜走的心思，我还奇怪你麦穗何时变得这样乖顺了，原来如此……"

阿麦知常钰青心中怒极，一点不敢动弹，只平静地看着他。

常钰青又说道："你故意拖延，不想让我归入军中，是欲趁我不在激钰宗出战？那你怕是要失望了，钰宗虽无大才，年少老成却是当得起的，我不回军中，他只会更加小心守营，唐绍义能奈他何？"

常钰青缓缓说着，另一只手却是抚上了阿麦喉咙。

"常钰宗不会受激出战，崔衍却会！"阿麦突然出声说道。

常钰青手指忽一用力，阿麦顿时剧烈地咳嗽起来，只听常钰青寒声说道："难怪你会如此轻易地放了崔衍。"

阿麦强自忍下咳嗽，笑道："我好容易逮得崔衍，自然要将他物尽其用。只一个常钰宗自是不会轻易出战，可身边若是多了一个冲动好战的崔衍，再加上你久不回营生死难定，那可就要说不准了。"

常钰青怒极而笑，道："好你一个麦穗，竟算计了这许多！"他忽地将阿麦扯近，贴近了她脸庞，嘲道，"麦将军可真是舍得下本，两日里，我那样口对口与你喂药，你却也能忍得过！"

阿麦反唇相讥道："常将军也不容易，对一个敌军将领也能这样悉心照料，实不符你杀将名号！"

常钰青脸色一变，掐着阿麦喉咙的手指渐紧，最终冷静下来，将她松开。他刚一松手，阿麦便蜷着身子咳倒在床上，好半天才平复下来，脸色依旧涨红着，抬头看向常钰青。

常钰青坦然承认道："不错，我是对你有意，那又如何？"

阿麦未想到他会如此坦直，一时有些愣怔。

常钰青又说道："阿麦，你是赌我不舍得杀你？你未免把自己看得太重了些。"

"我赌你不能杀我。"阿麦平静答道，"事已至此，你杀了我又能如何？你虽行事乖张，但却不是任性放纵之人，与其杀我以泄一时之愤，不如留着我来换更多利益。"

常钰青嗤笑，反问道："我不是任性放纵之人？这种说法我倒是头次听见。我便是非要杀了你泄一时之愤，你又能怎样？"

阿麦笑笑，答道："我又能怎样？愿赌服输罢了。"

事已至此，常钰青反而完全冷静下来，走到一旁坐下，默默地看着阿麦不语。他这样看着她，反而将阿麦看得心虚起来，不知他心中如何打算。两人就这样相对默坐半晌，常钰青才轻叹一口气，开口问道："说吧，你是如何打算？你心中应是早有打算，不然又怎会如此老实地认账，不如现在一起都讲了出来，你我也好谈谈条件。"

阿麦心中总算是一松，说道："常钰宗驻军北部乃是雁山，他若溃败必会退向山上，唐绍义为求稳只会围山不攻。你若赶回及时，还有机会带着常钰宗的残部突围出去。"

她说到这里停了下来，只默默地注视着常钰青，等待着他的反应。

常钰青嗤笑，反问道："你又如何算得这样肯定，钰宗即便出战也不见得一定是败，再说就算是败了，就一定会逃上雁山吗？"

阿麦不语，只是沉默地看着常钰青，过了片刻，便又听常钰青问道："你的条件呢？"

阿麦答道："你放我回营，我放你入山。"

常钰青笑道："你放我入山？唐绍义便是能将那山围得铁桶一般，又如何能挡得住我？"

阿麦盯着常钰青，淡淡说道："自是挡不住你，却可挡得住常钰宗的残军。"

常钰青眼中精光一闪，沉声问道："你敢私放敌军？"

阿麦笑笑，答道："平日里自然是不敢，可现如今性命在人手上，不敢也得敢了。"

常钰青沉默片刻，忽又问道："我如何信你？"

"事到如今，你也只能信我。"阿麦答道，她沉吟片刻，又说道，"你身上匕首是我父亲遗物，重过我性命，我以它之名起誓，你若放我回营，我放常钰宗残军下山！"

常钰青自是知道阿麦看重这把匕首，但若说她会看得比自己性命还重却是不信的，因此只是笑道："匕首是一定要抵在我这里的，不过，我却不怕你失信，若你这次再敢毁约，我便让全军将士在山上齐声喊：'江北军中麦将军是个娘们儿！'"

阿麦一时气得无语，只恨恨地瞪着常钰青。

常钰青又问道："你一直拖延时日，原意为何？若我今日没有察觉，你还会继续拖延下去？"

阿麦嘿嘿冷笑两声，答道："那是自然，只要我拖得你一日，你那北漠军便要消减一分，我何乐而不为？"

常钰青却是不恼，看阿麦片刻，突然问道："江北军给了你什么好处，你如此为他们卖命？"见到阿麦脸上明显一怔，又接着说道，"看你身量体形，显然不像是南夏人，你到底是哪里人？怎会又成了陈起的旧时故友？"

常钰青一直盯着阿麦，见她面色虽平静，眼中情绪却是几次变换，最终转过头去淡淡说道："常将军不忧心你军中将士还能剩下几人，却有闲心问起我是哪里人来了，当真可笑。"

常钰青笑笑，却不再问，只从床边站起，说道："那好，咱们就此别过。待我回到军中以鸣镝为信，我佯攻一侧，你将另一侧守军调开，放我军下山。"

阿麦点头道："好，一言为定。"

当下，常钰青独自一人离去。阿麦又等了一会儿，才从屋中衣柜中翻找出一身男子衣衫来，顾不上好坏，只里里外外穿戴好了，偷偷出门摸到河边，沿河逆流而上。

再说沿河搜寻的张生与张士强等人。因河岸陡峭难行，又要在河中仔细搜寻，速度便慢了许多。就这样直找了三日仍不见阿麦踪影，众人脸色愈加沉暗，心中均觉阿麦已是生还无望。只是张生与张士强二人仍不肯放弃，尤其是张士强，只坚持说着什长不会死。

众人不敢说什么，只好继续搜寻。

谁知到第四日一早，阿麦竟活生生地自己站在了他们面前。

张士强一时又惊又喜，连话也说不出来了。阿麦笑笑，搡了他一把，笑道："怎么？才几日不见就不敢认了？"

不说还好，这样一说，张士强眼圈竟然唰地红了起来。阿麦哭笑不得，当着这许多人也不好说些什么，便转头叫张生道："张大哥，辛苦你了。"

张生也愣愣地看了阿麦片刻，这才轻轻地松了口气，喃喃说道："总算是有了交代……"

阿麦一时未能听清张生说些什么，问道："什么？"

张生却说道："麦将军回来便好，大将军和唐将军那里都很担心将军，若是麦将军身体没有大碍，还请将军赶紧回营。"

阿麦点头，问张生道："大军现在何处？"

张生答道："前·口军中来人通报说是已北上与常钰宗交战，现在不知到了何处。"

阿麦看了看四周，见并无马匹，不禁问道："马呢？"

张士强抢先答道："沿河有处地势太过陡峭，战马过不来，张大人便让大伙步行翻越过来的。"

因阿麦是坠入河中被水流冲向下游，后来又被水灌晕了过去，全靠常钰青带着才上得岸去，她自己并不知道沿河地形，现听张士强说才明白过来为何张生等人搜寻了几个日夜才不过走到这里。阿麦知顺水过那几重山不过是一会儿工夫的事情，可若是沿着河岸翻过那几座山去却是难上加难了，难怪众人模样狼狈至此。思及此，阿麦不禁又看向张生，见他身上满是泥污，那条伤腿更是被泥水污得看不出颜色来，阿麦心中感动，郑重向张生行礼谢道："多谢张大哥救助之恩！"

张生忙闪身躲避，说道："麦将军快别这样，折杀我了。"

阿麦笑笑，不再多言。略一思量后，她吩咐众人陪张生在后面缓行，自己则带了张士强翻山向军中急赶。

亏得张士强的脚力早已跟着阿麦练了出来，又正是年轻力壮的时候，虽之前已是困乏至极，却仍是咬牙紧跟在阿麦身后未曾落下过。两人这样疾行了两个日夜才赶回军中，唐绍义果然是已经率军将常钰宗残军围困在了雁山之上。

阿麦与张士强两人已累得不成人形，阿麦纵然强悍也是个女子，又是大病初愈，身体累得已近虚脱，全靠身旁张士强架着才来到唐绍义帐中。唐绍义几步上前用力握住阿麦双肩，将她从上到下细细打量了两遍，这才哑声说道："活着就好。"

虽只短短不过四个字，听入耳中却不禁让人动容。

阿麦咧嘴笑笑，忍下眼底湿意，说道："大哥忘了？泰兴城北我曾与大哥说过的，我们都要活着！"

唐绍义也浅浅笑笑，双手用力握一握阿麦肩膀，强压下将她拥入怀里的冲动，扶她到一旁坐下，转头吩咐亲兵去端饭食，又对立于一旁的张士强说道："不必拘礼，随意坐下便是。"

张士强却是不肯，谢过了唐绍义，看向阿麦说道："将军，我先出去了。"

阿麦知他在这里必觉拘束，便点头道："你先回营，有事我自会叫你。"

张士强应诺，又向唐绍义行了个礼，这才转身出帐。

阿麦待他出去，转头问唐绍义道："大哥，我军与鞑子战况如何？"

唐绍义答道："崔衍军溃败后向北逃窜与常钰宗残军会合在一起，常钰宗本不肯出战，我找人假扮了常钰青，缚于军前才引得崔衍出战，常钰宗恐崔衍有失，无奈之下只得出战，被我军击败后便引军逃上了这雁山，今日已是第三日。"

阿麦又问："敌我伤亡如何？"

"北漠损兵过半，我军伤亡倒是不大，只是崔衍曾闯入中军，卫兴重伤未愈不能迎战，让崔衍连杀几名亲卫。亏得林敏慎慌乱之中将大将军帅旗撞倒，碰巧砸到崔衍头上挡住了视线，这才让一名亲卫趁机给了崔衍一刀，只可惜未能砍中要害，还是让他逃了。"

阿麦听到又是林敏慎无意间撞倒的帅旗救了卫兴，心中不禁一动，当下问唐绍义道："大哥，你信那帅旗就这样凑巧砸到崔衍头上吗？"

唐绍义稍一沉吟，说道："他说是凑巧便是凑巧好了，你我心中有数便好。"

"也是。"阿麦点头，又问道，"大哥现在将常钰宗等围在山上，如何打算？"

唐绍义答道："我正想要琢磨个法子逼常钰宗下山。"

阿麦暗道若是只常钰宗与崔衍二人，逼他们下山倒是易如反掌，但现如今常钰青怕是也已到了山上，若要再设计骗他却是难了，更何况她与他已是有约在先。她想了一想，没说出和常钰青相约之事，只是说道："常钰宗原来悬北而不动就是要等豫州援军，现如今逃入山上更是要和我们耗时间了，他耗得起我们却耗不起，一旦鞑子豫州援军到来，我军情形将十分凶险。"

唐绍义又怎会看不透常钰宗意图，只是就这样放过常钰宗与崔衍却是有些不甘，不禁叹道："现如今常钰宗与崔衍手上不足一万人马，还多伤兵败将，就这样放了他们，太过可惜了。"

阿麦却是问道："大哥是可惜不能吃下那一万人马，还是可惜不能除了常钰宗和崔衍？"

唐绍义稍有不解，看向阿麦问道："有何区别？"

阿麦笑道："自然大有区别，放过那一万人马确实可惜，但若是因放过了常钰宗和崔衍，大哥却应感到高兴才是。常钰宗并无大才不足为患，崔衍更只是莽夫一个，放了他比杀了好处更多！"

唐绍义想了想，也是笑了，说道："你说得也是。只不过若要退兵还得需卫兴点头才是，他虽重伤在身却毕竟仍是我江北军统帅！你身子如何？可缓过些劲来了？"

阿麦从椅子上站起身来，说道："没事了，这就去吧。"

唐绍义又看了她两眼，却说道："退兵也不急在这一时，你先吃些东西再去。"

阿麦肚中早已饿透，但她一来先寻唐绍义已是不对，若是再在他这里吃了饭再去见卫兴，怕是更会引卫兴猜忌，当下便说道："没事，不在乎再饿这一会儿，还是先去卫兴那里更好。"

唐绍义想想也是，点头道："也好。"刚出帐门正巧遇到那亲兵端着饭食往回跑，唐绍义顺手从他那里拿了个馒头塞入阿麦手中，这才带她一同去寻卫兴。

卫兴在帐中见到阿麦活着回来也很高兴，安抚了几句，又细问她逃生的经过。阿麦将这几天的经历半真半假地说了一遍，只说是在水中用匕首将铠甲的牛皮系绳俱都割断了才脱身出来，又被水流冲了很远才爬上岸来，因体力不支昏死了过去，幸好被一户农家救了回去，这才得以生还。

恰巧林敏慎正在卫兴帐中，听得连连惊呼，更是惊叹道："麦将军好水性，若是换作他人，怕是早已被那铠甲拖得沉入河底了，麦将军竟然还能冷静地割断系绳，果真不一般！"

阿麦淡淡说道："形势所迫也只能拼死一试，侥幸才能得活，就如林参军无意中撞倒帅旗却恰巧盖住那崔衍一般，凭的全是运气罢了。"

林敏慎被她噎了一下，笑笑正欲再说，却听唐绍义说道："大将军，我军已围困鞑子三日，常钰宗死守雁山，我们再围下去怕是要弊大于利。一旦鞑子豫州援军赶到，我军局面将十分被动，不如现在就弃雁山而走，以图他计。"

卫兴思量片刻后看向阿麦，问道："麦将军如何看？"

阿麦答道："常钰宗已不足为患，我军也已是久战疲困，理应找个地方好好休整一番再从长计议。"

卫兴也觉阿麦说得有理，他出乌兰山时还是豪情万丈，但经泰兴一战之后受打击颇重，变得畏首畏尾，对唐绍义与阿麦更为倚重起来，现听二人都建议退兵，便也点头道："也好，只是不知退向哪里休整更为妥当一些？"

唐绍义想了想，说道："鞑子东西两路大军皆被我们所破，向东向西都已可行。只是鞑子定然想不到我们还会掉头向西，依我看不如做些向东而去的假象给常钰宗看，待他豫州援军到了之后也只当我们向东而走了，骗得他们东去，我们却暗中西行择地休整。"

卫兴尚未打定主意，旁边林敏慎却击掌赞道："唐将军好计策，待我们休整完毕，正可以从后偷袭鞑子豫州援军，为我军死难将士报仇！"

阿麦与唐绍义两人互看一眼，俱都缄默，卫兴却下决定道："既然这样，我们就向西退。"

阿麦与唐绍义齐齐应诺。待出了卫兴营帐，阿麦才问唐绍义道："大哥，你觉得这林敏慎意欲何为？他仗还没打够？为何还想去偷袭鞑子援军？"

唐绍义轻轻摇头，道："一时也是看不透。"

"自翠山起，我就觉得他有问题，却不知是出在何处。"阿麦说道。

唐绍义也是此种感觉，总觉林敏慎此人有些古怪，可又讲不出来他到底有什么不对。最初时只道他是有卫兴罩着来江北军中镀金，可这段时日来经历大小战役无数，却越发觉得此人不简单。别的暂且不说，只说崔衍两次闯入中军，砍伤卫兴，击杀亲卫、幕僚无数，而林敏慎却能毫发无伤，他的运气便不能单用一个"好"字来形容了。

唐绍义不善言谈，虽心中有诸多揣测，却不愿一一讲出，只对阿麦说道："先别管这些，你先回营吃些东西好好休息，我去安排一下退军事宜。"

阿麦却是未动地方，低头沉默片刻，突又问道："大哥，你说年前常钰青去盛都做什么？朝中到底是谁在暗通鞑子？"

唐绍义心思也快，闻言不觉皱眉，"你觉得和林敏慎有关？"

阿麦微微歪头回忆，她在翠山第一次与林敏慎打交道是在撞到常钰青之前，有人约她去僻静处见面，她正要去时，却被林敏慎拦下调戏，当时她只当那约她过去的人就是林敏慎，现在想来，许得是冤枉了他，那诱她过去的应是常钰青。

怎就会这样巧？除非……林敏慎知道常钰青要诱她去那树后。而林敏慎怎会认识常钰青，又为何要出手救她？阿麦脑中忽地一闪，拦下她，并非一定就是为了救她，也许只是不愿常钰青多惹事端，泄露身份！再联想那救走常钰青的两名禁军自称主人姓穆，答案顿时呼之欲出。

林者，木也。那暗通北漠的朝臣不是别人，恰是林敏慎之父，南夏林相！林敏慎在翠山出现并非偶然，而是去与常钰青见面。

唐绍义瞧她半晌没有反应，出声唤她："阿麦？"

阿麦猛地回神，抬头看向唐绍义，愣怔问道："大哥？怎么了？"

唐绍义眉头皱得更深，问她："你觉得林敏慎暗中通敌？"

阿麦虽有猜测，却不能确定，因此也不敢乱说话，只道："不知道，只是觉得此人行事怪异，大哥须好好提防他。"

唐绍仪应下，又催阿麦回营休息。阿麦点头，这才与他辞别，转身回营。

营中众人虽已从张士强口中得知阿麦平安归来，可等真看到了她本人少不得又是一番欢呼激动，就连平日里不苟言笑的黑面都向上扯了扯嘴角，更别说李少朝与王七等人，皆笑嘻嘻地围在阿麦身边询问这几日的经过。阿麦又将在卫兴帐中的话大略讲了一遍，众人听得均是又惊又叹，直道阿麦是吉人天相，此番大难不死必有后福。

阿麦只笑笑，打发了众人出去，这才让张士强准备军装给她换上，并嘱咐道：

"我只眯一下，你也不用盯着，一会儿叫别人来叫我就行，你自己下去也去睡一会儿，估计等不到下午便要撤退了。"

阿麦猜得果然不错，当天下午，江北军便开始有条不紊地向东撤退。

雁山上，常钰宗得到军士回报说是江北军竟然在撤军，心中惊讶，问身旁的常钰青道："七哥，蛮子竟然要撤军，不会是有诈吧？"

常钰青默然不语，他比阿麦到得要早，是趁夜上的雁山，刚把军中情况理清安排好防务，不想江北军竟然就要撤军了。常钰宗见他沉默也不敢打扰，只在一旁站着，等了片刻后才听常钰青说道："先去看看再说。"

两人走到高处望了望，果然山下江北军已经拔营向东而去。阿麦这是真要打算守信放他下山，还是另有诡计？常钰青一时也无法确定了。

常钰宗见江北军是真撤了，不禁奇道："七哥，南蛮子竟是真走了。"

常钰青想了想，向常钰宗道："你将军中精壮挑出些，在后追击江北军。"

常钰宗心中大奇，心道：江北军能这样稳稳当当地走了我就想烧高香了，还要追击他们？万一引得他们回来怎么办？我再带着万儿八千的伤兵残将在山上猫着？说是豫州援军这就到了，可咱们都是领兵打仗的人，心里都知道那点事，就算我们能挨到援军来，可我们这几千口怕是也剩不下什么了，我拿自己给别人当垫脚石，亏不亏啊！

常钰宗犹豫了下，还是说道："若这是蛮子故意引我们上当怎么办？我们下山追击，岂不是正中了他们诡计？"

常钰青微微笑了笑，解释道："你只扰而不战，放心，江北军若是回身反扑，你就再带兵回来。"

常钰宗却更糊涂了，问道："这是为何？"

常钰青看向山下正在撤退的江北军，轻笑道："多计之人必定多疑，你在后追击，她必然以为你是故意拖延，怕是会跑得更快些。"

常钰宗虽是半信半疑，不过却不敢违七哥之意，当下便从军中选了五百精壮出来追击江北军。崔衍大腿上被砍了一刀，本坐在帐中养伤，得知消息急火火来寻常钰青，张口便喊道："大哥，让我带了人去追！"

常钰青正仔细地擦拭着阿麦的那把匕首，闻言头也未抬，只淡淡说道："不行。"

一旁常钰宗更是怒道："还追？你两次三番被困，若不是你，七哥怎会被困了这几日，咱们也不至于又死伤几千人马，沦落到此处！"

崔衍梗着脖子争辩道："这如何怨得我，我早就说一刀砍了那麦穗了事，偏大哥……"

常钰青猛地抬头看向崔衍，崔衍被他凌厉的视线骇得一顿，剩下的半句话怎么也不敢说出口了，只低下头小声嗫嚅道："反正……不能全怨我。"

常钰青复又低下头去，缓缓地擦拭着匕首的刀刃，吩咐道："钰宗，你带人去追击，切记不要与之交战。"

常钰宗领命而去。崔衍心虚地瞄一眼常钰青，见他面上不露喜怒心中越发后悔起来，正思量着怎么开口，却听常钰青突然说道："你说得没错。"

崔衍一愣，讷讷地道："大哥，其实……"

常钰青抬起头来看向崔衍，面容平静地说道："其实你说得没错，我若一见面便杀了她，也就不会中她的奸计，更没了后面这许多事。"他轻轻一哂，站起身来向远处走了几步，扬手将手中匕首向山下远远掷了出去，转身对崔衍笑道，"阿衍，下次你若碰到她，直接杀了吧。"

崔衍傻呆呆看着他，一时无话。

| 第六章 |

议和 交心 杀机

盛元四年春，江北军围雁山而不得向西而返，常钰宗出人意料地带兵追击，江北军大将军卫兴怕常钰宗是故意要拖住江北军，对其不予理会，只带兵西返，至小城顺平休整大军。谁知刚到顺平不过两日，军中竟然收到了朝中圣旨金牌。

卫兴将阿麦与唐绍义两人俱都召至帐中，出示了金牌，这才说道："刚刚接到朝中金牌，要我们立即退回泰兴。"

唐绍义与阿麦听得皆是一愣，不禁问道："退回泰兴？"

"不错，"卫兴点头，缓缓说道，"朝廷要和北漠议和。"

"去泰兴议和？"唐绍义愕然。

卫兴答道："正是，所以要我军即刻退向泰兴。北漠为表议和诚意已答应将周志忍大军撤到泰兴以北，我军进驻泰兴与泰兴守军一同等待两国议和。"

阿麦垂目不语，心中却翻起惊涛骇浪，议和，竟是要议和！如果议和，她将如何替父亲打败陈起？如果议和，她这两年来的辛苦与拼命算作什么？她忽地想起兵出乌兰山之前徐静曾问过自己的那些话，他问："阿麦，你为何从军？"她知若要说精忠报国自是骗不过老狐狸徐静的，正想要编些听起来可信点的理由给徐静时，徐静又接着问道："若是江北无仗可打，若是江北军不复存在，你将如何？你又敢如何？"

阿麦一时被他问得瞠目结舌，江北半壁江山都在鞑子铁蹄之下，怎会无仗可打？江北军屡获战功声势正壮，又怎会不复存在？徐静却是看着阿麦笑了，说道："你不用答我，你只自己想明白了便可，他日必会用到。"

当时，她还有些纳闷这徐静为何问出这些怪话，现在想来，他定然是早已预料到会有今日议和之事。

唐绍义愤然道："还要议和？难道还能议得鞑子自己退出靖阳关去？若不是议和，盛元二年时也不会被鞑子攻破我靖阳关口！现如今鞑子已占了我江北半壁江山，朝中拿什么来和鞑子议和？"

卫兴面色冷静，盯着唐绍义道："军令如山！"

唐绍义迎着卫兴的目光，一字一句答道："将在外，君命有所不受！"

卫兴眼中精光闪烁，问唐绍义道："难道唐将军要抗旨不遵？还是说打算要拥兵造反？"

唐绍义被卫兴问得一噎，他自小受的是精忠报国的教育，这样两条罪名听在耳中不亚于惊雷一般，只震得他说不出话来。

卫兴见唐绍义无言以对，又道："朝中要议和也有他的道理，周志忍水师已渐成气候，雄踞泰兴对江南虎视眈眈，云西平叛一直未果，朝中实无力两面用兵，江北虽有我们江北军，可我们四面受围已成孤军之势，实难有大作为。我看朝中议和不过是一时权宜之计，趁我军连败鞑子两路大军之际，暂时保存我军实力，待云西平叛之后再从长计议！"

卫兴说着，又看向一直低头沉默的阿麦，问道："麦将军，你看呢？"

阿麦立时掩去眼中情绪，抬头答道："大将军言之有理，我军现在情况确实不宜再和鞑子硬抗，如若能进入泰兴休整，倒是对我军有益无害！"

唐绍义听得一愣，卫兴那里却是大喜，赞了阿麦两句，又转头看向唐绍义，问道："唐将军意下如何？"

唐绍义忍了又忍，方向卫兴抱拳道："末将谨遵大将军令！"

卫兴笑了笑，当场下令大军暂作休整后便向泰兴进发。

唐绍义从卫兴处出来后脸色便一直不佳，也不理会阿麦，只大步走在前面。阿麦追了两步上前拦住唐绍义，将他扯到无人地方，这才试探地问道："大哥，你可是想反？"

唐绍义听了更急，气道："阿麦，怎的你也如此问？"

阿麦心中微微失望，脸上却是不露分毫，只是劝道："你既不想反，圣旨金牌都已到了，你还想怎样？真的抗旨不遵？那可是灭九族的罪名。"

唐绍义凛然道："驱除鞑子复我河山是我等本分，尽忠报国怎能贪生怕死！"

阿麦却道："不受军令便是抗旨不遵，并有反叛之嫌，以后就是将鞑子赶出了靖阳关外，也会被诛灭九族。你能不贪生怕死，可人家大将军的家眷亲人却都在盛都呢，你想让他如何？"

唐绍义知阿麦说得有理，可是心中仍是气愤不过，恼怒地踢向旁边的墙角，不甘道："可就这样议和太让人憋屈了！"

阿麦想一下，问唐绍义道："大哥，若朝中将江北划给鞑子，你会怎样？"

唐绍义从未曾想过这个问题，有些惊讶，反问道："朝中怎能将江北之地都划给鞑子？那样我们江北军怎么办？"

阿麦神色淡然无波，"如若还有得剩，可以南下渡江平叛云西。"她抬眼看向唐绍义，追问道，"大哥，你会如何？可是会随军南迁？"

唐绍义不明白阿麦为何要坚持问这个问题，默默地看了她片刻，坚定答道："若是朝中真的要将江北让予鞑子，我便辞官不做，留在江北召集有志之士共举义旗，驱除鞑子！"

听他这样回答，阿麦心中稍慰，脸上不禁露出浅浅微笑。唐绍义一时看得出神，直待阿麦唤他才回过神来，立刻赧然，忙别过了视线，有些慌乱地问阿麦道："你呢？阿麦，你会如何？"

阿麦却扬了扬眉梢，笑道："我好容易做到这个官，可不会就这样轻易地辞了去！"

唐绍义满腔热情被阿麦一盆凉水兜头泼下，心中只觉微凉，强自笑了笑，说道："人各有志。"

阿麦见唐绍义脸上神色变换，知他心中必然是对自己失望至极，却不肯说破，只笑着说道："行了，大哥，先别想以后如何，还是等回到泰兴看看是什么形势再说吧。"

五月中，天气已经入夏，江北军终又回到泰兴城外。北漠为示议和诚意，令周志忍领兵北退百里，放江北军入泰兴。可卫兴却未带大军入城，而是在阿麦的建议下命大军驻扎于泰兴城外，同时留心腹将领驻守营中，只带了几位高级将领并些文职人员进入泰兴。

泰兴城，南夏江北第一大城，从盛元二年起至今已被北漠困了将近两年！因城中物资储备充足，倒是没出现什么人吃人的惨剧，但城中百姓却是早已习惯了城门紧闭提心吊胆的日子。现如今城门忽地大开，大伙一下子都有些惶惑，待看到进来的是南夏军，大伙只当是仗终于打胜了，顿时忍不住欢呼起来，更有人家将久存的鞭炮都拎了出来当街放了，谁知这鞭炮声还犹在耳边响着，城门口就又进来了北漠人……

这回泰兴人是真的傻眼了。

议和自然是双方各派使臣来议，因盛元二年时南夏与北漠已议和过一次，所以这次两国使团一见面，嘿！竟还有不少老熟人呢！那得了，连介绍都免了，大伙坐下直接谈吧！

可议和这玩意儿，无非是想把本应在战场上得到的东西通过谈判得到，虽然耍的是嘴皮子，可依仗的却是背后的实力，你战场上得不到的东西，谈判桌上也照样得不到。江北八州，除去远在东边的青、冀两州，其余已尽数落入北漠之手，你说这"和"该怎么个议法？

南夏议和使高吉的压力很大！临来时皇帝已有过密旨：但教土地不失，岁币不妨多给，就使增至百万，亦在所不惜。这话说白了就是：只要别割地，赔多少钱咱都不在乎！可问题是，人家北漠不但要你赔钱，还要你把江北半壁江山都划给他！双方目标差太远了，这没法谈啊！

高吉为难得直搓手，哎呀呀，这可是真要了他的老命了！没办法，只能先把情况回奏朝廷吧。等了半个月，朝中回信来说可把豫州并以北之地划给北漠，但泰兴绝不能丢。高吉得了朝廷的信，转身又和北漠使臣去辩论，可那北漠使臣偏生长了张王八似的嘴，咬定了便不撒口了，非得要与南夏划江而治。高吉无奈，只得再奏朝廷。

这朝中书信一来一往间便占了许多时日，诸将只知朝中在和鞑子议和，却不知议和进行到何等地步。阿麦随同卫兴在泰兴城守府住着，倒是少有的清闲，每日里在院中练练武健健身，偶尔也同其他将领在泰兴城转上一转。江北军中诸将皆闻阿麦屡建奇功，挽救江北军于危难之中，现如今又见她毫不居功自傲，言行平易近人，越发敬重起来。

因南夏自诩礼仪之邦，认为外使到此理应以礼相待，便对那北漠使团及护卫将领多加礼敬。可江北军与北漠交战已久，军中诸人对鞑子有更多愤恨，每在泰兴城内见到鞑子任意而行难免气愤，一时急了就忍不住拔刀相向，卫兴虽严令遏制着，城中却依旧时常发生两军将领斗殴事件。

卫兴几次欲杀人立威，多亏阿麦在旁苦言劝阻才保住那几名将领性命。

阿麦劝卫兴道："大将军半路接掌江北军，军中将领本就重唐将军多过大将军，大将军不想如何收拢人心，反而要去做这恶人。死他一人不足为惜，但大将军若是因此伤了人心，以后如何领军？"

卫兴听得阿麦说得如此坦诚，不觉一时有些愣怔，心中怒气也消了大半，只将那些将领打了几十军棍了事。自此以后对阿麦却是更为倚重，渐作自己心腹看待。

进入六月，天气越发地热了起来，阿麦更少出门，每日里只憋在房中看书，就连唐绍义相邀也很少去了。这一日，阿麦正在躺椅上看书，张士强从外面大步进来，未说话先灌了一碗凉水，这才小声说道："大人，徐先生回信了。"

阿麦猛地从躺椅上坐起身来，说道："拿来！"

张士强忙从怀中小心地掏出封信来递给阿麦。信未封口，阿麦将信纸展开一看，不过就八个字：非兵不强，非商不富。阿麦一时无语，心中只骂徐静老匹夫，她自是知道若能有商易之的相助，得江北军易如反掌，可让她现在上哪儿去寻商易之！

阿麦低声将徐静骂了几遍，抬头看张士强正一脸紧张地看着自己，不禁笑笑，将信纸交与他去烧掉。

张士强将信纸小心烧掉，回身看向她，低声问道："大人，怎么办？"

阿麦也在想怎么办。她沉吟片刻，突然抬头对张士强说道："二蛋，这次怕是要你亲自跑一趟盛都了。"

张士强微微怔了怔，连"为什么"都没问一个，只道："什么时候走？"

阿麦道："先等一等，待我想个光明正大的理由。"

谁知没等阿麦想出个光明正大的理由让张士强去盛都，那商易之竟然自己从盛都来了泰兴。阿麦从卫兴那里得知消息，不禁有些惊愕，让一最强硬的主战派来议和，这"和"还能议吗？不过，不管这"和"怎么议，只说商易之会在这个时候来泰兴，阿麦就已经是又惊又喜，心中更是暗骂徐静老匹夫果然有些门道。

六月十九，永昌侯商易之至泰兴，接替高吉与北漠进行和谈事宜。高吉那叫一个惊喜万分，与商易之交接完毕，当场就打包袱回京述职了。

是夜，泰兴城守万良在泰兴城内最好的酒楼置办酒宴为商易之洗尘，邀卫兴等一众将领出席作陪。

因是私宴，商易之并未穿官服，只头戴束发金冠，身穿白色锦袍，腰间系一条镂金玉带，面如美玉，目似朗星，行动风流。阿麦在盛都已见过他这个模样，尚不觉如何，可唐绍义等江北军中诸将却只记得那个俊颜冷面一身戎装的商元帅，现如今乍一看到商易之如此风骚，一时都有些愣，竟不约而同地看向阿麦，暗中比了一比，发觉商易之竟然比军中有名的小白脸阿麦还要白了两分。

商易之和卫兴寒暄了几句，转头看向诸将，轻笑道："诸位，别来无恙。"

诸将这才回过神来，齐齐向商易之见礼。待众人见礼完毕，又按身份地位一一坐了，酒宴这才开始。泰兴乃是江北第一大城，繁华自然不比别处，虽被困了两年，可城中美酒佳肴依旧不缺，让这些从乌兰山出来的江北军诸将有些大开眼界。

城守万良听过商易之风流名声，特意召了歌姬作陪，不仅商易之、卫兴等人有美奉酒，就连阿麦等江北军将领每人身边也各匀了一个。

阿麦因暂领原江北军右副将军李泽之职，与唐绍义同坐一席，见他正襟危坐的模样不禁暗笑，借饮酒之时低声说道："大哥，这是私宴，你且放轻松些。"

唐绍义闻言微微点头，可身形却不动分毫。阿麦见此无奈地笑笑，不再多说，只同众人一同饮酒作乐。

酒至半酣，大伙已不像最初那样拘束，更是有人开始同身旁的歌姬调笑起来。在唐绍义与阿麦这一席侍奉的歌姬见他两个皆是年轻俊朗的男子，言行举止中便多有挑逗，阿麦只淡淡一笑不予理会，可旁边唐绍义却是又羞又窘。

那歌姬佯装敬酒又向唐绍义身上依偎过来，唬得唐绍义急忙向一旁闪避，竟然一下子撞倒在阿麦身上。阿麦手中执酒正侧耳倾听商易之与卫兴谈话，被他这一撞险些打翻了酒杯，不禁转过头颇为诧异地看了他一眼。唐绍义却会错了阿麦的意，只当阿麦是瞧他不起，顿时觉得羞愧无比，恼怒之下竟然将那歌姬一把推开，猛地从席上站起身来。

众人见唐绍义推倒歌姬猛然起身皆是一怔，齐齐地看向他。万良扫一眼趴伏在席上的歌姬，不动声色地问道："唐将军可是有什么不满意之处？"

唐绍义脸上涨得通红，讷讷地说不出话来。

旁边阿麦忙伸手将唐绍义拉坐在席上，对万良笑道："万大人不知道，唐将军的脸虽黑，皮却最薄，平日里被大姑娘多瞅上两眼都臊得不敢抬脸，今儿竟有美人要往他怀里坐，他一时如何消受得了？难免是又惊又慌，又羞又喜，一时失了分寸。"

阿麦说得诙谐，再配上唐绍义那一张大红脸，众人一愣，齐声大笑起来。

唐绍义还浑身不自在着，身旁那歌姬已老老实实地在一旁奉酒，不再敢有丝毫挑逗，可唐绍义脑中却总是不受控制地回味着刚才撞到阿麦身上的那一幕，越想越觉得脸上发烫，一张黑脸竟是越来越红。

商易之将唐绍义的窘态看入眼中，轻轻地笑了笑，转头和万良低声说了句什么，万良稍一愣怔，很是惊讶地看了唐绍义两眼。

阿麦知商易之和万良说的话定然是和唐绍义有关，不由得多看了商易之两眼，一次和商易之的视线碰了个正着，阿麦迎着商易之的目光坦然地笑了笑。商易之却是微怔了下，然后不露痕迹地移开了视线。

待到晚宴结束，万良与卫兴两人亲送商易之回去，其余诸将自回城守府。阿麦上马之后，和唐绍义并辔而行。唐绍义还不敢与阿麦讲话，只目不斜视地盯着前方，一旁的林敏慎看他一直沉默，不禁探过头去细看了两眼，忽地笑道："唐将军，你脸怎么还这样红？"

此言一出，引得同行的众人望向唐绍义，唐绍义见阿麦也看向自己，心中更有些慌乱，忙解释道："酒喝得多了些，有些上头。"

唐绍义虽然官职比众人高些，可向来待人宽厚，再加上军中汉子本就比别人直爽，所以大伙对他也不怎么忌口，听他如此解释便有人出声调笑道："怕是酒不醉人人自醉吧！"

众人闻言不禁想起唐绍义在席上的窘态来，又是一阵哄笑。唐绍义小心地瞥向阿麦，见她也跟着众人乐呵呵地笑着，心中非但不恼反而觉得有丝甜蜜，竟也跟着嘿嘿傻笑起来。林敏慎见状，挑了挑唇角，凑近唐绍义低声笑道："唐兄，你不会还未享过美人恩吧？小弟带你去开开荤，如何？"

唐绍义听了一愣，随即冷下脸来说道："林参军，请自重！"

林敏慎听了倒不恼，只状若随意地扫了阿麦一眼，轻轻一哂，转头自去和旁边的人说话。

众人又行得一阵，路过城中另一家繁华酒楼门前，恰逢几个北漠侍卫打扮的人从里面出来，阿麦看了几眼，低声说道："我好好一个泰兴城，竟任由鞑子来去如入无人之境，当真可恨！"她身旁一个偏将本就看鞑子不过，受她言辞一激更是火起，扭头冲着酒楼门口啐了一口，高声骂道，"真他娘的晦气，走路都撞到野鬼！"

此言一出，那几个北漠侍卫愤然回身怒视阿麦等人，手握弯刀就要亮刃，阿麦这边诸将也不示弱，纷纷拔剑相对。正剑拔弩张间，酒楼内又走出个穿北漠服装的青年公子来，见此情形温声问道："怎么了？"

他身前一名侍卫忙转回身恭敬地答道："公子，这些南人在找碴。"

那青年公子闻言抬头向马上看过来，视线落到阿麦身上时明显僵滞了一下，片刻后才又继续向下看去。可就只这稍稍一停，阿麦身旁的唐绍义与林敏慎已有察觉，均也跟着不由自主地看了眼阿麦，却见她面色平静地坐于马上，并无异色。再回头看那青年公子，他也已收回视线。

青年公子微垂目光，淡淡对那北漠侍卫道："走吧。"

听他如此说，那几个北漠侍卫虽面有不甘，却也都极听话地收起刀来。有侍卫已替那青年公子牵过马来，青年公子转身上马，带着几名侍卫与阿麦等人错身而过。众人见他们就这样走了，一时都有些愣怔，更是有名江北军将领奇道："哎？鞑子今儿这是怎么了？还想着和他们再打一架呢，他们竟然怂了！"

其余几人也跟着笑骂起来，唐绍义却训道："莫要再生事了，回去少不得又要挨大将军训斥！"

众人知卫兴一直严令禁止军中诸人与鞑子打架斗殴，几次欲杀人立威，还是多亏了阿麦才保得那几人性命，现听唐绍义如此说便都收敛不少，可偏有那莽汉叫嚷道："训斥就训斥，大不了再挨他几十军棍！卫大将军是从盛都来的，怎知咱们江北军与鞑子的血海深仇，他能去和鞑子称兄道弟，咱可不能！"

旁侧有人笑道："你这老莫，整日里惹是生非，你若再闯祸，还得麦将军去给你擦屁股，小心麦将军恼你！"

老莫听了摸着脑袋嘿嘿干笑两声，不好意思地看向阿麦。

阿麦一直沉默，听了这话也只微微笑了笑，并未答言。

众人回到城守府已是夜半时分，有兵士上来牵了马自去照料，众人也各自散去歇息。阿麦辞了唐绍义等人，独自向自己住所走去，直待走到无人处才突然用手扶住了墙壁，身体更是不受控制地抖了起来。

陈起，陈起，想不到他竟会出现在这里！她连着深吸几口气，才将情绪平静下来，一时顾不上许多，只快步向自己的住处走去。张士强依旧在给她守门，见她面色苍白不禁有些奇怪，问道："大人，出什么事了？"

阿麦摇摇头，在椅子上坐下，静默了好半天才抬头问张士强道："可是都查清了？"

张士强点头，将准备好的东西一起拿给她，有些迟疑地问道："大人，这样行吗？不如白天再去。"

阿麦翻看着张士强给她准备好的衣服鞋帽，说道："白天人多眼杂，我若去了必定会让卫兴知道。"

张士强仍是有些犹豫，"可若是被人发现了怎么办？"

阿麦想了想，答道："先顾不上那么多了，随机应变吧。"

见阿麦坚持，张士强也是无奈，只得将城守府内的各条路线及侍卫巡逻的路线及规律都一一讲了，生怕阿麦记不清楚，忍不住又要重复一遍。阿麦却是笑了，说道："你只要没说错，我便记不错，不用再说了。"

张士强不好意思地笑笑，起身带上门出去，在门外等了片刻。阿麦换了一身灰衣小帽的仆人衣装出来，边往外走边对他低声交代道："你先回屋去睡下，有人敲门也不要开，只说我醉了酒睡死了，有事明天再说。"

张士强点头，直待阿麦的身影悄无声息地消失在夜色之中，这才轻轻地关上了院门。

城守府守卫虽严，可阿麦在这府中已住了有些时日，知道侍卫巡逻的路线规律，一路上有惊无险，很顺当地爬出了城守府的院墙。

一出城守府，她的速度便又快了许多，不多时便已来到商易之的住所之外。

商易之这次是以议和使的身份来泰兴的，本该住在万良的城守府，只是人家长公主在泰兴自有府邸，再加上卫兴等江北军诸将都住在城守府内，商易之为了避嫌，便住到了自家的宅子上。

阿麦琢磨了一下，还是放弃了再次爬墙的想法，老老实实地在后门外求见贵顺。大半夜的，在人家后门求见远在盛都的大管家，这个事情怎么看都有些怪异，可偏生那门人却丝毫不觉惊讶，连问都不问一句，垂首将阿麦引进后门，直接将她领到了商易之面前。

商易之已是换下了锦袍，身上只穿了一件白色绸衫，有些懒散地倚在罗汉床上看着书。

阿麦郑重地行下军礼去，恭声叫道："元帅。"

商易之放下手中的书卷抬头，停了片刻这才轻声道："起来坐吧。"

他虽说起来坐吧，不过阿麦哪里敢坐，只起身老实地在一边站了。

不等商易之开口，阿麦便将这一年来江北军中的各项军务都细细地汇报起来。她这里汇报尚未做完，商易之突然问道："阿麦，你找我就是要说这些事情？"

阿麦一僵，她找他还真不是要说这些事情，而且这些事情怕是不用她说商易之也早就知晓。只是，在说大事之前总得先说点小事铺垫一下才好。

她正不知如何回答，商易之却轻轻笑了笑，夸奖她道："你做得很好。"

阿麦是真不习惯商易之这样和颜悦色地和自己说话，这样风流潇洒的小侯爷哪里比得上乌兰山中的那位冷面元帅看着顺眼。

阿麦想了一想，干脆抬头直视商易之，问道："朝中真要和鞑子议和？"

商易之默默看了阿麦片刻，渐渐敛了脸上的笑容，点头道："不错。"

"那怎么行！"阿麦却是有些急了，说道，"现在议和，我们以前所做的岂不都成了笑话？即便要议和，也得等我们将鞑子打出靖阳关才能议啊！"

商易之却很平静，待阿麦说完，才淡淡说道："朝中情形想必你也听说了，实在无力两线作战，唯有以议和拖住鞑子，以求喘息之机。"

阿麦急道："鞑子又不傻，怎么会不知道！元帅！您不是……"

"我早已不是江北军元帅！"商易之忽地冷声打断阿麦的话，说道，"我现在是南夏议和使、永昌侯商易之。"

阿麦一时有些愣怔，呆呆看了他半晌，才缓缓地收回了视线垂下头去，轻声问道："江北军会如何？"

"南撤过江，调往云西平叛。"商易之答道。

阿麦又问："难道真要将整个江北划给鞑子？"

商易之嘲弄地笑了笑，说道："不然鞑子占据各方优势怎会同意议和？不是这样，又怎会让我来做这个议和使？落个千古骂名的事情自然要找个外姓人来做。"

从此之后，人们记住的再不是那个北击鞑子的江北军元帅商易之，而是签订了丧权辱国之约的卖国贼商易之。用千古骂名来换齐景的放心，用半壁江山来博他的一次反击……从此之后，盛都再无人忌他疑他了！

阿麦仍惊愕地看着他，他转过脸避开她的视线，片刻后再回过头来时，眼神已平静如昔，只淡淡说道："阿麦，你还有许多事情不懂。若要与人交心，须得将己心先全盘托出。你如此行事，怎能换来别人之心？"

阿麦微怔，抬眼默默看商易之，迟疑片刻，终于双膝跪倒向他俯下身去，沉声道："阿麦愿领江北军留驻江北，替元帅打下这半壁江山！"

商易之久久没有回音，阿麦额头也冒出汗来，正等得心焦间，便听商易之缓缓问道："谁？"

阿麦断然道："麦穗愿领江北军留驻江北，替元帅打下这半壁江山！"

商易之步步紧逼，"麦穗是谁？元帅又是谁？"

阿麦牙关咬得已近僵硬，这才缓缓松开，将声调放缓答道："靖国公韩怀诚之女麦穗，愿领江北军留驻江北，替我主上商易之打下这半壁江山！"话音消失在空气之中，随之而来的依旧是压迫人心的寂静。她跪在地上，安静地等待着商易之的回复。

不知过了多久，才听见商易之轻声说道："阿麦，你抬头。"

阿麦依言抬头，默默看向商易之。

商易之的目光在她脸上巡视良久，终于落到了她的眼上。

"我叫齐涣。"商易之突然道。

阿麦不禁愕然。

商易之盯着她的眼睛，字字清晰地说道："武帝太子齐显之子，齐涣。"

这句话震得阿麦脑中有一瞬的空白，只愣愣地看着商易之。

商易之嘴角轻轻扬起三分笑意，缓缓说道："阿麦，你且记住，我既能成你，便也能败你。"

商易之语调轻柔，却听得阿麦周身泛出丝丝寒意来，阿麦心中一凛，重又垂下头去，小心说道："阿麦记住了。"

从商府后门出来，阿麦在小巷中独自站了许久才轻轻地吐出一口长长的浊气来。夜空中月朗星稀，月光将她的影子打在墙上，在墙角处折了个角，恰似把人折成了两截。阿麦自嘲地笑笑，弯腰轻轻地拍打膝盖上的尘土，拍了半天不见灰尘扬起，她却仍执拗地拍着，直到膝盖已被自己拍得发麻，渐渐取代了青石砖上的寒意，这才停下手来。

旁边街道上更夫打出一快三慢的咚咚声，阿麦不敢再耽误，避开更夫疾步向城守府走去。待回到城守府墙外，又寻了出来之处翻进城守府内，小心避开巡夜的侍卫，重又摸回到自己小院。直到轻轻地关上院门，她一直提着的心才放下来，转过身欲抬脚回房，却又突然停了下来，只直直地站着不动。

暗影处，林敏慎见阿麦如此乖觉，却是轻轻地笑了，将抵在阿麦身前的剑尖向后收了半寸，低声笑道："麦将军果然是个极识时务之人。"

阿麦沉默一下，突然问道："你将我房中侍卫怎样了？"

林敏慎笑着反问道："若是已杀了，你能如何？"

阿麦抬眼看向林敏慎，淡淡答道："杀你。"

林敏慎闻言稍怔，过了片刻忽地笑了，说道："阿麦，我真是喜欢你的性子，待这里事毕，你同我走可好？"

阿麦冷漠地看着他不语，林敏慎自己都觉得无趣起来，便收了脸上笑意，说道："麦将军，深夜去哪里了？"

阿麦不答，却是问道："林参军的戏不打算继续扮下去了？还是说你现在便沉不住气了？"

林敏慎将剑尖缓缓抬高至阿麦的喉间，冷冷问道："你真不怕死？"

阿麦轻轻一哂，答道："怎么会不怕？只是……认定你没理由杀我。"

林敏慎摇摇头，道："若是你今夜没有出去，我也许会留你一命，可你去了，我便再也不能留你了。"

阿麦心中一动，早在盛都时她便猜测林相并非如外界传闻的那般与商家水火不容，现听林敏慎如此说，心中更加笃定，于是便故意试探道："你若杀了我，如何向他交代？"

"他？"林敏慎停了一停，又说道，"阿麦，你的确很聪慧，但是你却不懂我林家和他的关系，我林家在他身上押得太多，容不得有半点闪失。现在除了你，他不会因你而对林家怎样，但若是晚了，却怕是要有变数了。"

阿麦想了想，说道："我却仍是不懂，你们为何要非杀我不可？"

林敏慎看向阿麦，见她面上不似在作伪，皱眉问道："你果真不知道原因？"

阿麦笑道："既然我们同保一人，应是算作同僚才对，我与你林家并无纠葛，怎的就碍了你们的眼？"

林敏慎默默看她片刻，忽地叹了口气，答道："他若事成，则柔当为他皇后。"

阿麦听他说出则柔名字，不禁也忆起翠山之上那个温柔娴雅的女子，当下便说道："则柔小姐当得起。"

此言一出，林敏慎却是一愣。

阿麦聪慧，又怎么会不知他心中所想，淡淡笑了笑，说道："若是为了这个，你们实不用杀我，阿麦只是阿麦，麦田之中粗长之物，和则柔小姐大不相同。我志不在宫闱，否则也不会重返江北了。"

林敏慎听得心意稍动，手上的剑却未放松。

阿麦伸出两指夹住剑尖，缓缓移开自己喉间，口中却问道："此次泰兴议和是林相之意？"

林敏慎心中一惊，更觉意外，不由得问道："此话怎讲？"

阿麦笑道："当初与常钰青在翠山见面的人怕就是林相，你故意拦下我戏弄，只是不想常钰青横生枝节，泄露行踪。当时你们所谈之事就是两国议和吧？可朝中若要议和，必要消减江北军才可，这等叛国之事自然要最信任之人来做，于是又有了草包一般的林公子从军一场戏，紧接着就是卫兴大败，江北军两年经营毁于一旦。"

林敏慎却道："此言差矣，若是江北军势盛，北漠惧之，岂不是更利于议和？"

阿麦反问道："若是江北军势盛，朝中主战派大臣又怎会甘愿议和？只有江北军大败，断了他们的念想，这才能促成议和之事。"

林敏慎笑了，低声说道："阿麦，你果真聪明，不过有一点你却是猜错了，议和却不是家父之意，而是……长公主之意。"

阿麦闻言身体一僵，林敏慎看出，又低声问道："你可是在想，这样的事情他是否也知道呢？"

阿麦被林敏慎猜中心思，却不愿承认，只冷冷答道："错了，我只是在想，用几万将士的性命换这个丧权辱国的议和，长公主的脑子被猪啃过吗？"

林敏慎听得脸色一黯，过了片刻说道："阿麦，你不曾争过那个位子，所以，你不懂。江北军大将军虽换作了卫兴，可皇上却忌惮他在江北军中的威望，所以，江北军一日不除，皇上对他的戒心都不会除。"

阿麦冷笑不语。

林敏慎又看她两眼，低声说道："其实我极欣赏你的才情，实不忍心杀你，你若答应就此离去，再不见他一面，我便放你走。"

阿麦嗤笑一声，说道："我这人是出了名的言而无信，你倒是也敢信我。"

林敏慎不语，只默默地看着她。

阿麦与他对视片刻，突然弯唇讥诮一笑，对身前的剑尖视而不见，抬脚直接进屋。林敏慎稍怔，随即也笑了，提着剑赶了上去，在后追问道："你怎知我不会杀你？"

阿麦冷哼一声，答道："要杀早便杀了，哪儿来这么多废话与我说！"她在屋中四处找寻张士强，林敏慎见她已翻到床帐处，出言提醒，"在床下。"阿麦一怔，立即蹲下身往床下看去，果见黑暗之中模糊有个人形，忙伸手去拉。

林敏慎跟在她身后，又追问道："若是我这人心善，不愿你做个糊涂鬼呢？"

阿麦费力地将捆得粽子一般的张士强从床下拉出，口中没好气地说道："既是都做了鬼，糊不糊涂又有何用！"

张士强神志尚清，苦于嘴里被塞了个严实，半点声响也无法发出，只瞪大了双目怒视林敏慎。林敏慎却是笑笑，说道："你莫要瞪我，我没将你敲昏过去，已是看在你家将军面上手下留情了。"

阿麦见张士强身上绳索捆得结实，干脆拔刀将他身上绳索一刀割断。张士强挣出双手来，一把将自己口中布团拽下，怒声道："他使计诈我！"

原来自阿麦走后，张士强哪里敢睡，只黑着灯守在屋中等候，谁知过了没一会儿便来了人。因阿麦走时为图方便特意嘱咐他别关院门，林敏慎进来得便也顺当，直接推院门而入来拍房门。张士强记得阿麦交代，只推说阿麦饮酒醉了睡下了，不管什么事都等明日再说。那房外林敏慎也不纠缠，只关切地问了几句便走。张士强心中刚定，忽听得林敏慎在院中急声叫道："麦将军！这是怎么了？怎么一身的血？"

张士强一个没沉住气，就打开了房门，等再想关时已来不及。

林敏慎听张士强怒斥他，脸上笑得更是得意，只摇头晃脑地说道："兵不厌诈，此招可是从你家将军身上现学现卖的。"

阿麦不理会他二人之间的口舌之争，只冷了脸，问林敏慎道："林参军深夜造访，舞刀弄剑的，难道就是为了和我一个侍卫磨嘴皮来的？"

林敏慎笑道："不如此，你怎会与我说这许多的话？"

阿麦气得无语，干脆也不理他，见外面天色渐亮，回身吩咐张士强出去打水清洗。林敏慎等张士强出去，这才又肃了容说道："阿麦，我只要你一个承诺，他日不管怎样，你都不会留在他身旁。"

阿麦想了一想，心中突然通透，回身看林敏慎，问道："你今夜前来吓我，是背了林相私自来的吧？"

林敏慎听阿麦突然问起这个，稍觉有些意外，问道："你如何得知？"

阿麦笑了一笑，讽道："堂堂林相，狐狸山上下来的精怪，怎会不知现在杀了我只会给林家埋下祸根，又怎会向我要这样一个小儿女般承诺，怕也是年少多情的林公子才会有这般闲心。"

阿麦将林相比作狐狸精，也是顺便占些嘴头上的便宜。那林敏慎听了倒也不恼，只是大方承认道："则柔是我唯一的妹子，自小乖巧懂事，她为此事已付出太多，我绝不能看她伤情。"

阿麦笑了一笑，玩笑道："你们兄妹倒是情深，只不过他日他若是真能登上那个位子，你妹子怕是还要面对三千佳丽，难道你这个当哥哥的要一个个杀过去？"

林敏慎却是不笑，正经说道："你与她们自不相同。"

阿麦嗤笑一声，道："多谢你这样高看我！我能有何不同？也贪富贵也贪生怕死，若他真成了九五至尊，用权势迫我，我能怎样？"

林敏慎静静看阿麦半晌，认真答道："他不会迫你，你也不会容他所迫！"

此言一出，阿麦也沉默下来，一时不知该如何答他。两人正默然相对，外面张士强已端了清水急匆匆回来，很不放心地看林敏慎两眼，叫阿麦道："大人，水打回来了。"

阿麦点头，思量一下，转头答林敏慎道："我现已心有所属，日后也不会夺他人之夫，这样应你，可算满意？"

林敏慎爽朗地笑了，说道："满意满意，自是满意了。"

阿麦折腾了足足一夜，身上已是被汗水浸得又黏又湿，实不愿意再与他周旋下去，当下只道："那林参军就请回吧，再晚一会儿便要天亮了，被人见到却是不好。"

林敏慎知阿麦着急换衣擦洗，又从阿麦这里得了承诺，心中满意，便也不再讨她反感，起身向外走。无意间瞧到张士强对他仍是怒目而视，又故意在门口停下身来，低笑着问阿麦道："不知麦将军心属何人？"

阿麦此时恨不得将这讨人嫌的林敏慎一脚踹了出去，又惧他武力不敢，便随口胡诌道："自是林参军了，林参军风流年少貌美多情，一身香气迎风飘百里，只翠山一面，麦某便已倾倒了。"

林敏慎如何不知阿麦故意讽刺他，也不揭破，只故作惊愕状，失声叫道："那可不行，林某已是答应自家娘子，无论外面如何拈花惹草香飘百里，家中却只许娶她一个，怕是要辜负麦将军深情了。"

见他如此模样，一旁张士强心中更气，只恨不得一盆水泼过去解恨。阿麦却应道："既然如此，林参军从此以后可要离我远些，最好莫要再入我视线，徒惹伤心。"说完，不等林敏慎再说，直接将他推到房外，顺手关了房门。

阿麦回身，见张士强仍满面怒色地站着，冲她说道："这厮欺人太甚，大人太过便宜了他！"

阿麦笑笑，尚未答言，又听得林敏慎在外轻拍房门，低声笑道："对了，麦将军，有件事还忘了告诉你知道，昨夜我过来时还曾见唐将军在你院门外坐过一会儿，看情形像是心中有些为难事，白日里怕是还要过来寻麦将军商量的。"

阿麦闻言一僵，屋外林敏慎轻笑两声，已是远去。

待到早饭完毕，唐绍义果真寻了过来，却是邀阿麦一同出去购置物品。因林敏慎说唐绍义昨夜曾在她院外坐了一会儿，阿麦心中难免有些猜疑，便笑道："大哥要添置些什么物品？怎的还需要自己亲自去？"

唐绍义抿了抿唇，却是不肯细说，只是说道："听闻今日是泰兴西市大集，万物俱全，我也想去转转看看，你如若无事，便陪我走这一趟吧。"

唐绍义话已至此，阿麦也不好再推托，只得与张士强交代两句，同唐绍义一同出了城守府。

泰兴原本为北方水陆交通枢纽，各地行商贩来四方珍奇于此出售，因此在泰兴城被围之前，泰兴西市可算得是江北第一大市。后来泰兴被北漠军围困，城内物资皆被军管，市内商铺因此也萧条了许多，但自从两国五月议和开始，泰兴城外虽然还驻着北漠大军，可城门却是大开了，于是这西市便又重新繁荣起来。

今日逢五，正是西市大集。阿麦与唐绍义均未带侍卫，只两人不急不缓地向西市而来。一路上，唐绍义几次张嘴欲言，却都又憋了回去，阿麦看到，生怕他再说出些尴尬之语来，又见西市已在眼前，便先引他开口道："大哥，你要买些什么？"

唐绍义心思全不在此，只随意答道："久闻泰兴西市繁华，想买些东西给家中捎去。"

　　阿麦想起唐绍义曾说过他是私自离家参军的，家中仍有双亲盼他光耀门楣，现如今他已官拜将军，自是早该捎个家信回去的，便淡淡笑道："早该如此，我既与大哥结义，也该捎些礼品过去略表心意。"

　　唐绍义见阿麦唇角虽弯着，眼中却显伤感，猛地记起阿麦已是父母双亡孤身一人，生怕再引她伤怀，忙打岔道："先不说这些，你可有要买的？今儿一并挑了，大哥掏钱。"

　　阿麦如何不知唐绍义心意，她自己也不愿久浸在伤感之中，当下拊掌大笑，"大哥好生大方。既然这样说，我可要好好讹你一笔，反正朝中刚给咱们江北军补齐了饷银，大哥赏赐又多，白白放着也是生不出崽来。"

　　唐绍义笑笑，只说道："好，你看中什么，只管拿就是，大哥付账。"

　　两人说笑着走进西市，果见里面繁华不比别处，除了衣、烛、饼、药等日常生活用品外，还有许多胡商开设的珠宝店、货栈、酒肆等，他二人一时都看花了眼，随着人群边走边看着，倒也是少有的惬意时光。

　　唐绍义参军前是个乡下小子，参军后先在小城汉堡供职，后又随江北军转战各地，却从未见过如此繁华的集市，一时也不知该给家里买些什么回去。只见到了新鲜玩意儿都要问阿麦一句要是不要，阿麦时而摇头时而点头，指挥着唐绍义买东买西，一会儿的工夫两人便买了许多。给唐父的文房四宝、唐母的锦缎布匹，甚至连唐家小妹的胭脂水粉，阿麦都帮着他挑了出来。

　　阿麦自从十五岁时开始易装流浪，后又从军，一直过着刀口上舔血的生活，但毕竟是个女子，无论心智如何深沉、性子变化多大，却究竟压不住女子的天性。一旦逛街购物，难免会露出些女子的性情来，身后跟着人提物付钱，便恨不得将每家店铺的东西都买些回去。

　　两人一路逛着，不一时转到珠宝行，唐绍义见着那些闪闪发亮、花样繁多的首饰顿时傻了眼，又是习惯性地转头问阿麦。阿麦低头凝神细看柜上的那些首饰，挑了些成色好做工精致的出来给唐绍义，交代着何种首饰该送与何人。

　　那店铺掌柜在一旁看着，连声赞叹道："这位军爷有眼光，说得也在行。"

唐绍义看向阿麦的眼光中便更多了些佩服与惊叹，阿麦忽地记起现在的身份，便觉得有些不自在，掩饰地用手握拳挡在嘴前轻咳了两声，转过了头又去看其他的首饰，视线滑到柜台角落里一副耳环上时却有些移不动了。这耳环不算华贵，用银丝绞了翠绿的宝石做出花式，只不过贵在精巧。

阿麦记忆中闸门却一下子被撞开，往事潮水一般涌了过来……那时还小，也是看上了这样一款耳坠，好容易央着父亲买下来，回家后母亲却不允她穿耳洞。后来被她缠得紧了，也只是答应她说待到她十五岁及笄时便允她穿耳洞。再后来，她终盼到了及笄，却没能有机会穿上耳洞，而那对耳坠，也不知遗落在家中的哪个角落里……

唐绍义那里付过了银钱，转身看阿麦正对着一对耳坠发呆，看了看那耳坠又看阿麦，见她看得专注，只当她相中了，便问道："这个可是也要买？"

阿麦猛地惊醒过来，连连摇头，"不，不用，走吧。"

说完，竟连等也不等唐绍义，独自一人转身便快步出了店铺。唐绍义心中奇怪，急忙拎着东西跟了上去，紧走两步赶到她身侧，探头一瞅看到她眼圈有些发红，竟似刚刚哭过。唐绍义不觉愣怔，他与阿麦相识已久却很少见她如此模样，现见她这副模样一时竟有些手足无措，只傻傻地看着。

阿麦用手捂唇深吸了口气，把心中伤感强压了下去，转头对唐绍义笑道："刚才风大迷了眼，没事的，大哥。"

唐绍义人虽憨厚，却是不傻，转念间已猜到必是那对耳坠的缘故，当下拉住阿麦，沉声问道："那对耳坠怎么了？"

阿麦笑笑，答道："少时，我……娘亲也有过一对相似的，一时看到忽想起来了，大哥莫要笑我。"

唐绍义默默看阿麦片刻，柔声说道："傻小子，我能笑你什么！"

阿麦又是咧嘴想笑，可却觉得那唇角似有千斤重，总也弯不上去。

唐绍义看她如此模样，用肩膀撞了她一下，笑道："行了，再去陪我买些成衣，完了，我请你吃酒。"

阿麦却是奇道："大哥在军中，自有军衣来穿，买什么成衣？"

唐绍义沉默下来，过了片刻才轻声说道："阿麦，我今日寻你便是要说此事，我想离开江北军。"

阿麦一怔，随即笑了笑，低声问道："大哥不随军渡江？"

唐绍义摇头，眉宇间一片坚毅之色，答道："大丈夫怎可忍辱偷生，坐看同胞被异族所戕？朝中既弃江北百姓于不顾，我便也不贪他这点军功饷银，干脆留在江北，召集有志之士共举义旗，驱除鞑子。"

阿麦听了心中大喜，面上却不露声色，只是看了看左右，扯近了唐绍义故意问道："大哥，你不会是想要……反了吧？"

唐绍义惊愕地看阿麦片刻，这才正色训道："阿麦，此话以后万不可再讲，大丈夫生于天地之间，济世安民，忠君报国，方是男儿所为。你我既为国之军人，更不能生此异心。"

阿麦心中不以为然，口中却是应承道："大哥讲的是，我只是随口一问，大哥怎么还当真了？"

唐绍义将阿麦看了一看，见她一脸笑嘻嘻的模样，不好再说什么。阿麦扯着他继续往前逛去，唐绍义心中有话一直不知如何开口，待到成衣铺前，阿麦拉他去挑衣衫，他终忍不住问了出来："阿麦，你以后有何打算？"

阿麦一笑，随意答道："继续做官啊。"

唐绍义张了张嘴，剩余的话却依旧无法出口，在嘴边犹豫了半天终化作了释然一笑，人各有志，能同行两年已是缘分，知足便是。

阿麦瞥唐绍义一眼，却不再说军中之事，只拉着他挑选成衣。闲谈之中状似无意地提到听闻青州之东有个云雾山，山上有窝山匪很有名气，要是能收服了他们，倒是能成为抗击鞑子的一股力量。唐绍义听了默然不语，从里间试衣出来时却突然说道："我去试试，没准儿就能成了。"

阿麦但笑不语，摇头晃脑地对唐绍义左右上下地打量一番，笑道："这身不错，衬得你那脸倒不是那么黑了。"

唐绍义听了无语，默默转身进去里间换回军衣。

两人买完衣衫已到晌午，因唐绍义应了阿麦请吃酒，当下便领了她去寻酒肆，终找到一家干净敞亮的。两人上了二楼，在临窗一桌坐下，购买的各色物品堆了多半张桌子。阿麦见着这许多东西甚感满足，唐绍义却是摇头，只叹这么些东西可怎么让人捎回去。

等菜的工夫，一旁唐绍义却是突地站了起来，说道："他找的银钱不对！"

阿麦一怔，回首问道："谁？"

唐绍义想了想，答道："就是那家首饰店的掌柜，他多算了咱们钱的。"

阿麦不禁皱眉，因买的东西多，她当时也未细算，现听唐绍义说，便从桌上翻找买来的首饰，说道："我算算该是多少。"

唐绍义却阻了她，说道："你不用算了，定是错了，你且在这里等着，我去去就回。"说完不等阿麦答言便噔噔地走下楼去，阿麦只得在后面叫道："竟然连咱们都敢糊弄，胆子够肥的，别和他客气，耍点狠的给他看。"

唐绍义应了一声"知道"，人却是已到了楼下。

阿麦便独自一人在酒肆中等着，唐绍义久不回来，她百无聊赖中临窗外看，忽见街上熙熙攘攘的人群中走来一人，身材颀长，面容英挺，一身窄袖劲装，更衬得他膀宽腰细，人群之中甚是扎眼。阿麦微怔，略一思量即从桌边起身，疾步向楼下走去，刚好在酒肆门前截住了那人。

那人微微一怔，阿麦已是向他伸出手去，说道："拿来。"

常钰青默默看阿麦两眼，却是转身而走。阿麦心中奇怪，上前两步又将常钰青拦下，说道："我已守信放你，你将匕首还我。"

常钰青冷眼看向阿麦，只见她一身南夏军衣高挑挺拔，面上眉清目朗颇显英气，脸颊也比上次见时丰润不少，显然这两个月来过得很是不错。不知为何，他心中忽地升起一股恼意，面上却是笑了，问道："什么匕首？你又与我守了什么信？"

此言一出阿麦不禁怔了怔，随即皱了皱眉头，冷声问道："你什么意思？"

常钰青轻松笑着，反问："麦将军，你又是什么意思？"

阿麦料不到常钰青竟会如此无赖，一时竟不知如何应对了，只死死地盯着他，抿紧了唇，默然不语。

常钰青也是看她半晌，微微一哂，绕过阿麦便走。

阿麦怎能放他就这样离开，可又怕闹市之中若是被人识破两人身份，必会给她惹来极大麻烦，见常钰青离开，一时也不敢再拦，只不露声色地在后面跟了上去。直到常钰青转入一条僻静小巷，阿麦这才敢出声叫他，却又不敢喊他名字，只是叫道："你停下！"

常钰青自是知道阿麦一直在后面尾随，听她叫喊却不肯停下，脚下的步子却迈得更疾了些。阿麦见他如此，疾跑两步跟了上去，急切之下伸手便扣住了常钰青的肩膀。

他这才停下身来，侧头看一眼她搭在自己肩上的手，弯唇笑了笑，回头问阿麦道："你要与我动手？"

阿麦自知不是常钰青的敌手，可此刻却也顾不了许多，带了些怒意说道："那是我父亲遗物，你必须还我！"

常钰青转回身来，笑问道："可是翠山时你用的那把？"

阿麦不知常钰青为何如此做戏，松开了手，只皱眉看向他。

常钰青眉梢挑了挑，对阿麦笑道："我记得你当时曾说过那匕首对你很重要，除非你死了，才会让人从你身上拿去。现如今我看麦将军也好好的，那匕首怎又会让人拿了去呢？不知麦将军说的哪句是真、哪句是假呢？"

阿麦心中其实已是恼怒至极，强压着怒火问常钰青道："你到底想如何？"

常钰青看阿麦片刻，却是笑着摇了摇头，答道："不想如何，只是想说麦将军向我要匕首，却是寻错人了，我这里可没有令尊的什么遗物匕首。"

阿麦眼中已是能喷出火来，语气却愈加冰冷起来，只说道："我不想与你废话，你将匕首还我，我放你离开。"

常钰青脸色也冷了下来，嗤笑一声问道："麦穗，你凭什么讲这样的话？你以为就凭你的本事，能留得下我？还是说……"常钰青停了下来，故意暧昧地凑近阿麦耳边，低声讽道，"你以为只要我说过对你有意，就会一直将你放在心上，不舍伤你？"

话音未落，阿麦已是咬紧了牙抽刀砍向常钰青。常钰青侧身堪堪避开刀锋，还不及抽出腰间弯刀，阿麦的刀锋又至，常钰青冷哼一声，索性不再拔刀，只左右躲闪着阿麦劈来的刀锋。

阿麦这套刀法还是张生所授，讲究的便是以身催刀，刀随身转，动作疾速多变，正是一路适合连续进攻的刀法。她又练得极熟，手中的刀使得快如流星，刀刀指向常钰青要害。

常钰青未曾想到阿麦刀法会如此纯熟，他本就失了先机，后又托大不肯拔刀相抗，待到后面躲闪间便也有些凶险起来。等他再想要拔弯刀，阿麦怎会给他机会，一刀将他逼到墙边，下一刻已是将刀抵在了他的颈边。

阿麦冷声喝道："还我匕首！"

常钰青低头默默看那长刀半晌，却是忽地笑了，抬头对阿麦说道："匕首没在我身上。"

阿麦逼问道："在哪里？"

常钰青笑道："你那匕首造型很是别致，崔衍见了喜欢，说是要拿去仿制一把，我便借给他了。"

阿麦怔了一怔，又问道："崔衍现在哪里？"

常钰青爽快答道："应是还在铁匠铺吧，他约了我去取匕首的，没等到我应是不会离开的。"

阿麦盯着常钰青沉默不语，心中却在暗忖他话的真假。

常钰青看着阿麦的眼睛，见她眼中黑白分明纯净灵动，心中忽地一软，忍不住说道："你可是信我？如若你信我，你便先回去，我去将匕首给你取回来送去。"

阿麦冷笑一声，讥道："想不到常将军也会说出这等糊弄小孩子的话来。"

常钰青轻轻笑了笑，闭目倚向身后的墙壁，淡淡说道："既然你不肯信，那还是你说怎么办吧。"

阿麦心中一时也是为难，等着常钰青自己把匕首送回来，她自然是不能放心，可就这样跟着常钰青去寻崔衍，若是再被人看到，更是要招惹事端。阿麦沉吟片刻，说道："你叫崔衍现在就把匕首给我送过来。"

常钰青睁开眼来，爽快答道："好！"

阿麦听他答得如此爽快，心中反而有些起疑，凝目看向常钰青。常钰青眼角余光瞥一眼那仍压在他脖颈处的刀锋，又抬眼看阿麦，说道："你将刀收起来，我不走便是。"

阿麦不语，攥在刀把上的手反而又紧了紧。

常钰青嗤笑道："麦穗，我若想走，你只靠一把刀留不住我。"

阿麦知道他说的是实情，他成名已久，她的这点功夫在他眼里不过是些花哨样子，刚才如果不是欺他大意，估计也是制不住他的。思及此，阿麦利落地收了刀，问常钰青道："我叫人给崔衍送信，他在哪家铁匠铺等你？"

常钰青答道："这里最好的那家吧，好像是叫什么严记的。"

阿麦一直看着他的眼睛，见他不似说谎，口中道了声"抱歉"，手中长刀一翻将他衣袍一角削下，然后将常钰青一人留在巷内，自己出巷口找了个在街边玩耍的幼童，给了几个大子儿，叫那孩子带着那片衣角去那铁匠铺寻一个脖颈上系着黑巾的男子，告诉他衣角的主人在此处等他。那孩童见不过跑趟腿便可得这几个大子儿，应了一声极欢快地去了。

阿麦转身回到巷中，常钰青仍倚墙默默站着，听到她的脚步声转头看过来，问道："阿麦，你为何要为南夏如此卖命？"

阿麦在他身旁站住，微微抿着唇，沉默片刻后答道："换我所需！"

常钰青笑了，也不问阿麦到底所需为何，复又倚墙不语。

那铁匠铺离此地不远，过不一会儿便听到有急促的脚步声向巷中而来，阿麦人极警醒，也不说话，只将刀又轻轻地压在常钰青肩上，抬眼看向来人。

来人正是崔衍，虽是一身常服打扮，脖中却仍系着一条黑巾，将咽喉处的伤疤完全挡住。他见阿麦在此也是一愣，转眼又看到阿麦压在常钰青肩颈处的长刀，眼中顿显急色，向常钰青叫道："大哥！"

阿麦将刀了压，冲崔衍说道："匕首呢？"

崔衍脸上显出一丝不解，张嘴正欲问是什么匕首，常钰青却突然出声说道："就是那日在雁山上你见过的那把，你还不还给麦将军。"

那日雁山之上，崔衍倒是见过常钰青手中擦拭的那把匕首，不过他是眼看着常钰青将那匕首丢入山中的，现如今怎么又会向他来要？崔衍人虽莽直却是不傻，现听常钰青这样说便随口应道："我给她便是。"说着伸手入怀掏出样东西来迅疾地向阿麦掷了过去，嘴中叫道，"接着！"

那物件带着呼啸之声向阿麦面门而来，她下意识地伸手去接，只一分神间，崔衍猛地欺身向前，手中弯刀随之挥出。阿麦心中一凛，忙举刀去迎，两刀相击发出当的一声脆响，一溜儿火星随之迸出，她连向后退了几步才稳住身形，只觉虎口处被震得一阵发麻，手中长刀几欲攥握不住。

一招之间，崔衍已是将常钰青从阿麦刀下救出。阿麦也不反击，只扫一眼崔衍掷过来的匕首，见并非自己那把，当下冷声问常钰青道："我的匕首呢？"

常钰青垂目不答，崔衍却嘶哑着嗓子说道："你当你那是什么宝贝，别人非得留着不可？我告诉你，大哥早已将那破玩意扔了！"

阿麦不理崔衍的言语相激，只是竖目看着常钰青，追问道："我的匕首呢？"

常钰青终抬眼看向阿麦，不急不缓地答道："扔了。"

阿麦面上仍是平静，手中却已将刀柄攥得死紧，隐隐都有些抖动起来，寒声问道："扔在哪里？"

常钰青唇角轻弯，挑上一丝轻慢的笑意，"雁山上。"

阿麦默默盯视常钰青片刻，眼神寒冷如冰，脸上却是缓缓露出微笑来。

崔衍在一旁瞧他们两个竟然相视而笑，不禁一怔，心中更怕常钰青再受阿麦所惑，忙冲阿麦叫道："少废话，纳命来吧！"说着手中弯刀一挥，向阿麦直扑过来。

崔衍天生神力，阿麦不敢与他硬抗，手中长刀或挑或削，就是不与他弯刀正面接触，只靠着灵活的身形左右躲闪，脚下却不露痕迹地向后退去。这小巷乃是店铺后的僻静处所在，人迹虽少却是回字形走向，两端均可拐向街口，只要退到人群熙攘的街上，崔衍便拿她无法。

崔衍见阿麦只守不攻，也猜到几分她心中打算，哪里肯就这样放她离去，手下招式更紧，刀刀带风，全向阿麦周身要害之处招呼过去，摆明了是想要将阿麦性命留在此处。

阿麦几次险象环生，心中直道完了，自己一时愚蠢便要丧命于此。眼角余光又瞥见常钰青一直默默倚墙而立，心中忽地一动，一边在崔衍刀风下苦苦支持，一边向常钰青喊道："常钰青，你若杀我便自己动手，何必要借别人之手！"

常钰青依旧没有反应，阿麦仰身避过崔衍一刀，伸刀在他弯刀背上一搭，就势一压间，身形急转，反而退向常钰青方向。既是要死，干脆便搏一把绝地逢生！

崔衍本想几刀解决了阿麦，不料阿麦刀法如此纯熟，又加上她身形灵巧，一时竟是拿不下她。又见阿麦避向常钰青处，崔衍心中更急，干脆横刀直挥向阿麦喉间。刀至半路，阿麦那边已是伸手抓到常钰青胳膊，扯住他直接挡了上来。

崔衍弯刀一翻，急忙收刀，势道一时收将不住差点划到自己身上，张了嘴正欲骂阿麦无耻，忽见身前阿麦神色剧变，身形一晃，连人带刀竟又向他这里撞了过来。崔衍怕她使诈，下意识闪身避开。阿麦身形直撞到另一侧墙壁处才停了下来，转回身一手握刀挡在身前，另一只手却摁住了肋下，抿着唇默默看向常钰青。

常钰青手中不时何时多了把弯刀，刀刃上犹带着血，颜色与阿麦指缝间的颜色一般鲜红。血从阿麦的指缝间流出，滴滴答答地落在地上，很快便从点晕成了片。

崔衍看看阿麦，又看看常钰青，一时惊呆了。

常钰青微垂着眼，视线仍落在那带着血色的弯刀上，问道："我便自己动手了，又能如何？"

阿麦的手仍紧紧地摁住肋下的伤口，紧抿着的唇角却是缓缓松开，犹带着隐隐的颤抖，一字一句地答道："如此，你我两不相欠。"

常钰青微微一震，抬眼看向她，眼中露出错愕的神色。

阿麦眼圈有些泛红，却是抬眼迎向常钰青的目光，将长刀往身前一横，沉声说道："动手吧。"

常钰青却似被定住一般，只动也不动地瞧着阿麦。崔衍见此情形，生怕常钰青吃亏，在一旁忙说道："不劳我大哥动手，我……"

阿麦冷声打断道："好！"

话音未落，她身形疾动，已连人带刀向着崔衍卷了过去，刀刀俱为搏命之式。崔衍不承想她出手这样快，一时措手不及，只能退后堪堪避过攻势。又加之阿麦执了死念，对崔衍劈过来的弯刀皆是不迎不挡，只一味进攻，摆明了就算一死也要换他一条胳膊下来，竟迫得崔衍几次刀至半路又强行收回来自保。如此一来，崔衍出招时便失去了力量上的优势，居然被阿麦逼得连连后退。

崔衍心中既是恼怒又是急躁，刀式倏地一转，竟不顾阿麦削过来的刀锋，挥着弯刀向她头顶直劈下去……电光石火间，常钰青的弯刀突然插到两人之间，替阿麦挡下了劈头而下的一刀，紧接着刀背一磕，荡开她递出去的长刀。

崔衍被常钰青刀势逼得一连后退了几步才稳住身形，气得急声大叫道："大哥！"

阿麦却背倚巷壁咬牙不语，只握紧了手中长刀看向常钰青。

正僵持间，忽闻巷口有人叫道："麦将军在这里，还和人打起来了！"

巷中三人俱是一愣，齐齐看过去，只见林敏慎挥着手臂边向内跑边大声叫着：

"哎呀，两个打一个，好不要脸！"

唐绍义从林敏慎身边疾掠而过，停到阿麦身旁，并未询问阿麦伤势如何，只是不动声色地将阿麦拦在身后，沉着脸看向常钰青与崔衍。林敏慎跟在后面赶到，低头看到地上的血迹，又抬头看了看阿麦身上，失声惊叫道："麦将军，你受伤了？"

阿麦见林敏慎言行夸张做作，心中不喜，皱了皱眉，低声问身前的唐绍义道："杀得了吗？"

唐绍义不语，只是用眼角余光扫了一眼旁边的林敏慎，阿麦立时明白了唐绍义的意思，现在除却林敏慎，他们是二对二之势，但是阿麦本就是武力最弱的那个，又已是有伤在身，若是打起来定然是要吃亏的。能不能杀得了，关键就要看林敏慎的态度了。

林敏慎犹未察觉般，仍是义愤填膺地指责崔衍道："你们也欺人太甚，你我两国议和之时，贵国竟然要暗杀我国将领，还讲不讲理了？走！咱们去驿馆找你们议和使说道说道去！"

阿麦的目光从林敏慎身上收回来，淡淡说道："让他们走吧！"

常钰青在旁边一直冷眼看着，闻言勾了勾嘴角，目光在唐绍义与阿麦身上打了个转回来，转头对崔衍说道："阿衍，走吧！"说完，竟是头也不回地离去了。崔衍却心有不甘，可也心知今天是杀不了阿麦了，便狠狠地瞪了她一眼，跟在常钰青身后追了过去。

直待常钰青与崔衍的身影消失在巷子一端，阿麦才将身体完全地倚靠在墙上，心神稍一松懈，肋下的疼痛便立时清晰起来，痛得她深深地吸了口凉气。

唐绍义急忙回过身，见阿麦虽用手死死摁着伤处，可血却仍未止住，脸色更是凝重，问道："伤得如何？"说着就要上前检查阿麦伤势，阿麦却是不露痕迹地避开，用手仍摁住伤处，答道，"只是伤到皮肉，没事。"

唐绍义不疑有他，将自己身上的军袍脱了下来几下撕成宽幅布条，不顾阿麦推辞，将她伤处紧紧绑住，这才转过身在她身前蹲下来，沉声吩咐道："上来，我带你去医馆！"

此时正当伏热，唐绍义军袍内只穿了件薄薄的汗衫，却已是被汗浸湿了，紧贴在他宽阔而结实的背上，衬得肌理的线条更加分明深刻。阿麦非但没有趴上去，反而又向后退了两步，唐绍义见状，诧异地回头看她，"怎么了？"

阿麦摇了摇头，说道："大哥不用背我，我自己还能走。"

唐绍义眼中闪过一丝不解，旁边的林敏慎突然出声说道："麦将军若是能坚持，还是自己走吧，而且你们也不能就这样出去，若是被人知道了麦将军和鞑子斗殴，元帅那里也不好看。"

唐绍义闻言皱眉，阿麦分明是被常钰青和崔衍有意所伤，到他这里却成了阿麦与人斗殴致伤，显然林敏慎是有意混淆此事。唐绍义正疑惑间，却又听阿麦说道："此事若是让元帅知道了确实麻烦，我们还是避着些人吧。"

林敏慎上下打量了唐绍义与阿麦两眼，又接着说道："我有法子，你们稍等片刻，我去去就回。"说完便急匆匆出了巷子，只留阿麦与唐绍义二人立在巷中。唐绍义看了眼阿麦的伤处，眉头又是紧了紧。阿麦怕他问起自己为何会与常钰青打了起来，当下便赶紧问道："大哥怎么会和他在一起？"

唐绍义面色颇为不悦，答道："街上遇到了，他缠着我扯东说西的，若不是他，我还能早一会儿寻到你，你也不会挨这一刀。"

阿麦淡淡笑了笑，没说什么。唐绍义见她脸色愈加苍白，伤口处又隐隐透出血色来，心中更是着急，气道："这个林敏慎做什么去了，怎的还不回来？"

阿麦忍着肋下剧痛，答道："怕是出去给你我买衣衫去了。"

果然，片刻之后林敏慎拎着两件长袍从外面回来，一件交与唐绍义，一件递给阿麦，"再穿一层吧，挡一挡身上的血迹。"

阿麦与唐绍义二人均将长袍穿上，唐绍义的那件倒是合适，阿麦身上的却是颇为肥大，将阿麦身形遮了个严实，似变了个人般。林敏慎却是十分满意地点头，说道："还好，穿得还算合适。"

阿麦也不反驳，脸上竟也是认同的神色。唐绍义见阿麦与林敏慎二人言行有异，当下心中便有些起疑，面上却未显露，只留心注意着他二人的言行。三人向巷外走去，刚到巷口处，阿麦突然记起什么似的停下了脚步，对唐绍义说道："大哥，你买的那些东西还在酒楼！"

唐绍义还未答言，林敏慎却接口道："哎呀，可别叫人偷了去，唐将军快些回去看看，我陪着麦将军去医馆就好。"

唐绍义未理会林敏慎,只是看向阿麦。阿麦脸上闪过一丝愧色,不过仍是说道:"大哥,我的伤不碍事,你去酒楼取了东西先回去,若是元帅寻我,你替我遮掩一下,我去医馆上些药便回去。"

唐绍义沉默片刻,点头道:"好,我先回去,你们小心。"

林敏慎待唐绍义身影消失在人群之中,这才转头向阿麦说道:"你这借口着实拙劣了些!我都替你脸热,亏得他还真配合你。"他停了下,忍不住又问道,"他真不知你性别?"

阿麦垂目不语,林敏慎不禁失笑道:"这人心胸谋智俱有,怎的偏生在这事上如此迟钝?竟像个傻小子一般。"

阿麦不理林敏慎的玩笑,只是冷声问道:"去哪里?"

林敏慎笑道:"在你,若是去医馆,我便帮你灭口。若是想去商侯那儿,我就想法让你人不知鬼不觉地混进去。"

阿麦心中一时很是矛盾,商易之不如唐绍义好说话,知道了此事必然会要追究,可她与常钰青之间的纠葛又不愿他人知道,到时该如何才能遮掩过去?但是就这样去医馆,如若不将医馆内的人灭口,事后的确可能会留下后患无穷。

她思量片刻,还是说道:"去商侯那儿吧。"

第七章

男人 谋划 心迹

　　商易之因主持和北漠议和之事并未在府中，待回来时已是夜间，阿麦肋间的刀伤已是缝合完毕。常钰青那一刀抹得不浅，虽未伤及内脏，却是已擦伤了肋骨，稍动一动便觉得疼痛入髓般难忍，阿麦又不愿用麻沸散，所以只能生忍着，只熬得浑身冷汗淋漓，竟像刚从水里捞出来一般，又加上她失血过多，脸色更是惨白得骇人。

　　商易之已从林敏慎处知道了大概，但亲眼见到阿麦模样时还是不由得心惊。他阴沉着脸在一旁坐下，待阿麦紧攥的指节缓缓松开，这才冷声问道："为何不肯用麻沸散？"

　　阿麦没想到他会先问这个，垂头沉默了下才轻声答道："怕以后脑子不好使了。"

　　商易之气极而笑，"你现在脑子就能好使到哪儿去了？"

　　阿麦伤口处疼痛还十分难忍，连带着说话的声音都有些颤，答道："疼狠了才能记住，以后不会再错。"

　　听她这样回答，商易之反而沉默了下来，静静看了阿麦片刻，突然说道："朝中很快便会与鞑子签订议和协议，你早做准备。"

阿麦一怔，不禁问道："竟这样快？"

商易之说道："云西战事吃紧，鞑子以渡江相挟，朝中想尽快解决江北之事，以免腹背受敌。"

阿麦想了想，说道："唐绍义欲离军而走，无须顾忌，军中其他人等也都不足为虑，只是卫兴那里该如何处置？"

商易之口气虽淡，话语却是惊人，"杀。"

阿麦不以为意，又问道："林敏慎呢？"

商易之淡淡瞥了她一眼，答道："我将他与你留下，省得你不知什么时候就做了他人刀下之鬼。"

阿麦听他话中意有所指，一时不敢接话，只好垂目不语。

商易之却是轻轻一哂，说道："阿麦，你终究不是男人，猜不透男人之心，常钰青那样的人，再多的私情也抵不过家国二字！"

阿麦心中惊骇无比，一时竟震得不知该说些什么应对。她这般神情皆落入商易之眼中，惹得商易之心中一阵恼怒，可他却又不屑在此事上多做纠缠，便说道："阿麦，我既用你便信你，只是以后不得再做此蠢事！阿麦可无国无家，但江北军麦穗却家国两全！"

阿麦控制着心中情绪，沉声答道："阿麦懂了。"

商易之本就是要点到为止，当下话锋一转又问道："可是想好了要领军何去？还要再进乌兰山？"

听他问到军事，阿麦心神才稳定下来，沉声答道："陈起在泰兴西伏了重兵，此时西进必遭伏击，而且乌兰山中兵源有限，即便回去了也难有作为。"

商易之眼中一亮，问道："那去哪里？"

"青州！"阿麦答道。

青州，北临子牙河岸，东倚太行山脉，易守难攻，正是商易之最初的镇守之地。阿麦又接着说道："取青州便可入太行，冀州之地皆入囊中，北有燕次山拒敌于关外，东临大海为屏障，向南则是宛江天险。四塞险固，退可以自守，出可以进取。冀州境内又多平原，物产颇丰，足以供养我军。如此一来，我军只需从容经营，积累力量，日后拿下江北之地不成问题。"

商易之虽是沉吟不语，眼中却渐渐放出光彩来。阿麦见此情形，便知他已是被自己说动。商易之低头思量片刻，抬眼看向她，却是问道："你这样看待？"

阿麦本欲点头应是，但一对上商易之深不见底的眸子，那到了嘴边的话便又打了个转，答道："是徐先生曾这样提过。"

商易之默默打量阿麦，目光深远，不知在思量些什么。

阿麦用手隔衣抚了抚肋下伤处，强烈的痛感刺激得她精神为之一振，心神顿敛，从容说道："在乌兰山中时曾与先生闲谈，先生讲过当世格局如同棋盘，其中荆州、冀州、云西与东南为其四角，中原乃是中央腹地。逐鹿虽在中原，群雄却多起于四角。就江北之地而言，荆州和冀州二地易于割据，而青州东倚太行，面朝江中平原，正是谋取江北的咽喉之地。我军若是能先占据青、冀两州为根基，然后再图雍州，舒展其侧翼，包卷益、襄，如此一来，江北之地尽得。"

一番话讲得商易之激动难抑，忍不住以拳击掌，道："不错！弈棋之道与兵法相通，亦是先要占角，再占边，伺机再占中腹。"

阿麦浅笑不语，商易之情绪虽然激动，但很快便又控制了下去，面上神色复归平静，忽又问道："你和徐静经常对弈？"

阿麦面色不动，心中念头却是转得极快，神态自若地答道："空闲时倒是陪徐先生下过几盘。"

许是想到去年阿麦陪他回盛都途中，两人在船上对弈时的情景，商易之心神不禁有片刻的恍惚，轻声问道："他可容你悔棋？"

阿麦摇头说道："徐先生一边骂我棋臭，一边和我斤斤计较，一子不让。"

商易之不禁失笑，唇角轻轻地弯了起来，连带着眼中的神色也跟着柔和下来，轻笑道："的确够臭的！"

阿麦看得微怔，商易之察觉出来，面上略显尴尬，借着饮茶低头别过了阿麦的视线。再抬头时，眼中又已是一片清明，沉声问阿麦道："既然想兵出青州，心中可是有了具体的筹划？"

阿麦沉吟片刻，答道："有些计较，只怕会太过冒险。"

商易之随意地倒了杯茶，起身端到她手边，说道："说来听听。"

阿麦早已口干难忍，见此也不推辞，接过茶杯一气将茶水喝了个干净，这才说道："由泰兴东进青州，若走北路，则会经过雍州，而自去年常家领兵东进，雍州早已尽入北漠之手，到时免不了要有几场恶战才能过得去。若是走南路，穿襄州丘陵而行，途中虽无鞑子重兵，但是道路崎岖遥远，现又时逢雨季，走来会甚是辛苦。这只是至青州之前，常家东进兵马除去这次常钰宗带回来的三万步骑外，至少还有两万余众留在青州之西，虽不能攻下青州，但是却可以逸待劳阻击远涉而至的我军，这一仗胜负难料。"

商易之眉头皱了皱，"怕是胜少败多。"

"正是，不过……"

"不过如何？"商易之追问道。

阿麦答道："若是能说得青州军出城从后偷袭鞑子，这一仗便会是胜多败少！"

商易之剑眉微挑，似笑非笑地看阿麦片刻，说道："青州是我发兵之地，即便现如今你军中老人已死伤过半，可仍有不少是青州军出身，你还怕使不动青州之兵？"

阿麦见商易之戳穿自己的小心思，干笑两声，说道："若是能由元帅出面，青州之兵自然是使得动。"

商易之浅淡笑笑，"这个好说，还有别的吗？"

阿麦收了脸上笑容，正色说道："既入青州城，鞑子便暂时不足为惧，难的便是如何经太行而取冀州了。我既已反出朝廷，冀州必然不会容我轻易进去，如此一来，我军未战鞑子，反要先和同胞一战，声名怕是要受损。"

商易之默默看着阿麦片刻，却是淡淡说道："阿麦，你想要如何直接说了便是。"

阿麦小心地看一眼他，试探地说道："听闻冀州守将肖毅曾是商老将军部属……"

"好！"商易之接口，爽快说道，"冀州我也设法替你拿下！"

阿麦翻身跪倒在商易之面前，抱拳谢道："多谢元帅！"

商易之并不出手相扶，任阿麦在地上跪了半晌，说道："阿麦，我之前容你纵你，以后还会助你成你，你莫要让我失望才好。"

阿麦心中一凛，抬头迎向商易之锐利的目光，不躲不避，坚定答道："阿麦知道了。"

商易之面色不动，淡淡说道："起来吧。"

阿麦从地上站起身来，却不敢再坐，只垂手立于一旁。见她如此，商易之也站起身来，说道："你身上有伤，今日就早些歇了吧，明日林敏慎会送你回去。"

商易之说完便再也不理会阿麦，转身离去。阿麦待他的脚步声渐行渐远，这才和衣在床上躺下，心神一松，肋下伤处便又开始钻心般地疼了起来，说是要早点歇下，可哪里睡得着。如此睁着眼挨到半夜，伤口的痛感稍缓和了些，她才因体力不支而昏睡过去，再睁眼时已是日上竿头。

林敏慎在外拍着房门叫着："阿麦，快些起来，就是醉宿妓馆，这会子也该起来了。"

阿麦听他说得不堪，眉头微皱，起身来开了房门。

林敏慎从怀里掏出一小瓶金创药来递给阿麦，说道："给，回去了自个儿偷着抹吧，郎中说抹几日，你自己拆了那线就行。"他见阿麦迟疑着不肯接过，便将那瓷瓶往阿麦怀里一塞，讥道，"放心吧，毒不死你。他既然让我留下，就是要将你这条小命和我的拴在一起。你死了，我也没法交代。"

阿麦没理会林敏慎的讥讽，将那小瓶收入怀中，淡淡说道："我们走吧。"

林敏慎见她如此淡漠，反而觉得奇怪，不由得追了两步上去，细看了阿麦神情，问道："你就没什么话要说？"

阿麦瞥他一眼，反问道："说什么？"

林敏慎一噎，没好气地说道："反正你以后少惹事，我可不见得就一定能保得了你的小命。"

阿麦停下脚步，转身看向林敏慎，默默打量，直把他看得有些发毛，这才说道："你不愿留下，我其实更不愿你留下，你也用不着保我的小命，只要别再从背后捅我刀子就行。"

林敏慎一怔，"你……"

"你什么你？"阿麦截断他的话，冷笑道，"更何况他为何要将你留在我身边，你我都心知肚明，除了防人更是还要防我，你何必再做这些可笑姿态！"

阿麦说完拂袖而去，只留林敏慎呆立在远处，好半天才回过些神来，喃喃自语道："这……还是女人吗？"

林敏慎与阿麦回到城守府时正当晌午时分，两人彻夜未归已是惊动了卫兴，卫兴闻得两人身上犹带着隐约的酒气，脸色更是阴沉，明显带了怒气。阿麦正欲请罪，却被林敏慎偷偷扯了一把，只得将滚到舌尖的话又咽了下去，只垂首站着等着卫兴训斥。

卫兴心里也甚是烦躁，林敏慎与阿麦两人一个是林相独子，说不得；一个是他正在拉拢的对象，不得说。他将心中火气压了又压，这才训道："现在是什么时候！你们两个还敢去宿醉不归！怎的如此不知轻重！"

阿麦垂头说道："末将知错，以后再也不敢了。"

卫兴见阿麦脸色苍白，只当她是宿醉难受，又见她认错态度端正，心中怒气稍减，又训了几句便叫她回房面壁思过。待阿麦走后，卫兴转身看向林敏慎，还不及开口，林敏慎便笑嘻嘻地说道："我怎知她如此不顶事，几杯酒就让人家姑娘给灌趴下了，亏得我还给她叫的头牌，白白糟蹋了我的银子。"

卫兴只怕林敏慎还对阿麦存着心思，苦言劝道："敏慎，麦将军虽长得柔弱，实却是一员悍将，他日没准儿便可成为朝中的一方势力，你万不可起轻视亵玩之心。"

林敏慎苦了一张脸，很是不情愿地说道："我这不是把她当兄弟看嘛，不然我领她逛什么窑子去啊！"

卫兴听得无语，默默看了林敏慎半晌，见他脸上既是委屈又是不甘的神色，只得无奈地摆了摆手，示意林敏慎离开。林敏慎迫不及待地出去，直到出了院门嘴角才隐隐勾了勾，再抬头找寻阿麦，早已不见了她的身影，心中只暗骂阿麦此人太过无趣，竟也不好奇卫兴留自己说些什么。

阿麦此时已是到了自己院中，她这两日心神耗损极大，又加之有伤在身，体力心神俱已是到了极限，只怕再挨上片刻工夫便要支撑不住。张士强已提心吊胆地等了她一夜，现见她平安归来又惊又喜，忙迎上前来问道："怎么才回来？唐将军只说你和林参军在一起……"

阿麦在床边坐下，摆了摆手打断张士强的话，有气无力地吩咐道："先别说了，我先歇一会儿，你去给我弄些好消化的东西来吃。"

张士强也察觉阿麦脸色不对，听她如此吩咐不敢再问，忙转身出去给阿麦准备饭食。阿麦和衣倒下，正迷糊间觉察有人进屋，最初只当是张士强回来了，也未在意，可等了片刻不闻张士强唤她，心中不由得惊疑起来，强撑着睁眼看过去，却见唐绍义默然立于床头。

阿麦长长松了口气，说道："大哥，你吓死我了。"

唐绍义在床边坐下，很是歉意地说道："看你睡着，怕吵到你便没出声。"

阿麦笑笑，没有说话。唐绍义也沉默下来，两人一躺一坐地相对无言，静默了好半天，阿麦突然出声说道："大哥，我觉得真累啊。"

唐绍义沉默片刻，轻声说道："活着，谁能不累？"

阿麦眼睛看着床顶的帐子，自嘲地笑笑，说道："大哥，你不知道，我这人说了太多的假话，以至于说到后来，我自己也搞不清到底自己说的哪些是真话、哪些是假话了。"

那话语虽说得轻松，却难掩其中的凄苦。唐绍义听得动容，伸手轻轻覆上阿麦手臂，想劝慰她几句，张了嘴却又不知能说些什么，最后只得用力握了握她手臂，低声说道："别瞎琢磨了，身上有伤，先好好歇着吧。"

阿麦转头看向唐绍义，问道："大哥，若是我也对你说过假话，你怨不怨我？"

唐绍义稍一思量，认真答道："阿麦，你我二人出汉堡赴豫州，闯乌兰战泰兴，几历生死，是共过患难的弟兄，嘴上说些什么并不重要，只要你还叫我大哥，我便会一直当你是我的兄弟。"

阿麦心中一时百味杂陈，眼底忍不住发潮，忙掩饰地转过头朝向床内。唐绍义看见她眼角有一闪而过的泪光，下意识地伸手去拭，可还不及触到阿麦脸颊却猛地反应了过来，忙将手从半路收了回来，脸上却已是窘得火烫。

阿麦心中一跳，顿时冷静下来，想了一想转回头来问唐绍义道："大哥，你是否已决心离开江北军？"

唐绍义眼帘微垂，遮住眼中一闪而过的复杂神色，却仍是点头答道："我已是想了多日，不如爽快离开的好。"

阿麦想了一想，正色说道："大哥既然决定离开，那就不如尽早离开。"她见唐绍义眼中神色变幻，又解释道，"我已得到确切消息，云西战事吃紧，朝中为了避免腹背受敌，很快便要与鞑子签订和约，除冀州之外，整个江北之地都要划给鞑子，我军不日便要渡江南下。"

唐绍义对议和结果虽已早有准备，可当真听到这个结果还是气得浓眉倒竖，一拳猛砸在床边，恨声说道："朝中这样做分明就是饮鸩止渴！"

阿麦心思转了一转，说道："和约一旦签订，朝中为防备我军哗变必然会对军中将领多加压制，大哥以后若是要走，怕是也不容易走脱，不如趁现在和议未定早些离去的好。"

唐绍义垂目沉默了片刻，抬眼看向阿麦，问道："你呢？真要随军南渡？"

阿麦浅浅苦笑，注视着唐绍义的眼睛，坦诚道："我还有未了之事，所以必须留在军中，至于其中详情我暂不能说，大哥，我不想再与你说假话。"

唐绍义目光微凝，说道："我明白，我不问便是。"

阿麦强坐起身来，又默默看了唐绍义片刻，这才说道："大哥，这次分别不知何时再聚，我还是那句话，只望大哥与我都好好活着！"

唐绍义脸上终露出些笑意来，一字一顿地答道："好！我们，我们一定都活着！"

两人对望片刻，相视而笑。唐绍义笑过，却又正色说道："阿麦，你既叫我大哥，大哥便有几句话要交代你。你聪明绝顶，又有天分，只要机缘得当，扬名只是早晚的事情。大丈夫立世本就该求个建功立业，这不为过，但是却不能为了功名罔顾恩义，置家国百姓于不顾。"

阿麦垂头沉默不语，唐绍义怕她心中不以为意，便又语重心长地说道："现今鞑子侵占我江北大片河山，云西叛军又是步步紧逼，百姓莫说家财，就连性命也是朝不保夕。阿麦，你我皆是南夏人，父母兄妹也是南夏人，护我南夏百姓便是护你我父母兄妹……阿麦！你可听到了？"

唐绍义说到后面，语气愈加严厉起来。

阿麦抬头，冲他笑笑，答道："我听到了。"

唐绍义见她答得轻慢，面色更是沉了下来，语气颇重地说道："阿麦，将失一令而军破身死！你手下有千百将士，你一个轻慢就将置他们于死地！这些人都是我南夏的大好男儿，是每家中的父兄子弟，他们追随着你，不是为了成就你的个人功名，而是为了保家卫国，为了护得他们家中妻儿老小的周全！他们既将性命交与你手，你就要对得起他们的生死，如若这点都做不到，你也不要来掌什么军！"

阿麦不承想唐绍义会突然如此声色俱厉，有些错愕地看向他，讷讷叫道："大哥……"

见阿麦如此反应，唐绍义方察觉自己话说得太重了些，不觉有些尴尬，颇不自在地移开了视线，沉默了片刻这才轻轻地叹了口气，低声道："阿麦，大哥不是傻子，你的心思，大哥也能猜到几分，大哥不拦你，只要你是忠君爱国护我百姓，大哥甘愿……"话说到一半，他却是说不下去了，过了片刻才又接道，"但是，大哥绝不能容你拿着千万人的性命去逞一己私欲。"

唐绍义会说出这样的话来，让阿麦不由得有些愣怔，好半天才回过神来，用力抿了抿唇，向唐绍义说道："大哥，你看着我。"她一脸肃容，语句缓慢而清晰，"大哥，我从军之初的确不是为了救国救民，但是也绝不是贪图功名利禄。我想要的只是要守护父亲的荣耀，他也曾是一名南夏军人，三十年前抗击鞑子平定四方战功显赫，没想到最后却死在了养子的手上。"

阿麦肋下的伤口又疼了起来，连带着每次呼吸都带着痛楚，她只得停了下来，闭目缓了片刻，这才继续说道："那养子是他收养的战争遗孤，杀他的理由就是教养之恩抵不过国仇家恨。"

唐绍义不知道阿麦还有这样的身世，听得面色微恸，双手握了她的肩膀，忍不住出声唤道："阿麦。"

阿麦唇角绽出一个讥讽的微笑，轻声说道："说什么国仇家恨，不过就是惧我父亲威名，这才行那卑劣之事。我偏要让那人知道，南夏即便没了父亲，也不会是他人案上的鱼肉，父亲有我，南夏有我！"

她从未向人说过自己身世，即便有人问起，也多是几句话便含糊过去了。现在向唐绍义这样平淡地缓缓道来，听得唐绍义又惊又愧，惊的是阿麦竟然有这样的身世，愧的是他一直误会了她，怕她会罔顾将士性命而去换权势富贵。

唐绍义本就不是口舌伶俐之人，此刻因自己冤枉了阿麦心里颇多自责，一时更是不知该说些什么才好，几次张嘴，竟都没能说出话来。

阿麦却是淡淡笑了，说道："大哥，是我不好，不该这样瞒你。"她不待唐绍义答话，又说道，"大哥，你不要问我父亲是谁，也不要问那人的姓名，好吗？"

唐绍义默默看阿麦片刻，涩声答道："好，我不问。"

此刻，阿麦的心绪已平稳下来，反倒是唐绍义的情绪颇显激动。阿麦生怕他一个冲动再把自己扯入怀里，坏了大事，忙冲着唐绍义咧嘴笑了笑，故意玩笑道："大哥，你手上再用力些就能把我这一双膀子给卸下来了。"

唐绍义一时大窘，急忙松开了手，正窘迫间却听见门响，只见张士强端了饭食从门外轻手轻脚地进来，看到唐绍义也在屋内不由得一愣，惊讶道："唐将军？您什么时候过来的？"

唐绍义红着脸点了点头，却是没有回答张士强的问话，只转过头故作平常地对阿麦说道："你快吃饭吧，我先回去了。"说完不等阿麦回答竟就急匆匆地起身出去了。

张士强看得奇怪，忍不住转头问阿麦道："大人，唐将军这是怎么了？"话音未落，那已出了门的唐绍义却又疾步返了回来，来到阿麦床头站住，欲言又止。

阿麦仰头看他，奇道："大哥，怎么了？"

唐绍义脸上仍有些泛红，几次欲言又止，最终张开了嘴，却是说道："你快吃饭吧！"

说完竟又径自转身走了。张士强端着饭食立在阿麦床前，看得莫名其妙。阿麦却是神色复杂地看着唐绍义略显慌张的背影，一时有些失神。

屋外，日头虽已偏西却依旧毒辣，知了藏在繁茂的枝叶间嘶叫得欢畅。

唐绍义快步出了阿麦的小院才停下身来，缓缓摊开一直紧握的手掌。掌心里，一对银丝绞花的耳坠在日光的照射下泛出耀眼的光芒，正是昨日同阿麦在西市首饰铺里看到的那对。他低头默默看了片刻，将耳坠小心地放入随身的荷包之中，又回头看了眼阿麦的小院，这才大步地离开。

同是泰兴城中，常钰青独自一人倚坐在驿馆后院的那棵老槐树下，已经耗了足足半日的时光。崔衍几次借故从一旁经过，都未能引得常钰青注意，到最后一次时他实在忍不住了，干脆径直走到常钰青面前，叫道："大哥！"

常钰青微垂着眼帘不知在琢磨着什么，心不在焉地"嗯"了一声。

崔衍看得憋气，又大声叫了一声"大哥"，常钰青这才斜了他一眼，淡淡问道："什么事？"

崔衍一屁股坐在常钰青对面，愤然道："不过是个女人，你要是真那么喜欢她，干脆就把她抢了来，先入了洞房再说！生米成了熟饭，她还不是得乖乖地跟着你！"

常钰青听得哭笑不得，阿麦是江北军中举足轻重的将领、南夏近些年来少有的将才，到了崔衍嘴里竟然成了"不过是个女人"！又见崔衍一脸的气愤与不屑，常钰青只得沉了脸，训道："这是说的什么浑话，她是南夏将领，怎可能就轻易被你抢了来？还生米成熟饭，你又当我是什么人？"

崔衍脖子一梗，瞪着眼睛犟道："什么南夏将领，不就是个女人嘛，我们只要揭穿了她的身份，我不信南蛮子们能容得下她这个女将军！到时候大哥……"

"崔衍！"常钰青突然厉声喝断了他，脸上显现出怒色，冷声说道，"你身为大丈夫，战场上输给个女人已是耻辱，怎能还拿个身份说事逼迫女人低头！"

崔衍见常钰青是真动了怒，吓得低下头去，嘴里却是小声嘀咕道："我这不只是说说嘛，又没真的去。"

常钰青脸色依旧冷峻，说道："阿衍，我即便是要抢人，也只会在战场上光明正大地抢，绝不会在暗地里用那些不入流的手段，你把你大哥瞧得也太低了些！"

崔衍听了忙说道："大哥，我没那个意思。"

"没有最好。"常钰青脸色稍稍缓和了些，停了一停又说道，"此话以后绝不可再提！"

崔衍连忙应了一声，可脑子还是有些转不过圈来，迟疑了片刻又问道："大哥，咱们这不是马上就要和南蛮子议和了吗？等议和完，你和她仗都没得打了，还怎么在战场上抢人？"

常钰青被问得一噎，愣愣地看了崔衍半晌，见他脸上全无半分玩笑模样，竟是认真在问这个问题。常钰青气乐了，无奈道："我不过是打个比方，怎会在千军万马的战场上去抢人！再说咱们这议和都不知道议了多少年了，你仗少打了吗？今天议了过几日接着再打，只要我北漠一天未平天下，这仗就是打不完的。"

他停了停，轻轻一哂，又接着说道，"更何况我与她分属敌对两国，我身上有南夏人十几万的性命账，她手上也沾着我们几万北漠男儿的血，还能如何？"

　　这一番话把崔衍说得更是纠结，用手挠着脑袋，很是为难地问道："那怎么办？"

　　常钰青剑眉轻扬，反问道："还有什么怎么办？"

　　"大哥不是喜欢她吗？"

　　常钰青看了看崔衍，爽朗地笑了，脸上一扫刚才的沉闷抑郁之色，道："该怎么办就怎么办，你不是也说了吗？不过是个女人！"一面说着，一面从树下站起身来，随意拍了拍身上的尘土，独自转身而去。